JÜRGEN HÖVELMANN

Auge um Auge

MARBURGVIRUS Der junge Chirurg Klaus-Jürgen Bottenbach und ein Stadtstreicher sind ermordet worden. Handelt es sich um Ritualmorde, oder wurde ihnen die Bekanntschaft mit dem Virologen Armin von Hohenthal zum Verhängnis? Eine Bande skrupelloser Terroristen hat es auf den Wissenschaftler abgesehen. Offensichtlich wollen sie Zugang zu seinem Arbeitsplatz im Virologischen Institut der Universität Marburg erlangen. Von Hohenthal befindet sich in akuter Lebensgefahr, denn nur ein Augenscanner ermöglicht den Eintritt in die Hochsicherheitszone. Es steht zu befürchten, dass die dort untersuchten tödlichsten Krankheitserreger der Welt es den Terroristen wert sind, kaltblütige Morde zu begehen.

Sollten die Verbrecher in den Besitz der Viren gelangen, wäre der Frieden weit über Marburg hinaus gefährdet. Erst sehr langsam wird den Ermittlern klar, dass sie es mit weitaus erschreckenderen Gegnern zu tun haben, als sie ursprünglich vermuteten.

Jürgen Hövelmann wurde 1969 in Siegen/Südwestfalen geboren und war schon frühzeitig musisch und sprachlich interessiert. Ein leeres Blatt Papier gehörte immer schon zu seinen Schlüsselreizen. Er kann sich kaum etwas Interessanteres vorstellen, als es mit »Leben« zu füllen. Der Autor kam im Alter von 23 Jahren nach Marburg, wo er die nächsten fast zwanzig Jahre als Übersetzer, Werbetexter und Journalist arbeitete – genügend Zeit also, um sich in diese Stadt nachhaltig zu verlieben. Zuletzt wieder in seiner Geburtsstadt wie auch im Taunus lebend, schuf er eine spannende Romanreihe, die in Marburg spielt. Seither begleiten ihn Kommissar Nau und seine Fälle.

Bisherige Veröffentlichungen im Gmeiner-Verlag:
Der Kasematten-Mörder (2016)

JÜRGEN HÖVELMANN

Auge um Auge

Ein Marburg-Krimi

GMEINER SPANNUNG

Personen und Handlung sind frei erfunden.
Ähnlichkeiten mit lebenden oder toten Personen
sind rein zufällig und nicht beabsichtigt.

Besuchen Sie uns im Internet:
www.gmeiner-verlag.de

Im Ehnried 5, 88605 Meßkirch
Telefon 07575/2095-0
info@gmeiner-verlag.de

1. Auflage 2016

Lektorat: Claudia Senghaas, Kirchardt
Herstellung: Mirjam Hecht
Umschlaggestaltung: U.O.R.G. Lutz Eberle, Stuttgart
unter Verwendung eines Fotos von: © Ludwig Klingelhöfer, Gladenbach
Druck: CPI books GmbH, Leck
Printed in Germany
ISBN 978-3-8392-1893-8

Gewidmet meinen Eltern und
meinem Bruder Klaus,
der viel zu früh gegangen ist,
jedoch unvergessen bleibt.

1. KAPITEL

Klaus-Jürgen Bottenbach verließ seine großzügige neue Penthouse-Wohnung am Ortenberg bereits um kurz nach halb sechs. Ein kühler Oktobermorgen empfing ihn mit leichtem Nieselregen. Frischer Morgentau lag auf Pflanzen und Autoscheiben. Bottenbachs erster Blick ging den Berg hinauf Richtung Kaiser-Wilhelm-Turm (oder Spiegelslust-Turm, wie die Marburger ihn in der Regel zu nennen pflegten). Dort, in östlicher Richtung, ließen sich die ersten Vorboten des nahenden Tagesanbruchs erkennen.

Er ging in die Tiefgarage, stieg in seinen 5er BMW und fuhr los. Nach einigen Minuten bog Bottenbach bereits in die Universitätsstraße ein.

Seine hämmernden Kopfschmerzen wirkten wie ein Nachhall der zurückliegenden schlaflosen Nacht. Warum man sich mit ihm ausgerechnet zu dieser frühen Stunde treffen wollte, vermochte er sich nicht auszumalen.

Bottenbach war Chirurg an der Marburger Uni-Klinik auf den Lahnbergen. Er hatte seinen Weg gemacht, war erfolgreich und hatte so manches Schäfchen bereits ins Trockene gebracht. Dabei war er gerade erst in seinen frühen Dreißigern und hatte bisher sein ganzes Leben auf die Karriere ausgerichtet. Jetzt, wo er gut situiert war und seinen Platz im Leben gefunden hatte, konnte er nun langsam darüber nachdenken, eine Familie zu gründen. Bei dem Gedanken fuhr ihm ein leichtes Lächeln über das Gesicht. Sein Leben fing an, jene Früchte zu tragen, auf die er all die Jahre zielstrebig hingearbeitet hatte. Bottenbach war eben ein sehr strukturierter Mensch, der seine Zukunft genau plante. Jedenfalls machte er auf jedermann den Eindruck.

Sein Wagen fand wie von selbst den richtigen Weg. Als gebürtiger Marburger, aufgewachsen im Ortsteil Ockershausen, kannte sich Bottenbach in seiner Stadt bestens aus. Er kam durch das Barfüßertor und bog über den Rotenberg in die Sybelstraße ein. Der Nieselregen hatte sich gelegt. Erst vor ein paar Wochen war er zuletzt hier oben auf dem Schlossberg gewesen und hatte eine der letzten Vorstellungen des diesjährigen Open-Air-Kinos mit seiner Freundin Corinna besucht.

Die alte Freilichtbühne im Schlosspark wurde neben den sommerlichen Kino-Vorstellungen auch für andere Veranstaltungen wie etwa das jährliche Festival ›3 Tage Marburg‹ genutzt. ›3TM‹, wie es die Einheimischen kurz nannten, war ein großes Fest, wo es zu ebenso zahlreichen wie unterschiedlichen Aufführungen im Schlosspark und in der alt-ehrwürdigen Oberstadt kam. Bis hinunter zum Lahnufer zogen sich die vielen Aktivitäten.

Es gab allerlei Bühnen, auf denen kleine Theaterstücke aufgeführt wurden, oder auf denen es zu musikalischen und sonstigen künstlerischen Darbietungen kam. Zahlreiche kleine Buden, fahrende Händler und Essensstände komplettierten stets den festlichen Rahmen der Veranstaltung, die nicht nur im näheren Marburger Umland, sondern auch bis weit über die Grenzen Hessens hinaus einen ausgezeichneten Ruf genoss.

Dann verfinsterte sich seine Miene. Er dachte daran, den Kontakt zu den Leuten abzubrechen, die ihm so viel abverlangten. Schon seit Wochen trug er sich mit dem Gedanken. Allerdings war mit dieser Sorte Mensch nicht zu spaßen, aber es musste sein. Zu vieles hatte er inzwischen getan, auf das er nicht gerade stolz war.

Mit derlei Gedanken beschäftigt brachte er seinen Wagen zum Stehen. Wenn eine der zahlreichen Veranstaltungen auf dem Marburger Schlossberg stattfand, war in dieser Gegend kaum ein Parkplatz zu finden. Nun aber, zu dieser frühen Stunde, wo das Leben in der Stadt gerade erst erwachte, war Bottenbachs Suche nach einem geeigneten Stellplatz von vergleichsweise kurzer Dauer.

Das letzte Stück des Weges hatte er zu Fuß zurückzulegen. Da Ort und Zeitpunkt seiner Verabredung immer näher rückten, machte er sich nun doch wieder Gedanken, worum es sich dabei eigentlich handelte. Von einem ›äußerst wichtigen Treffen‹ hatte sein Kontaktmann gestern Abend am Telefon gesprochen. Ferner sollte es zur Übergabe ›bedeutender Dokumente‹ kommen, hieß es.

Bottenbach atmete tief durch. Er steckte die Autoschlüssel in die rechte Hosentasche und machte sich auf den Weg. Ein intensiver Geruch von bereits gefallenen leicht modrigen Blättern, erst kürzlich gemähtem Rasen und noch von der Nacht feuchten Pflastersteinen stieg ihm in die Nase. Gelblich-orange schienen die vereinzelten Laternen im Schlosspark. Wer auch immer sich zu einer solchen Stunde hierher verirrte, sollte wenigstens genügend Beleuchtung haben, um nicht von den vorgegebenen Fußwegen abzukommen.

Dem Chirurgen war nun doch etwas unheimlich zumute. Seiner Ansicht nach hätte man sich auch ebenso gut in einer der zahlreichen gemütlichen Studentenkneipen oder in einem der Restaurants der Universitätsstadt treffen können. Vor allem hätte er sich einen günstigeren Zeitpunkt gewünscht. Es war der 3. Oktober, der Tag der Deutschen Einheit. Er hatte Vorgesetzte bekniet, und Dienstpläne waren umgestellt worden, nur damit Bottenbach diesen Feiertag tatsächlich freimachen konnte. Nun befand er sich in der fahlen Morgendämmerung auf dem Marburger Schlossberg und wusste nicht, was er hier eigentlich sollte. Sie zahlten gut, aber *das* war es nicht wert! Sie hatten ihn zu einem intriganten Schleimer gemacht, zu jemandem, der er nicht sein wollte. Die Zeit der Scharade musste ein Ende haben, er kannte sich selbst nicht mehr. Er hatte mittlerweile richtig Angst vor ihnen.

Er kam am vereinbarten Zielort an, dem Eingang zur Schlossparkbühne, der zu dieser Tageszeit versperrt war. Bottenbach wollte auf die Uhr blicken. Das erübrigte sich, denn in der Nähe begann gerade eine Kirchenglocke sechs Mal zu schlagen. Er war also pünktlich.

Etwas nervös blickte er sich um. Noch niemand war zu sehen. Der Chirurg rieb sich angespannt die Hände. Er stand mit dem Rücken zur Absperrung, damit er alles, was sich vor ihm abspielte, möglichst gut erkennen konnte. Dies war allerdings fast unmöglich, denn ausgerechnet diese Stelle war um solch eine Uhrzeit noch in ein tiefes Grau gehüllt.

Nur schemenhaft konnte er die Bäume erkennen, die in etwa acht Metern Entfernung vor ihm standen. Immerhin war er in dieser Position einigermaßen vor etwaigen unangenehmen Überraschungen von hinten geschützt.

Dann hörte er ein Rascheln von rechts und erschrak, um kurz darauf befreit aufzuatmen. Ein Eichhörnchen lief knapp neben seinen Füßen vorbei und verschwand links im Dickicht. Es war offensichtlich noch so dunkel, dass ihn das scheue Tier nicht wahrnahm.

Bottenbach stand regungslos da und harrte der Dinge, die da kommen würden. Er aktivierte die Beleuchtung seiner Armbanduhr. Es war nun schon vier Minuten nach. Der junge Chirurg wusste nicht, ob er nervöser oder ungeduldiger war. Die Sekunden verrannen wie Minuten. Warum hatte er nur noch einmal zugesagt? Er hätte nun gemütlich in seinem Bett liegen können, statt sich diesen ›Unsinn‹ anzutun. Seine Ungeduld wuchs immer mehr an. Missmutig und angespannt lauschte er in die Dunkelheit.

Von Ferne vernahm er Motorengeräusche, die immer näher kamen, bis sie etwa dort verstummten, wo er selbst seinen

Wagen abgestellt hatte. Kurz darauf hörte Bottenbach das Schlagen einer Autotür.

Angesichts des Geräuschs war er etwas erleichtert.

Nach einer Weile hörte er Schritte, die zügig näher kamen. Sein Herz begann zu pochen. Immer lauter wurden die Schritte. Die Person konnte allenfalls noch zehn Meter von seiner Linken entfernt sein. Sollte er sich besser zu erkennen geben? Sollte er all seinen Mut zusammennehmen und entschlossen vortreten? Er entschied sich, ruhig an dieser Stelle zu verharren. Die Schritte waren fast angekommen. Drei Meter, zwei Meter … Bottenbach stockte der Atem.

Nur recht schemenhaft konnte er die Silhouette eines offensichtlich jungen Mannes erkennen, der zügig an der Stelle vorüberging. Ein Mann, der aber jederzeit zurückkommen konnte. Erst als die Schritte auch in etlichen Metern Entfernung noch zu hören waren und sich augenscheinlich von Bottenbach entfernten, wagte er wieder zu atmen. Warum hatte er sich nur darauf eingelassen?

Der Chirurg lauschte weiter angestrengt. Offensichtlich war er versetzt worden. Immerhin seit acht Minuten stand er nun schon dort. Nach wie vor konnte er nur recht wenig seiner Umgebung erkennen. Sollte er sich unter eine der Laternen stellen? Die nächste war etwa 30 Meter von ihm entfernt. Aber aus dem Hellen ins Halbdunkel zu blicken, hätte vermutlich bedeutet, noch deutlich weniger zu erkennen, als es ohnehin schon der Fall war.

Hätte er doch wenigstens eine Taschenlampe mitgebracht. Sie hätte ihm diesen fragwürdigen Aufenthalt doch erheblich erleichtert, hätte ihm nicht nur als Lichtquelle, sondern auch als rudimentäre Schlagwaffe zur Verteidigung dienen können. Aber er war sich nicht einmal sicher, ob er überhaupt eine besaß.

Immerhin waren jetzt seine Kopfschmerzen nahezu verflogen. So konnte er zumindest etwas klarer denken. Er fasste den Entschluss, noch bis Viertel nach zu warten. Sollten all der Aufwand, das frühe Aufstehen und das nervenaufreibende Warten völlig umsonst gewesen sein? Bottenbach begann, sich bereits auf sein warmes Bett zu freuen.

Weil seine Beine vom vielen Herumstehen langsam ermüdeten, bewegte er sich ein wenig. Er machte einige Schritte vor und wieder zurück. 06.12 Uhr. Die Helligkeit des aufleuchtenden Zifferblatts seiner Uhr brachte kurzzeitig etwas Licht in das Dunkel.

Er begann herumzugehen und versuchte, durch die Absperrung etwas von der Schlossparkbühne zu sehen. Dabei trat er vor eine Hecke, die sich links des Eingangs befand. Da! Plötzlich spürte Bottenbach, dass jemand hinter ihm war. Er wollte sich noch umdrehen, aber eine Hand hakte sich von hinten unter seinem linken Arm ein und klemmte seine Schulter fest. Er war völlig panisch und zur Bewegungslosigkeit verdammt, dann spürte er einen grässlichen Schmerz in seiner Kehle. Unmittelbar danach versank er in eine dunkle, endgültige Nacht.

Pepper kläffte zufrieden, als ihm sein Herrchen eine frische Portion Dosenfutter hinstellte. Er war jetzt seit vier Jahren bei Gisbert Nau und fühlte sich pudelwohl – so pudelwohl wie man sich als Golden Retriever eben fühlen konnte.

Nau, dessen Familienstammbaum in den kleinen Marburger Vorort Schröck zurückreichte, war von Herzen froh, wieder in der alten Heimat zu sein. Er hatte seine gesamte Kindheit und Jugend in der Universitätsstadt verbracht, bis ihn seine Karriere im Polizeidienst durch halb Hessen führte und es ihn schließlich in die Landeshauptstadt Wiesbaden verschlug.

Dort war er bis zuletzt als Kriminalkommissar tätig, doch eine kleine Erbschaft brachte ihn zurück an die Lahn. Dies war durchaus wörtlich zu verstehen, denn besagte Erbschaft bestand im Wesentlichen aus einem gemütlichen kleinen Häuschen im zentral gelegenen Marburger Stadtteil Weidenhausen.

Nur wenige Dutzend Meter hatte Gisbert Nau von dort zurückzulegen, und er stand am Ufer des Flusses. Ideal, um mit seinem Vierbeiner Spaziergänge ans Wasser zu unternehmen.

Der 56-Jährige wollte nun in aller Gelassenheit seinen Vorruhestand genießen. Allerdings war ihm klar, dass ihn seine alte Passion nicht vollständig loslassen würde. Wann immer etwas kriminalistisch Interessantes in seiner Umgebung geschehen sollte, würde es ihn gewaltig in den Fingern jucken. Allerdings, so dachte er zumindest, war im beschaulichen Marburg mit so etwas wohl kaum zu rechnen.

»Na Pepper, hat es dir geschmeckt?«

Der Golden Retriever hatte aufgefressen und war zu Nau herübergekommen, der es sich in einem Ohrensessel gemütlich gemacht hatte und in einem Magazin blätterte. Pepper legte sein Kinn auf Gisberts Knie und vollzog jenen treuen Augenaufschlag, der schon Jungtieren in die Wiege gelegt schien.

»Ich weiß, diesen Blick übst du heimlich vor dem Spiegel.« Nau musste schmunzeln und strich seinem Gefährten liebevoll über den Kopf. »Willst wohl noch einen Nachschlag?«

Durch ein kurzes »Wuff« signalisierte der Vierbeiner, dass sein Herrchen ihn verstanden hatte.

Nau stand auf und ging in die Küche, um kurz darauf mit einer neuen Portion Hundefutter wiederzukommen. Nachdem Pepper versorgt war, ging er zurück in die offene Küche, die direkt an das Wohnzimmer grenzte, und setzte frischen Tee auf. Er war kein Kaffeetrinker. Kaffee mit seinen Inhaltsstoffen wühlte ihn entweder zu sehr auf oder machte ihn eher schläfrig. Dazwischen lag so gut wie nichts. Eine gute Tasse Tee, und Gisbert konnte stets in Ruhe nachdenken. Und nachgedacht hatte er in seinem Leben viel, über die mögliche Lösung von Fällen gegrübelt und sein Hirn zermartert.

Er war jetzt seit einigen Wochen in Marburg, aber fing schon langsam an, seinen früheren Arbeitsalltag und Lebensinhalt zu vermissen. Einfach so in den Tag hinein zu leben war etwas Schönes, doch so ganz ohne eine Aufgabe kam sich Nau etwas überflüssig vor. Vermutlich würde es besser sein, sich bald ein Hobby zuzulegen. Gisbert Nau war handwerklich noch nie sehr geschickt gewesen, aber vielleicht ließ sich dennoch etwas auf diesem Gebiet finden, womit er sich sinnvoll beschäftigen konnte.

Da klingelte das Telefon. »Geh' mal ran Pepper, ich bin beschäftigt!«

Weil der Hund seiner Aufforderung naturgemäß nicht nachkam, hatte Nau alsbald den Hörer am Ohr. Pepper kam hinzu und wedelte mit dem Schwanz. Der treue Hund schaute dabei aufmerksam zwischen Naus Gesicht und dem Apparat hin und her, als begreife er nicht, warum der Kommissar plötzlich so angeregt in seine Hand redete.

Das Telefonat dauerte einige Minuten. Dann beendete Nau das Gespräch. Einerseits machte er eine betroffene Miene, andererseits konnte er nicht verhehlen, dass ihn der Grund des Anrufs gefreut hatte.

»Pepper, es gibt Arbeit.« Nau griff nach seiner Jacke. »Willst du mit?«

Noch bevor Nau ausgeredet hatte, saß Pepper an der Haustür und konnte es augenscheinlich kaum erwarten, herausgelassen zu werden.

Draußen erwartete die beiden ein heller, freundlicher Oktobermorgen und fast völlige Stille. Dafür hätte es nicht einmal des Feiertags bedurft, denn das Haus von Gisbert

Nau lag in einer ruhigen Sackgasse. Hier gab es selten einmal Hektik und Unruhe. Nachdem der Hund hinten in den alten Kombi geklettert war, fuhren sie auch schon los. Nach einigen Minuten kam ihr Ziel in Sicht.

Als sie auf dem Schlossberg ankamen fielen Nau schon von Weitem die beiden Streifenfahrzeuge auf. Wie alle im Polizeidienst befindlichen PKWs Hessens hatten auch sie Wiesbadener Kennzeichen. Ein gewohntes Bild für Gisbert Nau, das ihn an alte Zeiten erinnerte. Hinzu kamen einige andere Autos, die sich aber auf die Schnelle noch nicht zuordnen ließen.

»Schnall dich ab, Pepper, wir sind da!«

Gisbert Nau liebte es, seinen Hund auf derartige Weise zu vermenschlichen, zumal ihm dieser des öfteren deutlich menschlicher vorkam als so mancher Zweibeiner. Die vielen Jahre im Polizeidienst hatten ihn desillusioniert. Zu oft hatte sich die Krone der Schöpfung viel mehr als deren Bodensatz herausgestellt.

»Halt! Hier können Sie nicht durch!«, keifte ein junger Streifenpolizist mit mehr Schroffheit, als seine milchbubenhaften Züge es hätten vermuten lassen, »… und halten Sie nicht länger den Verkehr auf!«

Nau kurbelte das Fenster herunter und erklärte ihm freundlich, aber bestimmt, wer er sei und was er hier zu suchen habe. Daraufhin sprach der junge Mann in sein Funksprechgerät und gab schließlich den Weg frei. Er machte eine entschuldigende, fast unterwürfige Geste, als Nau an ihm vorbeifuhr.

»Na also, geht doch«, murmelte dieser leise zu sich und lächelte milde zurück.

Er fuhr noch ein paar Meter, stellte den Wagen ab und entließ Pepper aus dem Kofferraum. Der Golden Retriever wedelte hocherfreut mit dem Schwanz, sprang auf die Erde und fing augenblicklich an, in allen möglichen Ecken herumzuschnüffeln.

»Komm, wir gehen.« Nau dachte nicht im Mindesten daran, ihn an die Leine zu legen. Dafür war sein Hund einfach zu gut erzogen. Der Kommissar im vermeintlichen Vorruhestand ging los und gab ihm damit die Richtung vor. Pepper folgte brav mit einigem Abstand, vergaß aber dabei nicht, gelegentlich in einem Laubhaufen zu wühlen oder an einer Markierung zu schnüffeln, die offensichtlich ein Artgenosse vor nicht allzu langer Zeit hinterlassen hatte.

Nach einer nicht allzu langen Wegstrecke kamen die beiden am Tatort an, an dem sich ein knappes Dutzend Personen befand. Naus erster Blick fiel auf die Leiche eines recht jungen Mannes, der in einer Blutlache lag. Unweit von ihm befand sich ein Zinksarg, der bereitstand, um seine makabre Fracht abzutransportieren. Der Kommissar gab seinem Hund einen Wink, der ihm bedeutete, sich etwas abseits dieser Szenerie aufzuhalten und sich nicht weiter zu rühren.

Gisbert Nau hatte noch keine Gelegenheit, sich näher mit der Leiche zu befassen, denn nun kamen ihm zwei Beamte entgegen.

»Wagner hat gesagt, dass Sie angekommen sind«, sagte der eine mit mäßig freundlichem Ton und schüttelte ihm die Hand. Nau hätte seine Hand nach der Berührung am liebsten gleich wieder zurückgezogen und mit einem Taschentuch abgewischt. Zu gefühlskalt und eklig fühlte sich der erste Kontakt mit seinem Gegenüber an, etwa so, als hätte er soeben eine Schlange angefasst.

»Mein Name ist Ludwig Reckmann«, stellte sich das Reptil vor. Dann machte es eine fast abwertend wirkende Geste zur Seite. »… und das ist mein Kollege Peter Löwenstein.«

»Sehr erfreut«, war der Kollege zu vernehmen. »Schön, mit Ihnen zusammenzuarbeiten.« Löwenstein ließ dem Händedruck ein freundliches Lächeln folgen, das Nau als ehrlich empfand.

Der etwas dickliche Mittvierziger mit Dreitagebart war Nau vom ersten Augenblick an sympathisch, ganz im Gegensatz zu dem jungen aufschneiderischen Reckmann, der offensichtlich Löwensteins Vorgesetzter war. Eine Vormachtstellung, die er auch immer wieder weidlich auszunutzen schien.

»Herr Kunze vom Landeskriminalamt aus Wiesbaden rief mich eben an«, sagte Nau. »Er meinte, ich sollte Ihnen ein wenig unter die Arme greifen. Mit anderen Worten: Er hat mich beauftragt, die Leitung der Ermittlungen zu übernehmen.«

»… und uns vermeintlichen Landeiern mal zu zeigen, wie ihr in Wiesbaden so ermittelt«, ergänzte Reckmann mit einem süffisanten Unterton, der Gisbert Nau nicht gefallen konnte.

Reckmann schien Nau ein typischer Karrierist zu sein. Während Löwenstein in seiner Lederjacke eher hemdsärmlig daherkam, rückte der Anzugträger Reckmann gerade seine Krawatte zurecht.

Gisbert Nau überging bewusst die zynische Aussage. »So, dann lassen Sie uns mal schauen, womit wir es hier zu tun haben.«

»Mit einem jungen Chirurgen von der hiesigen Uni-Klinik«, sagte Löwenstein, der sofort einen giftigen Blick Reckmanns erntete, weil er sich erdreistet hatte, als Erster zu antworten. Er fuhr dann aber doch fort: »Eine Passantin hat ihn vor drei Stunden gefunden. Wir haben sie schon befragt und erst einmal nach Hause gehen lassen. Sie schien ziemlich fertig. Die Befragung hat nichts Besonderes ergeben. Ihre Personalien haben wir natürlich aufgenommen. Er lag einfach da und war tot.«

»Wer hat denn den blöden Köter mitgebracht?«, entfuhr es Reckmann, dem entgangen war, dass der Golden Retriever gerade eben mit Gisbert Nau gekommen war.

»Das ist mein *Hund*«, erklärte der Kommissar. »Sie müssen sich keine Sorgen machen. Er ist gut erzogen und wird Ihnen sicher keine Spuren verwischen.« Dabei fiel sein Blick auf das Team der Spurensicherung und die hübsche junge Gerichtsmedizinerin, die sich gerade neben die Leiche gehockt hatte, um sie genauer zu untersuchen.

»Ähm … ja, entschuldigen Sie bitte, das wusste ich nicht.«

Nau bemerkte, wie Löwenstein den Kopf schüttelte und sich ein Schmunzeln kaum verkneifen konnte.

»Er hatte seinen Ausweis, Führerschein und auch die Wagenpapiere dabei.« Reckmann hatte den Faden wiedergefunden. »Wir lassen im Moment gerade sein Fahrzeug untersuchen.«

Nau schaute einigen Leuten der Spurensicherung hinterher, die sich soeben in Richtung Parkplatz auf den Weg machten.

»Es handelt sich um einen Klaus-Jürgen Bottenbach«, meldete sich Löwenstein zurück.

»Man hat ihm die Kehle durchgeschnitten«, sagte wieder das Reptil und zeigte keine Spur von Anteilnahme. »Der hatte es schnell hinter sich.«

»Mehr wird uns vermutlich Frau Wenzel sagen können«, meinte Löwenstein und deutete auf die Pathologin, die gerade in einer Art Arztkoffer wühlte und darin kleine forensische Utensilien verstaute. Nau meinte, einen Pinsel und eine Pinzette zu erkennen.

Frau Wenzel war voll und ganz auf ihre Arbeit konzentriert und hielt sich deshalb nicht mit Begrüßungsfloskeln auf, als sie die drei Männer näherkommen sah.

Sie war noch immer über den Toten gebeugt, ihr schönes rotbraunes Haar fiel lang über ihren Rücken bis fast zum Gürtel.

»Eindeutig Mord«, sagte sie, als würde sie mit sich selbst

reden. »Jedenfalls, so weit man das bis jetzt sagen kann. Glatter Schnitt durch die Kehle, sofortiger immenser Blutverlust. Tod trat sicher unmittelbar ein.«

Dann stand sie auf und, da eine Begrüßung mit Reckmann und Löwenstein offensichtlich bereits vorher schon stattgefunden hatte, schüttelte sie nur dem Kommissar die Hand.

»Ich bin Katja Wenzel.«

»Ja, das sagten die Kollegen bereits. Gisbert Nau. Ich soll die Ermittlungen leiten«, meinte er mit einem verschmitzten, zurechtweisenden Blick auf Reckmann.

»Ja, das sagte mir Herr Löwenstein bereits«, entgegnete sie mit einem Grinsen.

Nau war etwas erstaunt, dass er zu ihr aufschauen musste. Er hatte sie bislang nur in hockender Position gesehen. Jetzt, wo sie vor ihm stand, war sie einige Zentimeter größer als er selbst. Sie musste es auf wenigstens 1,80 Meter bringen.

»Können Sie uns etwas zum Tathergang sagen?«, wurde Reckmann wieder sachlich, sprach aber dabei in einem besonders freundlichen Ton, den er wohl immer vorzugsweise dann anwendete, wenn er es mit hübschen jungen Damen zu tun hatte.

»Nach jetzigem Stand kann ich noch nicht allzu viel sagen. Der Schnitt wurde mit einem besonders scharfen Messer ausgeführt …«

»Vielleicht auch mit einem OP-Messer?«, warf Nau scharfsinnig ein.

Die Pathologin überlegte kurz und zog dabei ihre sterilen Handschuhe aus.

»Mag sein, das wird die Laboranalyse ergeben. Anhand der Ausführung des Schnitts vermute ich, dass das Opfer von hinten gepackt wurde, und auch aus dieser Position der Schnitt erfolgte …«

Löwenstein nickte anerkennend. Die junge Frau schien sich, trotz ihres fast noch jugendlichen Alters, tatsächlich in ihrem Job auszukennen.

»… aber auch das wird die Laboranalyse ergeben«, nahm ihr Nau die Worte aus dem Mund.

Sie nickte. »Es mag aber auch sein, dass es zwei Täter waren. In diesem Fall hätte die zweite Person den Schnitt ebenso gut durchführen können.«

Nau schaute sich angeekelt die tiefe Schnittwunde an. Solche Anblicke würden niemals zur Routine werden. Da könnte man den Job noch 20 weitere Jahre machen und dennoch niemals wirklich abhärten.

»Lässt sich die Anzahl der Täter denn irgendwie feststellen?«, säuselte Reckmann wieder so gut es ihm möglich war. Einmal mehr konnte sich Löwenstein ein leichtes Kopfschütteln nicht verkneifen.

»Auch dazu kann man erst was sagen, wenn das Opfer bei uns in der Pathologie liegt. Um einen Raubmord handelt es sich wohl nicht, denn ich habe dieses Portemonnaie in Bottenbachs Gesäßtasche gefunden. Es befinden sich mehr als 200 Euro darin.« Mit diesen Worten zeigte sie Nau die von ihr in eine Plastikhülle verstaute Geldbörse.

Das Reptil wollte weiter Süßholz raspeln. »Kaum vorstellbar, dass eine so hübsche junge Frau wie Sie …«

»Was können Sie mir zu Bottenbach sagen, Herr Reckmann?«, fuhr ihm Nau energisch dazwischen.

Reckmann sah ihn mit großen fragenden Augen an.

»Familie, Freunde, Beziehungsverhältnisse …«, warf ihm Gisbert Nau schroff entgegen, um sich etwas mehr Respekt zu verschaffen. Mit Löwenstein würde er klarkommen, aber das bisherige Auftreten von Reckmann passte ihm überhaupt nicht.

»Die Computer in unserer Dienststelle rattern schon«, kam Löwenstein seinem Kollegen zur Hilfe.

»Wäre es dann zu viel verlangt, wenn Sie dort mal nachfragen würden?«, bohrte Nau nach und wendete sich wieder der Pathologin zu, um sich dann abermals über den Leichnam zu beugen.

Beide Beamte fühlten sich angesprochen und entfernten sich um einige Meter, damit sie in Ruhe mit ihren Kollegen Rücksprache halten konnten.

Zwischen Nau und Frau Wenzel, die nun alleine waren, entstand so etwas wie eine kurze, fast peinliche Pause, die sie mit den Worten füllte: »Ich werde das Opfer auch genauestens auf sonstige Wunden untersuchen. So finden wir heraus, ob es zu Kampfhandlungen kam.«

»Dann wissen wir vielleicht auch, um wie viele Täter es sich gehandelt hat«, entgegnete Nau.

Die junge Frau nickte.

Pepper hatte sich die ganze Zeit über abseits gehalten, schaute aber neugierig zu den beiden hinüber.

Katja Wenzel war den Blicken des Kommissars gefolgt und entdeckte nun auch den Hund.

»Sie können ihn ruhig herrufen. Wir sind hier soweit fertig.« Sie lächelte amüsiert.

Gisbert Nau gab seinem Vierbeiner einen kurzen Wink, daraufhin lief ihnen der Hund erfreut entgegen. Die beiden machten zugleich sicherheitshalber einige Schritte von der Leiche weg.

»Brav, Pepper, brav. Du hast artig gewartet.«

Der Vierbeiner sprang glücklich an ihm hoch. Dann begrüßte er auch die fremde Frau, wenngleich sie für seine feine Nase etwas eigenartig roch. Ihr Job brachte es eben mit sich, dass man immer wieder auch mit allerlei Chemikalien arbeitete.

»Was bist du denn für ein schöner Hund?« Sie streichelte ihn ausführlich, was Pepper dazu verleitete, auch an ihr hochzuspringen. »Ist das Ihrer?«

Nau musste grinsen und schaute sie vielsagend an. Wenzel, die sofort die Unsinnigkeit ihrer Frage erkannte, schob noch eilig nach: »Das ist aber ein sehr ungewöhnlicher Name für einen Hund.«

»Ja, Pepper heißt er.« Nau hatte nun die Gelegenheit, etwas weiter auszuholen, was er bei diesem Thema gerne tat. »Eigentlich Sergeant Pepper, nach einem berühmten Album der Beatles.«

»Oh, Sie sind Oldie-Fan«, die Pathologin lächelte ihn amüsiert an.

Nau zögerte kurz. Die junge Frau konnte höchstens Mitte 20 sein. Er fragte sich, ob sie im Zeitalter digitaler Medien mit dem Begriff ›Album‹ überhaupt noch etwas anzufangen vermochte. Aber immerhin kannte sie die Beatles.

»Sagen wir lieber, ein Freund guter Rock- und Pop-Musik, die dann auch gerne etwas älter sein darf.«

In der Tat besaß Nau eine recht umfangreiche Vinyl-Sammlung mit zahlreichen Originalausgaben. Erst vor einigen Jahren hatte er damit angefangen, sich auch CDs zu kaufen, aber seine Liebe zur herkömmlichen Technik würde wohl niemals versiegen. Zudem klangen für den Vorruheständler viele seiner alten Alben einfach zu gut, als dass man sie durch eine digitalisierte Version hätte gleichwertig ersetzen können. Da ging ihm einfach nichts über seine alten Schätze.

Katja Wenzel wollte noch etwas sagen, aber da kamen die beiden Marburger Beamten wieder auf sie zu. Nau und der Pathologin fiel auf, dass Löwenstein in einer fast um Entschuldigung bittenden Geste die Arme hob.

»Es hat etwas länger gedauert«, begann Reckmann, »aber leider hat sich auch überhaupt nichts Außergewöhnliches ergeben.«

»Familienstand ledig«, übernahm Löwenstein das Wort und las von einem zerknitterten alten Notizblock ab. »Er war ein Einzelkind, beide Eltern sind allerdings bereits tot. Ob er in einer Beziehung gelebt hat, ist nicht aktenkundig. Sonstiges, wie etwa auffällige Kontobewegungen, wird noch ermittelt.«

»Dann ist sein Arbeitsumfeld zunächst mal unsere einzige mögliche Informationsquelle«, resümierte Nau. »Wir müssen dort alles Erdenkliche über ihn herausfinden, ansonsten haben wir keine Ansatzpunkte in diesem Fall.«

Reckmann und Löwenstein nickten zustimmend.

Sie schauten mit Frau Wenzel, Nau und Pepper dabei zu, wie zwei Angestellte des Gerichtsmedizinischen Instituts aus Gießen Bottenbachs Leiche in den Zinksarg legten und gleichmütig abtransportierten.

»Für mich bleibt dann hier nichts mehr zu tun«, sagte die Pathologin, klappte ihren Koffer zusammen und verabschiedete sich freundlich.

»Wir hören voneinander«, Nau gab ihr die Hand und raunte ihr in einem etwas vertraulicheren Tonfall zu: »Weil ich ja in erster Linie Privatmann bin und hier nur aushelfen soll, gebe ich Ihnen wohl besser meine persönlichen Daten.«

Frau Wenzel steckte seine Visitenkarte in die Jackentasche und verabschiedete sich von Pepper.

»Keine Sorge, Herr Nau, Sie sind mein erster Ansprechpartner.«

Reckmann quittierte diese Aussage mit einem bitteren, aufgesetzten Lächeln.

»Ich melde mich, sobald ich etwas Näheres weiß.«

Mit diesen Worten drehte sie sich um und ging.

2. KAPITEL

Der Kommissar und sein Hund gingen am Lahnufer, unweit von Gisberts neuem Haus, spazieren. Er hatte sein Handy eingesteckt, um auf jeden Fall erreichbar zu sein. Es war nun früher Nachmittag, und irgendwann würden die beiden Polizeibeamten oder auch die Pathologin mit neuen Erkenntnissen aufwarten.

Nau hatte Pepper gar nicht erst an die Leine genommen, obwohl die beiden gelegentlich auf andere Fußgänger trafen. In regelmäßigen Abständen waren Bänke am Lahnufer aufgestellt. Meist waren es junge verliebte Paare, die darauf saßen und das herrliche sonnendurchflutete Ambiente genossen. Trotz der eher recht regnerischen Nacht hatte sich ein schöner frühherbstlicher Tag entwickelt. So konnte es nicht verwundern, dass zahlreiche Einheimische das schöne Wetter nutzten und einige Stunden an der Lahn verbrachten. Vermutlich hatten auch viele Auswärtige diese Gelegenheit wahrgenommen und statteten der alten Universitätsstadt einen feiertäglichen Besuch ab.

Gisbert und Pepper befanden sich gerade auf Höhe des Anlegestegs. Hier gab es einen Kanu- und Boots-Verleih. Nicht weit von ihnen lag rechter Hand die Weidenhäuser Brücke, auf der sich auch an diesem Feiertag ein recht reger Autoverkehr abspielte. Schließlich handelte es sich dabei um einen der wichtigsten Marburger Verkehrsknotenpunkte. Gleich dahinter lag der immer recht stark frequentierte Rudolphsplatz. Von dort waren es nur noch wenige Meter bis zum Fuß des Schlossbergs, der sich steil über die Stadt erhob.

Nau blickte versonnen zu dem alten Landgrafenschloss

hinauf und dachte darüber nach, welche Rolle er nun eigentlich bei der Aufklärung dieses Falls spielen sollte. Er war von höchster Stelle in Wiesbaden darum gebeten worden, seinen eher unerfahrenen Kollegen in Marburg ›unter die Arme zu greifen‹, was immer man sich darunter genau vorzustellen hatte. Er sollte gewissermaßen im Hintergrund die Ermittlungen leiten. Offenbar hatte man im Wiesbadener Landeskriminalamt kein allzu großes Vertrauen in die Fähigkeiten der hiesigen Beamten. Nau hatte sich in der hessischen Hauptstadt einen ausgezeichneten Ruf als Leiter der dortigen Mordkommission erarbeitet. Was lag also aus Sicht der Wiesbadener Behörden näher, als einen so erfahrenen Mann an den Fall zu setzen?

Allerdings war sich Nau nicht sicher, in welcher Form und in welchem Umfang er sich des Falles annehmen sollte. Schließlich hatte der Kommissar gerade erst den Polizeidienst quittiert und wollte eigentlich seinen Vorruhestand genießen.

Jedenfalls bedeutete die Ermittlungsarbeit in leitender Position, auch delegieren zu können. So hatte er Reckmann und Löwenstein angewiesen, sich die Klinik auf den Lahnbergen genauer anzusehen. Sie sollten Näheres über Bottenbach herausfinden. Dessen Vorgesetzte und Mitarbeiter würden schon einiges über den Ermordeten zu berichten wissen, hoffte Nau. Vielleicht ließ sich auf diesem Wege auch herausfinden, ob der Chirurg zuletzt alleine oder in einer Beziehung gelebt hatte. Noch hatten sie keinerlei Informationen über das Opfer. Dies war ein Umstand, der Naus Meinung nach möglichst bald der Vergangenheit angehören sollte.

Einige Enten kreisten über dem Fluss, flogen noch einen Bogen und setzten dann ebenso gekonnt wie elegant auf dem Wasser auf. Der Bootsverleih machte noch einmal ein recht gutes Geschäft an diesem Feiertag. Nau konnte derzeit immerhin vier Boote in seinem unmittelbaren Sichtfeld ausmachen.

Er fragte sich, ob er nicht vielleicht besser selbst hinauf zur Uni-Klinik gefahren wäre. Aber zumindest Löwenstein machte ihm den Eindruck, dass die Ermittlungen bei ihm ihn guten Händen lagen.

Nau dachte über den Fall nach. Viele Fakten waren es noch nicht, auf die er seine Überlegungen gründen konnte. Auch die Untersuchung von Bottenbachs Fahrzeug hatte nichts ergeben; lediglich die Erkenntnis, dass er offensichtlich gerne auf großem Fuß lebte. Bottenbach hatte sich erst vor einigen Monaten den 5er BMW als Jahreswagen zugelegt. Der junge Chirurg hatte die beträchtliche Kaufsumme gleich auf einmal überwiesen. Sein Konto wies allerdings einen unerfreulichen Saldo von fast 5.000 Euro auf. Zudem lebte er in einer Penthouse-Wohnung, für die er monatlich immerhin fast 2.000 Euro Kaltmiete aufbrachte. Fast schien es, als habe sich Bottenbach finanziell ein wenig überhoben.

Der Kommissar hatte seinen Kollegen noch aufgetragen, für den Nachmittag eine Durchsuchung von Bottenbachs Wohnung zu arrangieren. Bei dieser wollte Nau dann auch persönlich vor Ort sein, um sich selbst ein Bild des Opfers verschaffen zu können.

Pepper kläffte leise in Richtung Fluss. Gerade entstieg eine junge Familie mit zwei Kindern einem der Boote. Der gemeinsame Ausflug auf dem ruhig dahinfließenden Gewässer hatte ihnen offensichtlich große Freude bereitet. Besonders das ältere Kind, ein etwa achtjähriger Junge, blickte, als würde er sich überhaupt nicht mehr von dem Boot losreißen können.

Nau wurde etwas wehmütig. Seine Tochter, die Frucht einer kurzen gescheiterten Ehe, lebte weit entfernt im Süddeutschen. Sie sahen sich allenfalls zwei- bis dreimal im Jahr.

Zu ihrer Mutter hatte Nau schon seit Jahrzehnten praktisch überhaupt keinen Kontakt mehr. Zu so etwas wie einem geregelten Familienleben war Gisbert Nau niemals gekommen.

Immerhin hatte der Single seit einigen Jahren seinen Hund, der ihn mit viel Freude erfüllte.

Wieder zurück im Haus ging Gisbert zu seinem Plattenschrank. Wenig später ertönte ›Smoke On The Water‹ von Deep Purple. Nein, zu abgedroschen, dachte er sich und legte eine andere Scheibe auf. ›July Morning‹ von der legendären Rockband Uriah Heep erklang. Hammondorgel, gute Texte, einen schönen Satzgesang, *das* war es, was er jetzt brauchte!

Kaum hatte er es sich in seinem Ohrensessel gemütlich gemacht, riss ihn das Telefon aus seinen musikalischen Träumereien. Er drehte den Verstärker leise und ging an den Apparat.

»Nau. Guten Tag.«

»Reckmann«, ertönte es blechern vom anderen Ende der Leitung.

»Hallo, Reckmann, ich verstehe Sie kaum.«

»Wir stehen hier im Klinik-Foyer. Ist 'ne Menge los. Feiertag ist gleich Besuchertag«, hörte Nau undeutlich.

»Können Sie .... Viertelstunde am Ortenberg sein?«

»Aber ja, natürlich.«

»... genaue Adresse ...«

»Habe ich mir eben schon aus dem Telefonbuch gezogen!«, schrie der Kommissar mehr, als er sprach. »Bis dann!«

Während Nau den Song zu Ende hörte, zog er sich um. Dann steckte er die Platte vorsichtig in die Hülle, schaltete die Anlage aus und schaute nach Pepper. Er schien tief und fest zu schlafen. Als Nau sich ihm näherte öffnete er aber kurz die Augen. Der Hund, der sonst immer hellhörig wurde, wenn das Telefon schellte, war an diesem Tag so lange draußen an der frischen Luft gewesen und hatte so viel erlebt, dass er den schrillen Ton einfach ignorierte.

Daher machte sich Nau diesmal ohne Begleitung auf den kurzen Weg zum Ortenberg.

Er verließ den malerischen Stadtteil Weidenhausen, fuhr am Erlenring-Center vorbei, überquerte die Stadtautobahn über die Kurt-Schumacher-Brücke und bog schon nach wenigen Minuten in die Georg-Voigt-Straße am Ortenberg ein.

Er reckte den Hals, um nach der richtigen Adresse zu suchen. Wenn er beim Autofahren etwas hasste, dann war es, viel zu kleine oder ungünstig angebrachte Hausnummern zu suchen. Diese berechtigte Abneigung stammte noch aus Abiturientenzeiten, als er sein knappes Taschengeld damit aufbesserte, frühmorgens im Dunkeln die Tageszeitung zu verteilen.

Nicht nur die Suche nach Hausnummern war ein Problem, sondern auch die Tatsache, dass viele Leute ihre Briefkästen und Zeitungsrohre derartig ungünstig anbrachten, dass sie nur mit unnötig langen Fußwegen zu erreichen waren. Diese unerklärliche Kurzsichtigkeit vieler seiner Mitbürger hatte ihn damals schon aufgeregt. Daran hatte sich zwischenzeitlich nichts geändert. Er fragte sich zudem, wie viele Menschen beispielsweise völlig unnötig zu Tode kamen, weil Rettungskräfte und Notärzte aufgrund kaum zu findender Hausnummern um die entscheidenden Minuten zu spät kamen.

Gisbert Nau wurde aus seinen Gedanken gerissen, weil er gerade an der richtigen Hausnummer vorbeigefahren war und deshalb nun den Wagen zurücksetzen musste. Er fand eine Parklücke und stellte den Motor ab.

Bottenbachs Wohnung nahm das gesamte obere Geschoss eines Zweifamilienhauses ein. Sofort war Nau wieder bei seinen vorherigen Gedanken, denn das Haus lag an einem steilen Hang. Gute 40 Meter und zahllose Treppenstufen hatte man mühsam zu überwinden, bis man schließlich zum Eingang gelangte, bei dem sich auch die Briefkästen befanden.

Einmal mehr war Gisbert Nau froh, nicht Briefträger oder gar Paketzusteller geworden zu sein.

Vor dem Untergeschoss stand ein älterer Mann, der vermutlich die 70 schon überschritten hatte und mit Gartenarbeit beschäftigt war. Er hatte eine Heckenschere in der Hand und trug eine grüne Arbeitshose. Seine Gummistiefel waren von der Gartenerde verdreckt. Mit Interesse verfolgten seine Blicke Gisbert Nau, der gerade im Begriff war, durch Bottenbachs weit offen stehende Wohnungstür zu gehen. Der Kommissar besann sich aber eines Besseren und wendete sich dem alten Herrn zu, der sich zu freuen schien, angesprochen zu werden.

»Hallo. Sie sind Mitbewohner von Herrn Bottenbach?«

»Vermieter und Mitbewohner«, korrigierte der Hobbygärtner. »Mirr geherrt dess Haus«, sagte er in breitestem Hessisch und wischte sich den reichlichen Schweiß von der Stirn.

»Sie wissen schon, was passiert ist, Herr …?«

»Kessler haas isch. Die Kolleesche hunn grad schonn mid mir geschwätzt.«

Nau hoffte insgeheim, dass seine Kollegen dabei nicht *zu* geschwätzig gewesen waren.

»Wie war Herr Bottenbach denn so als Mieter? Gab es irgendwelche Probleme?«

»Dess Geld war eischentlisch immer pünktlisch doh. Hunn awwer nid vill Kontaggt gehabbt. War jo aach nur e paar Monadde doh.«

»Wissen Sie denn vielleicht, ob Herr Bottenbach alleinstehend war?«

»No ja, ab un zu war so e jung Mensch doh«, Kessler kratzte sich am Kopf, als helfe das beim Nachdenken, »Cornelia hatts geheisse.« Er schlug sich mit der Hand vor die Stirn. »Naa, Corinna. Hodd merr mol korz Guden Tach gesacht. Doh hunn mer a weng geschwätzt. Awwer sonscht waass isch nix.«

»Ihren Nachnamen wissen Sie nicht zufällig?«

Der Rentner schüttelte den Kopf. Gisbert Nau bedankte sich, und mit einem kurzen Winken ging er in die gepflegte Wohnung. Drinnen waren bereits Reckmann und Löwenstein dabei, die Räume zu inspizieren. Ein dritter Kollege war ebenfalls anwesend, den Nau bisher noch nicht kennengelernt hatte. Er war noch sehr jung und offensichtlich erst in der Ausbildung.

»Hallo, wir haben noch einen Kollegen von unserer Dienststelle mitgebracht«, begrüßte ihn Reckmann.

»Wir haben gedacht, dass etwas Verstärkung nicht schaden kann, da es ja hier vermutlich einiges auf den Kopf zu stellen gibt«, ergänzte Löwenstein.

»Sven Marquardt«, sagte der Junge etwas steif. »Ich soll Ihnen helfen.«

»Das dachte ich mir schon«, der Kommissar nickte verständnisvoll und schüttelte ihm die Hand.

»Was gibt's Neues aus der Klinik?«

»Das Wichtigste vorweg: Ein Mitarbeiter, mit dem sich Bottenbach wohl ein wenig angefreundet hatte, hat uns gesteckt, dass er wohl seit einigen Monaten in einer Beziehung lebte. Mit einer Frau Pechstein, Vorname ...«

»... Corinna«, ergänzte Nau.

Reckmann, der ohnehin schon überrascht war, unterbrochen zu werden, schaute den Kommissar mit großen Augen an.

»Hab ich von Bottenbachs Vermieter«, sagte Nau und deutete nach unten. »Weiter!«

»... wohnhaft in Gießen. Die genaue Adresse lassen wir gerade in der Dienststelle ermitteln. Sie ist wohl Sekretärin oder so was und ein paar Jahre jünger als Bottenbach.« Reckmann rückte wieder einmal seine Krawatte zurecht.

»Ansonsten lässt sich sagen, dass aufgrund des Feiertags

viele von Bottenbachs Mitarbeitern nicht da waren. Eine echte Notbesetzung eben«, meinte Löwenstein. »Da werden wir also voraussichtlich in den nächsten Tagen noch einmal hinfahren müssen und die restlichen Kollegen befragen.«

Damit hatte er natürlich recht. Nau nickte.

»Das erklärt auch«, übernahm Reckmann wieder, »warum wir ansonsten nicht allzu viel herausgefunden haben. Er galt im Allgemeinen als angesehener Fachmann, der es in seinen jungen Jahren schon erstaunlich weit gebracht hat.«

»An und für sich war die Hütte aber ziemlich voll«, stöhnte Löwenstein. »Jede Menge Besucher. Die Frau am Empfang meinte, es seien fünfmal so viele wie an Werktagen.«

»Bottenbach war wohl mehr oder weniger beliebt. Die Leute waren alle ziemlich bestürzt, wie es mit ihm geendet ist. Es ist aber auch niemand in Tränen ausgebrochen.« Reckmann begann bereits, seine Blicke durch die weitläufige Wohnung schweifen zu lassen.

»Mit anderen Worten: So richtig dicke Freunde hatte Bottenbach auf den Lahnbergen nicht. Es war die Rede von einem guten, kollegialen Verhältnis. So oder so ähnlich haben sich eigentlich alle ausgedrückt, die wir befragt haben.«

»Viel aus seinem Privatleben hat er seinen Kollegen jedenfalls nicht preisgegeben«, fügte Reckmann an.

»Er war wohl einfach zu sehr auf die Karriere bedacht und hat versucht, möglichst wenig anzuecken«, sagte Löwenstein mit einem flüchtigen Seitenblick auf Reckmann.

»Wie erwähnt, war unsere Befragung bei Weitem nicht flächendeckend, aber immerhin vielleicht schon leidlich repräsentativ«, bekräftigte dieser nochmals.

Nau nickte zufrieden. Offensichtlich hatten die beiden gründlich recherchiert, so gut es der geringe Personalstand in der Klinik an diesem Feiertag eben zuließ. Er blickte nun ebenfalls um sich. So, als wolle er jenen Punkt ausfindig machen, an dem die anstehende Durchsuchung der Wohnung am besten zu beginnen habe.

Sie hatten schon die ganze Zeit im großen Wohnzimmer gestanden, das sich unmittelbar hinter der Wohnungstür befand. Von diesem Zimmer gingen einige weitere ab. Die Einrichtung des Wohnzimmers empfand Nau als kühl, sehr aufgeräumt und übersichtlich. Es war in hellen Farben gehalten. Die teuren Designermöbel hatten sicher ihren eigenen Charme, verbreiteten aber nur wenig Gemütlichkeit.

»Wie steht es mit dem Team der Spurensicherung?«

»Die waren, wie Sie gewünscht haben, schon hier und haben alles auf Fingerabdrücke und so weiter untersucht«, sagte Reckmann. »Sie haben zweierlei Fingerabdrücke vorgefunden. Wir vermuten, dass die häufigeren von Bottenbach selbst stammen und die selteneren von seiner Freundin, Frau Pechstein. Das ist aber noch abzugleichen.«

»Sie haben auch schon den Hausmüll und dergleichen überprüft. Es macht den Eindruck, dass seine Freundin hier nur gelegentlich zu Besuch war, also nicht ständig mit ihm zusammengewohnt hat«, übernahm Löwenstein. »Alles, was sie von ihr vorgefunden haben, waren ein paar Schminkutensilien im Bad.«

»… und die werden ja kaum von Bottenbach selbst stammen«, lachte Gisbert Nau.

»Als wir eben ankamen, habe ich der Vollständigkeit halber auch schon seinen Tiefgaragenstellplatz hier im Haus gecheckt. War einfach zu erkennen, da dieser mit einem Nummernschild von Bottenbachs Wagen gekennzeichnet ist«, meinte Reckmann. »Dort gibt es nichts Besonderes zu sehen. In einer Ecke steht lediglich ein zweiter Satz Autoreifen.«

»Gute Arbeit«, lobte Nau. »Wir werden so vorgehen: Da die Spurensicherung ihren Job schon gemacht hat, haben wir freie Hand. Wir können alles in Ruhe durchsuchen, ohne uns Gedanken machen zu müssen, eventuelle Spuren zu verwischen. Achten Sie vor allem auch auf Post oder sonstige Schriftstücke, die vielleicht einen Hinweis darauf geben könnten, ob Bottenbach in Schwierigkeiten steckte. Schauen Sie auch nach, ob sich beispielsweise hinter Bildern geheime Verstecke oder vielleicht ein Safe befinden. Kurz gesagt: Stellen wir die Wohnung richtig auf den Kopf!« Danach klatschte er auffordernd in die Hände, denn er wusste, dass der Polizeidienst Aufregenderes zu bieten hatte, als eine Wohnungsdurchsuchung.

Die drei Männer und der Azubi machten sich an die Arbeit. Vom Wohnzimmer gingen weitere fünf Räume ab. Diese entpuppten sich als Küche, Bad, Gäste-WC, Arbeitszimmer und Schlafzimmer. Zudem ging es vom Wohnzimmer auf einen großen Balkon mit herrlichem Ausblick über das Lahntal mit dem Schlossberg dahinter. Abzüglich einiger Dachschrägen musste sich die Wohnung auf etwa 110 Quadratmeter belaufen, geradezu verschwenderisch viel Platz für einen Singlehaushalt.

Gisbert Nau fing in der Küche an, um sich dann später mit den ›wichtigeren‹ Räumen zu beschäftigen, die er zumindest als solche erwartete. Die voll ausgestattete Küche machte den Eindruck, kaum genutzt zu werden. Und richtig, auf einer kleinen Pinnwand fanden sich zahlreiche Werbeflyer diverser Essens-Anlieferer wie etwa ein Pizza-Service. Bottenbach hatte wohl nur selten selbst gekocht. Lediglich einige Fertiggerichte fanden sich in den Schränken und im Tiefkühlfach. Im Kühlschrank selbst gab es nur Butter, einige Joghurts, Wurst- und Käseaufschnitt, eine Packung Fertigsalat eines Feinkostherstellers sowie eine Flasche Champagner.

Reckmann und der junge Marquardt schauten sich zunächst das Schlafzimmer an, fanden dort nichts Außergewöhnliches und untersuchten dann die beiden Bäder. Löwenstein inspizierte den Balkon genauer, um sich dann dem Büro zu widmen. Nach kurzer Zeit stieß Gisbert Nau zu ihm.

»Na, Löwenstein, schon was gefunden?«

Dieser schüttelte den Kopf. Bottenbachs Computer war schon von der Spurensicherung mitgenommen worden. Er sollte einem Expertenteam der Polizei übergeben werden. Vielleicht konnte man ihm Geheimnisse irgendeiner Art entlocken. Allerdings mussten zunächst einmal Passwörter entschlüsselt werden, um vollen Zugriff auf die Inhalte zu erlangen. Nau hoffte, dass sich in Bottenbachs E-Mails oder sonstigen Dateien nähere Aufschlüsse über seine augenscheinlichen Probleme finden ließen.

Auch in Bottenbachs Arbeitszimmer befand sich eine Pinnwand. Einer von mehreren Notizzetteln fiel dem Kommissar dabei sofort ins Auge: ›Eingang zur Schlossparkbühne, 6 Uhr‹, war darauf zu lesen.

»So ein Mist!«, entfuhr es ihm so heftig, dass Löwenstein, der in einer Zimmerecke mit einem Bücherregal und dessen Inhalt beschäftigt war, erstaunt zu ihm hinüberblickte.

Nau zeigte ihm den Zettel und ärgerte sich. Da hatte man nun Schwarz auf Weiß Ort und Zeitpunkt seines Todes, aber es fand sich kein Hinweis darauf, mit wem sich Bottenbach getroffen hatte. Letzteres wäre natürlich zu schön gewesen, aber den Täter gewissermaßen auf dem Silbertablett präsentiert zu bekommen, hätte der Kommissar auch nicht ernsthaft erwartet.

Löwenstein fand in einer Schublade von Bottenbachs Schreibtisch ein in braunes Kunstleder eingeschlagenes privates Telefonnummernverzeichnis. Die etwa 50 handschriftlichen Einträge waren sehr unterschiedlicher Natur. Teils fanden sich vollständige Vor- und Zunamen mit Adressen, teils auch nur Vornamen. Natürlich waren alle Einträge mit den dazu gehörenden Telefonnummern versehen. Somit war eine weitere Informationsquelle gefunden, die es genauer zu überprüfen galt.

Die Untersuchung erstreckte sich auf die anderen Räume, aber dort ließen sich keine weiteren Hinweise finden. Zwei Stunden lang dauerte die Suche schon an, als der Kommissar seine Kollegen zur Besprechung im Wohnzimmer wieder zusammenrief.

»Meine Herren, ich glaube, wir machen langsam den Deckel drauf.« Nau zeigte den Notizzettel in die Runde.

»Eine ziemlich magere Ausbeute«, kommentierte Reckmann enttäuscht und zog mit verdrießlichem Blick die Augenbrauen hoch.

»So mager diese Notiz auch sein mag, so lässt sie doch einige Rückschlüsse zu«, sagte Nau. »Wenn wir auch nach wie vor keine Ahnung haben, wer der Täter ist, so wissen wir jetzt immerhin, dass Bottenbach vermutlich in eine Falle gelockt wurde.«

»Aber«, Löwenstein hob den Finger, »es könnte ja auch sein, dass das Treffen anders hatte verlaufen sollen, und es sich erst vor Ort so entwickelt hat, dass es zu dem Mord kam.«

»Richtig, das können wir nicht mit Sicherheit ausschließen«, gestand der Kommissar ein und nickte seinen neuen Kollegen zu. »Es muss also nicht zwangsläufig ein geplanter, vorsätzlicher Mord gewesen sein.«

»Dann hat der Mörder aber zumindest für alle Fälle die Mordwaffe schon mit dabei gehabt«, meinte Reckmann.

Nau nickte wieder. »Die Tatsache, dass Bottenbach kein Datum mit auf den Zettel geschrieben hat, lässt vermuten, dass ein Treffen wohl erst kurz vor dem Mord verabredet wurde.«

»Natürlich läuft bereits eine Überprüfung seiner Telefonverbindungen«,warf Löwenstein ein.

»Ich vermute, dass Bottenbach irgendein dunkles Geheimnis hatte. Damit wurde er dann zu dem Treffen gelockt«, sagte Nau.

»Vielleicht wurde er erpresst?«, stellte Reckmann in den Raum.

»Oder er hat jemanden erpresst«, gab Nau zurück.

Nachdenklich verließen sie Bottenbachs Wohnung. Die Untersuchung hatte letzten Endes nur noch mehr offene Fragen aufgeworfen. Antworten waren allerdings noch keine in Sicht.

Sie hatten den Azubi zu Hause abgesetzt, und nun saßen Nau, Löwenstein und Reckmann in des Letzteren Dienstfahrzeug und waren auf dem Weg Richtung Gießen. Nau hasste diese Kondolenzbesuche bei Angehörigen von Mordopfern. Er hatte kurz damit geliebäugelt, diese unangenehme Aufgabe an die beiden anderen zu delegieren, aber ihn reizte die Aussicht zu sehr, vielleicht von Corinna Pechstein etwas mehr über ihren verstorbenen Freund zu erfahren.

Nau saß alleine auf dem Rücksitz und fragte sich, wann eine Nachricht von der jungen Gerichtsmedizinerin kommen würde. Vielleicht konnte sie ein kleines Puzzlestück zur Lösung des Falls beitragen. Jedenfalls hatte sie am Vormittag einen kompetenten Eindruck auf Gisbert Nau gemacht.

Sie verließen die Marburger Stadtgrenze. Das alte Kieswerk im südlichen Vorort Niederweimar flog bald rechts an ihnen vorbei. Mittlerweile war es später Nachmittag. Es wurde inzwischen Zeit, dass der lange, anstrengende Tag zu einem Ende kam.

Nach etwa 20 Minuten Fahrt bogen sie schließlich vom Gießener Ring ab und fuhren in die Licher Straße. In einer kleinen Seitengasse unweit des Alten Friedhofs stellten sie den Wagen ab und standen vor dem Appartementhaus, in dem Corinna Pechstein wohnte.

Löwenstein drückte die Klingel. Kurz darauf ging die Haustür auf, und sie standen im Treppenhaus, das offensichtlich erst kürzlich geputzt worden war, denn es roch stark nach einem Reinigungsmittel. Es war zu keiner Rückfrage über die Sprechanlage gekommen. Vielleicht hatte die junge Frau mit einem anderen Besuch gerechnet.

Ein paar Stufen weiter oben, in der untersten Etage, ging links die Tür auf. Eine Blondine Mitte 20 schaute heraus und war augenscheinlich überrascht, die drei fremden Männer zu sehen. Sie schritten langsam auf die Frau zu.

»Entschuldigen Sie bitte die Störung«, begann Löwenstein. »Kriminalpolizei.«

Die beiden Beamten zückten ihre Marken und zeigten sie vor. Nau besaß keine mehr, unterließ es aber, darauf einzugehen. Er wollte sich bei diesem Besuch ohnehin etwas mehr im Hintergrund halten.

Die zierliche blonde Frau schaute nur kurz und oberflächlich auf die Marken. Zu sehr hatte sie schon die Nennung der Dienstbezeichnung nervös gemacht. Sie traten in den kleinen Flur der Wohnung.

»Sie sind Frau Corinna Pechstein?«, fragte Reckmann, und sie bejahte zögernd. Daraufhin stellte er kurz seine Kollegen vor. »Wir müssen uns mit Ihnen in Ruhe unterhalten.«

»Ja natürlich«, sagte sie unsicher und führte die drei Männer ins Wohnzimmer. Sie alle setzten sich.

»Sie leben in einer Beziehung mit Herrn Klaus-Jürgen Bottenbach aus Marburg?«, fragte Löwenstein. Die junge Frau nickte irritiert.

»Wir haben leider eine schlechte Nachricht für Sie«, übernahm Reckmann wieder, und ihre Augen weiteten sich. »Ihr Freund wurde heute am frühen Morgen tot auf dem Schlossberg in Marburg aufgefunden.«

Sie vermochte nichts zu erwidern. Irritiert schaute sie zwischen Reckmann und Löwenstein hin und her. Da beide wegschauten, suchte sie dann den Blick Naus. Danach schossen ihr die Tränen in die Augen.

»Es tut uns sehr leid«, versuchte Löwenstein, das betroffene Schweigen auszufüllen.

»Das … das kann doch gar nicht sein«, stammelte sie. »Wie ist denn das passiert?« Ihre Hände zitterten.

»Das wissen wir noch nicht. Wir hatten gehofft, Sie könnten uns vielleicht weiterhelfen«, sagte Reckmann mit einer Sanftheit, die ihm Nau nicht zugetraut hätte.

»Tot aufgefunden, sagen Sie?« Corinna Pechstein fand ein Taschentuch unter einem Sofakissen und schnäuzte hinein, dann atmete sie tief durch. »Wir wollten uns heute gegen Abend bei mir treffen. Als es klingelte dachte ich, es wäre er. Was um alles in der Welt ist ihm denn nur zugestoßen?«

»Wir müssen Ihnen leider sagen, dass es sich mit großer Sicherheit um einen Mord handelt«, antwortete Löwenstein und schaute dabei bedrückt zu Boden.

Nun sackte die zierliche, ja fast noch kindlich wirkende Frau völlig in sich zusammen. Ihre zarten Finger krampften sich in das Sofa, als versuchte sie verzweifelt, daran Halt zu finden.

»Sollen wir Ihnen einen Arzt rufen?«, fragte Reckmann und schaute verlegen zur Seite.

»Nein danke, es geht schon«, fasste sie sich wieder ein wenig. »Wer soll ihn denn bitte schön ermordet haben?«

»Kennen Sie niemanden, der dafür infrage käme?«, wollte Gisbert Nau wissen.

»Nein, absolut nicht«, sagte sie mit Bestimmtheit.

»Gab es keine Feinde, oder Ungereimtheiten mit den Kollegen?«, fragte Löwenstein.

»Nein, nicht dass ich wüsste«, sie schniefte abermals in das Taschentuch. »Aber wie genau ist er denn eigentlich gestorben?« Die drei Männer schauderten bei dem Gedanken, ihr antworten zu müssen, denn derartige Details hätten sie der jungen Frau, die augenscheinlich schwer unter der Todesnachricht litt, lieber erspart. Nau, Reckmann und Löwenstein schauten einander betroffen an.

»Ihm wurde die Kehle durchgeschnitten«, brachte schließlich Löwenstein hervor.

»Aber wenigstens ging es schnell«, fügte Reckmann an, in der Hoffnung, dies sei ein Trost.

Corinna Pechstein schüttelte es.

»Haben Sie in letzter Zeit irgendeine Veränderung an ihm festgestellt?«, fragte der Kommissar.

»Eigentlich nein.« Sie musste kurz überlegen. »Außer vielleicht, dass er in den letzten Wochen etwas weniger Zeit für mich hatte. Ich meine, in den Anfangstagen der Beziehung haben wir uns täglich gesehen, und in letzter Zeit lag auch schon mal ein Tag dazwischen, wo wir nur telefoniert haben.«

»Was aber in einer Beziehung nichts Ungewöhnliches ist«, merkte Nau an. Die junge Frau nickte.

»Noch etwas können wir Ihnen leider nicht ersparen«, sagte Reckmann. »Wir müssen Sie leider bitten, die Leiche zu identifizieren.«

»Das wird sich wohl nicht verhindern lassen.« Corinna schüttelte resignierend den Kopf und brach abermals in Tränen aus.

»Wir lassen Ihnen dann einen genauen Termin zukommen.« Löwenstein schrieb etwas in seinen Notizblock.

»Wo waren Sie denn heute Morgen so etwa um sechs Uhr?«, fragte Löwenstein.

»Werde ich etwa verdächtigt?«, fragte sie entrüstet.

»Reine Routine«, beschwichtigte Reckmann.

»Nebenan in meinem Bett. Bestätigen kann das allerdings niemand. Klaus-Jürgen war ja nicht da …«, schluchzte sie leise.

»Hatten Sie gemeinsame Bekannte?«, erkundigte sich Nau und musterte Frau Pechstein aufmerksam.

»Wir kannten uns ja noch nicht sehr lang. Da wären natürlich meine Schwester Yvonne und ein Freund von ihm. Stefan Schwarze heißt er.«

Löwenstein gab ihr einen seiner Zettel und einen Kugelschreiber. »Bitte schreiben Sie die genannten Namen hier auf mit allen Kontaktdaten.«

»Wo arbeiten Sie, wenn ich fragen darf?«, erkundigte sich Nau.

»Hier in Gießen bei Draeger & Söhne. Ich bin Sekretärin«, antwortete sie, während sie anfing, Löwensteins Zettel zu beschriften. »Import und Export«, fügte sie noch hinzu. Die drei Polizisten spürten, dass sie mit ihrer Trauer nun erst einmal allein fertig werden musste.

»Haben Sie vielleicht jemanden, der sich in dieser so schwierigen Situation um Sie kümmert?«, fragte Reckmann.

»Ja, meine Schwester Yvonne«, sie deutete auf den Zettel vor sich. »Sie ist immer für mich da, wenn ich sie brauche.«

»Ja, das ist sehr gut«, bestätigte Löwenstein und nahm den nun fertig beschrifteten Zettel wieder von ihr zurück, während Corinna einmal mehr das Taschentuch benötigte.

Nau bat Frau Pechstein noch um ein Foto ihres Lebensgefährten. Sie verschwand für einige Minuten in einem der anderen Zimmer. Dann kam sie mit einem Porträtfoto Bottenbachs wieder.

»Kann ich es bitte wiederbekommen?«, sagte sie mit einem beinahe flehenden Blick. »Das ist so ziemlich das einzige Erinnerungsstück, was mir von ihm bleibt.«

»Aber ja, wir fertigen nur schnell einige Kopien davon an, und dann erhalten Sie es auch schon zurück«, sagte Nau und schaute in ihre vom Weinen geröteten Augen. In ihren Blick mischte sich ein Ausdruck von Dankbarkeit.

Reckmann blickte zu seinen Kollegen, und als diese mit ihrer Mimik andeuteten, dass es vorläufig nichts mehr zu fragen gebe, stand er auf. »Ja, Frau Pechstein, dann wollen wir Sie nicht weiter behelligen.«

Etwas erleichtert und froh, nun bald mit ihrem Schmerz alleine sein zu können, stand sie ebenfalls auf. »Ich muss das Ganze erst einmal verdauen.«

Dann verabschiedeten sich die drei Polizisten und verließen ihre Wohnung. Löwenstein, der als Letzter ging und die Klinke der Wohnungstür in der Hand hatte, sagte noch schnell: »Verlassen Sie sich darauf, wir werden den Mörder schon finden.«

Die junge Frau lächelte bitter, als Löwenstein die Tür ins Schloss zog.

3. KAPITEL

Gisbert Nau saß an seinem Frühstückstisch und genoss die noch ofenwarmen Brötchen, die er eben beim Bäcker in der Nähe geholt hatte. Die hellen Sonnenstrahlen des neuen Tages fielen durch ein Doppelfenster in sein Wohnzimmer. Pepper lag in seinem Korb und schlummerte. Viel zu lang hatte Nau ihn gestern allein gelassen. Das sollte nach Möglichkeit nicht wieder vorkommen. Als er am Vorabend nach Hause gekommen war, unternahm er gleich einen längeren Spaziergang mit ihm. Danach hatte Nau noch eine Kleinigkeit gegessen, die Nachrichten im Fernsehen verfolgt und war schon bald zu Bett gegangen.

Mittwoch war es heute, für ihn neuerdings wieder ein Arbeitstag, aber Nau hatte es sich nicht nehmen lassen, erst einmal richtig auszuschlafen. Diese Freiheit konnte er sich durchaus erlauben als ›Stand-by-Ermittler‹. Nun war es halb zehn Uhr morgens, und er überlegte, was als Nächstes zu tun sei.

Reckmann und Löwenstein hatte er beauftragt, sich an eine intensive Untersuchung von Bottenbachs Heft mit den Telefonnummern zu machen. Dies würde sicherlich einige Zeit in Anspruch nehmen.

Er beschloss, dem Uni-Klinikum auf den Lahnbergen einen weiteren Besuch abzustatten. Aufgrund der deutlichen Unterbesetzung am gestrigen Feiertag, hatten Reckmann und Löwenstein noch nicht allzu viel in Erfahrung bringen können.

Wenig später saß er abermals hinter dem Lenkrad seines alten Kombis. Im hinteren Bereich des Wagens lag Pepper, der allerdings den Kopf hob, um hinausschauen zu können. Mit in die Klinik nehmen können würde Nau ihn nicht, aber der Kommissar hoffte, möglichst innerhalb einer Stunde wieder bei seinem Fahrzeug zu sein, damit der Vierbeiner nicht zu lange alleine sein musste.

Sie fuhren die weit geschwungenen Kurven hinauf auf die Lahnberge. Durch den dichten Baumbestand fiel nicht sonderlich viel Licht in das Fahrzeug. Im Allgemeinen war der heutige Tag viel weniger freundlich, als es der vorherige noch gewesen war. Nach dem kurzen spätsommerlichen Zwischenhoch waren heute deutlich mehr Wolken am Himmel, die nur gelegentlich dünne Sonnenstrahlen durchließen. Auch waren die Temperaturen gegenüber dem freundlichen Vortag gleich um mehrere Grad gesunken.

Als sie auf dem großen Parkplatz ankamen, suchte Gisbert Nau wegen Pepper einen besonders schattigen Stellplatz im Schutz eines Baumes. Dann rief er noch schnell die Kollegen an, um ihnen mitzuteilen, wo er sich aufhielt und was er gerade tat. Auch erkundigte er sich noch, ob die Untersuchung von Bottenbachs Telefonregister etwas gebracht habe. Löwenstein teilte ihm mit, dass sie dem Heft keine größeren Erkenntnisse hatten entlocken können. Ferner hatte die Auswertung der Telefonverbindungen ergeben, dass Bottenbach mehrmals von mehr oder minder öffentlichen Apparaten aus angerufen worden war, so auch am Vorabend des Mordes.

Es schlug ihm ein kühler Wind entgegen. Der Herbst streckte nun doch wieder recht deutlich seine Fühler aus, sodass Nau froh war, als er den wärmenden Empfangsbereich der Klinik erreicht hatte.

Nachdem er sich anhand der zahlreichen Schilder und Wegweiser halbwegs orientiert hatte, ging er in die chirurgische Abteilung und machte sich dort mit einer Oberschwester namens Hildegard Brunner bekannt. Sie wusste bereits von Bottenbachs Tod und brachte auch gleich ihr Bedauern zum Ausdruck.

»Ich habe doch gestern schon Ihren Kollegen alles gezeigt«, sagte sie, als Nau sie bat, ihn durch die Chirurgie zu führen. »Entschuldigen Sie, aber seit die Klinik privatisiert wurde, haben wir kaum noch Zeit, uns auch nur einmal um irgendetwas richtig zu kümmern. Stellen wurden gestrichen, und der Rest muss die doppelte Arbeit machen.« Die rundliche ältere Dame mit dem strengen Gesichtsausdruck wischte sich die Schweißperlen von der Stirn.

»Ich möchte Sie keinesfalls von der Arbeit abhalten.«

Sie schaute ihn mit einem Blick an, als wolle sie sagen: ›Aber genau das tun Sie gerade!‹

»… aber meine Arbeit muss eben leider auch getan werden«, fügte er noch hinzu. Etwas unangenehm war Nau die Situation allerdings. Er wollte ungern der Grund sein, warum Patienten die ihnen gebührende Aufmerksamkeit und Zuwendung nicht erfuhren. Die von der gestressten Oberschwester geschilderten Arbeitsbedingungen waren tatsächlich alles andere als ideal. Wer letzten Endes den Sparkurs auszubaden hatte, waren natürlich wieder einmal die Patienten.

»Hier ist sein Schreibtisch«, meinte Frau Brunner genervt, »und hinter dieser Tür befindet sich Bottenbachs Besprechungszimmer. Sie ist nicht abgeschlossen. Dafür gäbe es derzeit auch keinen Grund. Ich meine jetzt, wo er nicht da ist.« Sie deutete auf ihre Armbanduhr. »Bin jetzt schon 20 Minuten hinter dem Zeitplan.«

Nau entließ Hildegard Brunner wieder in ihre Arbeitsroutine und bedankte sich aufrichtig für ihre Mühe. Danach durchsuchte er sorgfältig Bottenbachs Schreibtisch. Einmal mehr fand sich nichts, das Erkenntnisse oder Rückschlüsse in diesem Fall zuließ.

Nach der Kühle des Parkplatzes und der mäßigen Wärme der anderen Räume, die Nau bislang durchschritten hatte, wurde ihm nun sehr warm. In diesem Zimmer jedenfalls war gut geheizt. Er zog seine Jacke aus, wusste aber nicht, wo er sie ablegen sollte, und hängte sie kurzerhand über die Lehne von Bottenbachs Schreibtischstuhl. Da kam ihm ein Gedanke: Wo ließen die Mitarbeiter der Klinik ihre privaten Sachen, wenn sie ihren Dienst antraten? Es musste so etwas wie einen Umkleideraum geben. Bei den Ausführungen seiner Kollegen war nicht die Rede davon gewesen, dass sie am Vortag einen solchen untersucht hatten.

Er ging hinaus auf den Flur und fand schließlich einen freundlichen jungen Assistenzarzt, der ihm einen der Umkleideräume für Klinikmitarbeiter zeigte. An der Tür hing lediglich ein Schild ›Zutritt verboten‹.

In einer langen Reihe von Spinden, die einheitlich sauber mit Namen beschriftet waren, fand sich auch der von Klaus-Jürgen Bottenbach. Nau versuchte, ihn zu öffnen, und scheiterte.

»Da hat jeder seinen eigenen Schlüssel«, meinte der junge Mann und verließ den Raum.

Abermals musste Nau sich durchfragen, bis er schließlich im Parterre den Hausmeister fand, der einen Generalschlüssel für die Spinde besaß und mit Nau zurück in die Chirurgie ging.

Während sie durch die diversen Abteilungen schritten und dabei längere Zeit vor Aufzügen warteten, erzählte der ältere Herr, dass er früher einmal Elektriker gewesen war. Im fortgeschrittenen Alter von 56 hatte er vor einigen Jahren seinen Job verloren und war heilfroh gewesen, schon bald in der Klinik eine neue Anstellung zu finden.

Gisbert Nau nickte verständnisvoll und folgte ihm, bis sie schließlich im Umkleideraum ankamen.

»Na dann wollen wir mal«, sagte der Alte und wischte seine ölverschmierten Hände an dem grauen Hausmeisterkittel ab. Dann öffnete er Bottenbachs Spind.

Eine große längliche Tasche fiel ihnen entgegen, die hochkant in dem Spind gestanden hatte. Reaktionsschnell federte Nau ihren Fall ab. Sie war sehr schwer, und aus ihrem Inneren kamen metallisch klappernde Geräusche. Der Kommissar legte sie mit etwas Mühe auf eine Bank und öffnete den Reißverschluss. Die Tasche enthielt einen Satz Golfschläger.

Passend dazu befand sich in dem Spind ein Mitgliedsausweis des Golfclubs Marburg. An der Tür klebte innen ein Foto Corinna Pechsteins. Darunter hing ein Poster einer Hochseejacht, die unter vollen Segeln durch hohe Wellenberge schnitt.

Ferner fand der Kommissar eine recht teuer wirkende Marken-Sonnenbrille, eine Packung Golfbälle, ein grünes Poloshirt von Lacoste, edle Sportschuhe, einen karierten Pullunder sowie eine rote Schirmmütze mit gelb unterlegtem Ferrari-Hengst und entsprechendem Schriftzug. Alles Insignien eines offensichtlich begüterten Lebens; zumindest empfand Gisbert Nau dies so.

Er organisierte zwei Paar OP-Handschuhe, um die möglichen Beweisstücke vor unerwünschten Fingerabdrücken zu schützen. Dann bat er den Hausmeister, ihm zu helfen, die Sachen in seinen Wagen zu bringen. Er selbst nahm die schwere Tasche mit den Golfschlägern und die Schuhe, während der alte Mann wacker die anderen Sachen trug.

Pepper begrüßte Nau und den fremden Mann mit einem lauten Bellen. Sein Herrchen hatte nun doch etwas mehr als eine Stunde in dem großen Gebäudekomplex verbracht und bekam schon wieder den Anflug eines schlechten Gewissens.

»Vielen Dank«, verabschiedete sich Gisbert Nau, »Sie waren mir eine große Hilfe.«

»Ich hoffe, Sie finden den Kerl!« Der hilfsbereite Hausmeister machte sich wieder auf den Rückweg. Der Kommissar streichelte erst einmal seinen Hund, dann verstaute er die Sachen auf dem Rücksitz. Er überprüfte sein Handy kurz nach entgangenen Anrufen, aber fand keine Einträge vor.

Sie fuhren die Lahnberge wieder hinunter und machten sich auf den Weg über die breitspurige Stadtautobahn in Richtung Cappel. In dem etwas südlich des Stadtzentrums gelegenen Ortsteil befand sich die Polizeidienststelle. Nau hatte seine neuen Kollegen noch nicht in deren Räumlichkeiten besucht. Was lag also näher, als die noch ausstehende Dienstbesprechung dort abzuhalten? Vermutlich wäre es ein deutlich kürzerer Weg gewesen, über den nahen Richtsberg nach Cappel zu fahren, aber aus einem Grund, dessen sich Nau selbst nicht wirklich bewusst war, schlugen sie den längeren Weg ein. Wahrscheinlich, weil der Kommissar Freude daran hatte, etwas mehr von der Stadt zu sehen, die nun endlich wieder seine war.

Sie passierten auf ihrem Weg auch wieder den Ortenberg, der linker Hand an ihnen vorbeiflog. Rechts, auf der anderen Seite der Autobahn, lag der Ortsteil Weidenhausen, in dem Nau und Pepper seit einigen Wochen eine neue Heimat gefunden hatten. Gerne wäre der Kommissar auf Höhe des Erlenring-Centers rechts abgebogen, aber sein wiedergefundener Arbeitseifer ließ ihn der Straße weiter Richtung Süden folgen.

Neuerer Technik nicht sonderlich aufgeschlossen, hatte sich Gisbert vor einigen Monaten dennoch einen CD-Player fürs Auto geleistet. ›Easy Livin‹ schallte gerade recht lautstark aus den Boxen, aber ein wirklich ›unbeschwertes Leben‹ war ihm mittlerweile nur noch eingeschränkt vergönnt, seit er am Vormittag des Vortags die Anfrage aus dem Wiesbadener Landeskriminalamt positiv beantwortet hatte.

Bei der Abfahrt Marburg-Süd verließen sie die Stadtautobahn, und kurz darauf fuhren sie in dic Raiffeisenstraße, in der die Polizeidienststelle lag.

Als Nau und sein Hund in das Büro der beiden kamen, saß Löwenstein an seinem Schreibtisch und war in Bottenbachs Telefonverzeichnis vertieft.

»Tag, Chef.« Mit dieser kurzen Begrüßung verwendete er ein Vokabular, das den Kommissar ein wenig befremdete. »Bin gleich durch. Mache gerade noch ein paar Notizen.«

»Wo ist Reckmann?«

»Für kleine Mädchen.«

»Ach so«, sagte Nau und musste grinsen.

»Sextanerblase«, fügte Löwenstein noch hinzu, was ein noch breiteres Grinsen auf die Gesichtszüge Gisbert Naus brachte. Dieser wollte warten, bis Löwenstein fertig und auch sein Vorgesetzter wieder im Raum war. Nau stellte sich vor eine große Wandkarte des Kreises Marburg-Biedenkopf und studierte sie genau. Eine Fülle von Kindheits- und Jugenderinnerungen kam in ihm hoch, als er die verschiedenen Ortsnamen las.

»Hallo, Herr Nau«, sagte Reckmann und schloss die Tür hinter sich. »Wir waren in der Zwischenzeit ziemlich fleißig.«

»Ich war auch nicht ganz untätig«, entgegnete ihm der Kommissar leicht pikiert. »Ist Ihr Azubi da? Ich hätte da eine Aufgabe für ihn.«

Reckmann ergriff den Telefonhörer und drückte eine Kurzwahlnummer. »Sven, komm mal rüber.«

Kurz darauf erschien der junge Mann und schaute erwartungsvoll in die Runde.

»Hallo, Herr Marquardt. Hier sind meine Autoschlüssel. Bringen Sie uns alles, was auf dem Rücksitz liegt, hierher. Der blaue Passat-Kombi.«

Der junge Mann schaute immer noch etwas fragend.

»Es ist der einzige blaue Passat im Hof.«

»Alles klar, bin gleich wieder da.«

»... und ziehen sie unbedingt sterile Handschuhe an. Könnte sein, dass sich die Sachen noch als wichtig herausstellen.«

Marquardt nickte kurz und verschwand.

»So, ich bin durch«, sagte Löwenstein und legte den Stift nieder. »Eine echte Sessifoss-Arbeit.«

»Sisyphos«, korrigierte Nau amüsiert, und diesmal war es Reckmann, der über seinen Kollegen den Kopf schüttelte. Löwenstein schaute etwas verunsichert zum Kommissar hinüber.

»Sisyphos«, wiederholte Nau und lächelte, um nicht zu oberlehrerhaft zu wirken. »Aus der griechischen Mythologie. Beschreibt eine sinnlose Mühe. Ich hoffe allerdings, dass Ihre Arbeit nicht sinnlos war.«

»Nein, nein«, lachte Löwenstein und winkte ab.

Bald kam Marquardt wieder und war mit Naus Funden beladen. Irgendwie schaffte er es, alle gleichzeitig zu tragen. Wie verlangt, hatte er sich Handschuhe angezogen.

»Unsere Arbeit hat schon das eine oder andere zutage gefördert«, sagte Reckmann. »Aber was haben Sie uns denn da mitgebracht?«

»Danke«, sagte der Angesprochene zu Marquardt, »Sie können gehen.«

Danach erzählte Gisbert von seiner Fahrt zur Uni-Klinik und darüber, wo er Bottenbachs Sachen entdeckt hatte. Dabei öffnete er die Golftasche und zeigte den beiden deren Inhalt.

»An seinen Spind haben wir natürlich nicht gedacht«, druckste Reckmann und schaute dabei etwas verlegen zu seinem Kollegen hinüber.

»Wir haben in der Zwischenzeit Folgendes herausgefunden«, begann Löwenstein, dem daran gelegen war, nicht nur von seinem sprachlichen Lapsus abzulenken, sondern auch von ihrer beider Unzulänglichkeit im Zuge der Klinik-Ermittlungen.

»Wir sind so vorgegangen, dass wir alle Telefonnummern angerufen haben, uns aber nicht zu erkennen gaben«, meinte Reckmann.

»Es hat eine ganze Weile gedauert, bis wir eine Leitung fanden, die keine Polizeikennung beim Anruf ausgibt«, ergänzte Löwenstein.

»Gut«, sagte Nau, »besser, die Leute wissen noch nicht, wer sich für sie interessiert.«

»Ja, das dachten wir auch«, bekräftigte Reckmann. »Insgesamt sind es 47 Einträge in seiner Liste, davon haben wir sechs noch nicht erreichen können. Von diesen sechs sind wiederum zwei wohl zwischenzeitlich umgezogen oder verstorben.«

»Jedenfalls waren deren Nummern erloschen«, übernahm Löwenstein. »Kein Anschluss unter dieser Nummer, Sie wissen schon.«

Der Kommissar nickte.

»Neben vielem, was wir als ›normale Kontakte‹ bezeichnen würden«, sprach Reckmann weiter, »stachen zwei Nummern hervor.«

Gisbert Naus Augenbrauen hoben sich.

»Ein Eintrag ist bezeichnet mit dem Namen ›Oliver‹, kein Nachname, keine sonstigen Angaben«, fuhr der Anzugträger fort. »Es ist eine Gießener Nummer. Als wir anriefen, fanden wir heraus, dass es sich dabei um Oliver Draeger handelt.«

»Draeger & Söhne«, entfuhr es Nau, »Corinna Pechsteins Arbeitsstelle!«

»Wir haben weiter nachgeforscht und herausgefunden, dass es sich dabei um den Junior handelt«, berichtete Löwenstein weiter. »Der Senior ist vor einigen Jahren gestorben.«

»Und der Junior führt die Geschäfte weiter«, fügte Reckmann an. »Es gibt noch eine Tochter und einen weiteren Sohn, die beide anscheinend nichts mit der Firma des Vaters zu tun haben.«

»Also ist die Bezeichnung ›& Söhne‹ eigentlich irreführend«, sagte Löwenstein. »Oliver Draeger ist der große Mann im Unternehmen, der die alleinige Entscheidungsgewalt hat. Die Geschwister haben nicht einmal Anteilsrechte. Als der Alte über die Wupper ging, wurden die beiden ausgezahlt.«

»Der Umstand, dass Draeger nur mit Vornamen in Bottenbachs Liste steht, deutet darauf hin, dass sie sich besser kannten«, sagte Nau und fütterte Pepper, der es sich artig unter einem Schreibtisch gemütlich gemacht hatte, mit einer kleinen Leckerei.

»Ungewöhnlich ist auch«, meinte Reckmann, »dass uns die Pechstein Oliver Draeger nicht als gemeinsamen Bekannten genannt hat.«

»Allerdings.« Der Kommissar nickte. »Da gilt es, noch mal nachzuhaken.«

»Wen sie uns allerdings als gemeinsamen Bekannten genannt hat«, sagte Löwenstein und schaute dabei grüblerisch auf eine Notiz, »ist ein Stefan Schwarze.«

»Angeblich ein Freund Bottenbachs«, ergänzte Nau.

»Der ist einschlägig vorbestraft«, übernahm Reckmann und las von einem Schriftstück ab. »Allerdings keine wirklich großen Sachen. Einige Ladendiebstähle, kleinere Einbrüche und Gaunereien. Der letzte Eintrag ist zweieinhalb Jahre alt.«

»Seine Daten hatten wir ja ohnehin schon von Frau Pechstein, aber er taucht auch in der Telefonliste auf«, erklärte Löwenstein.

»Das war's soweit«, sagte Reckmann, »an den vier Leuten, die wir noch nicht erreicht haben, bleiben wir natürlich dran.«

Gisbert Nau nickte zufrieden. Endlich hatte sich das eine oder andere ergeben. Ob irgendetwas von dem, was sie herausgefunden hatten, wirklich eine Relevanz für die Ermittlungen hatte, musste sich allerdings noch herausstellen. Immerhin war er mit dem bisherigen Verlauf des Tages recht zufrieden.

»Weitere Kontakte oder sogar Spuren ergeben sich ja vielleicht noch, wenn wir den Golfclub besuchen«, meinte Löwenstein.

»Schade, dass die Überprüfung der Telefonverbindungen wenig ergiebig war«, übernahm der Kommissar wieder das Wort. »Bottenbachs Mörder war leider vorsichtig genug, nur öffentliche Telefone zu verwenden.«

»Wenngleich es diese ja kaum noch gibt«, ergänzte Reckmann. »Er hat Apparate in Kneipen verwendet im Raum Hessen.«

»Wir übergeben die Sachen der Spurensicherung«, wechselte Löwenstein das Thema, und deutete auf den Stapel von Dingen, die Marquardt aus Naus Wagen geholt hatte.

»Aber ziehen Sie mir noch schnell eine Farbkopie des Mitgliedsausweises«, warf Nau ein. »Wer weiß, wofür so etwas noch gut sein kann.«

»Wird erledigt.« Löwenstein streifte sich Handschuhe über, nahm den Ausweis und machte sich auf in den Raum, in dem die Kopierer standen. Ihm kam diese Gelegenheit gerade recht, denn auf dem Weg dorthin standen die Automaten mit etwas Essbarem. Es war inzwischen Mittag, und ein heftiges Magenknurren erinnerte ihn daran, dass sein Frühstück auch schon wieder einige Stunden zurücklag. Unterdessen machte es sich Nau in einem Sessel des kleinen Büros gemütlich und streichelte Pepper, der unter dem Schreibtisch aufgestanden und auf sein Herrchen zugekommen war.

Löwenstein war gerade einen Augenblick fort, als Naus Handy klingelte. »Moment, ich stelle Sie schnell auf laut.«

»Hallo. Katja Wenzel hier. Es gibt Neuigkeiten.«

»Na, dann schießen Sie mal los«, rief Reckmann.

»Das müssen Sie sich am besten selbst ansehen«, sagte die Pathologin. Nau fand, dass sie ziemlich aufgeregt klang.

»Können Sie uns nicht schon etwas sagen?«, fragte der Kommissar.

»Ich würde es Ihnen lieber zeigen«, ertönte ihre Antwort aus dem Handy.

»Alles klar«, meinte Reckmann, »wir sind in etwa einer halben Stunde da.«

Als Löwenstein soweit war, er hatte der Nahrungsaufnahme gleich noch einen Toilettenbesuch angeschlossen, fuhren sie auch schon los. Diesmal allerdings in zwei Fahrzeugen, denn Nau wollte seinem Hund nicht zumuten, sich im Ladebereich eines für ihn ungewohnten Wagens aufhalten zu müssen.

Nach einer knappen halben Stunden verließen sie in Kolonne fahrend den Gießener Ring und nur wenige Minuten später kamen sie in der Frankfurter Straße an. Dort war die Gerichtsmedizin beheimatet, die einen Teilbereich der Gießener Justus-Liebig-Universität bildete. Sie hatten Glück, denn der Innenhof bot gerade ausreichend Platz, um die beiden Fahrzeuge aufzunehmen.

Reckmann und Löwenstein entstiegen ihrem Wagen als Erste, während sich Nau noch etwas Zeit nahm, um sich kurz von Pepper zu verabschieden. Die Gerichtsmedizin war ein denkbar ungeeigneter Ort für den Golden Retriever, und so entschied Gisbert, den Hund für die Dauer ihres Aufenthalts im Ladebereich seines alten Kombis zu belassen. Er kurbelte die Scheibe auf der Beifahrertür ein gutes Stück herunter, um eine ausreichende Luftzufuhr zu gewährleisten, und tröstete Pepper mit der Aussicht, dass er ja in absehbarer Zeit wiederkäme.

Die Drei mussten noch kurz in einem Vorraum warten, bis Frau Wenzel sie schließlich abholte. Die sichtlich angespannte Pathologin reichte ihnen die Hand.

»Na, heute ohne Pepper?« Aber dieser Frage nach dem Hund des Kommissars ließ sie keinerlei Gesichtsregung folgen. Ihr Charme, den sie noch des Öfteren am Tatort hatte aufblitzen lassen, schien völlig verflogen. Sie hatte ihr schönes langes Haar zu einem Zopf zusammengebunden, was angesichts ihrer beruflichen Tätigkeit mit einiger Sicherheit von Vorteil war. Sie wirkte angestrengt und unnahbar, was in einem deutlichen Widerspruch zu ihrem Auftreten vom Vortag auf dem Schlossberg stand.

»Ich dachte, ich lasse ihn besser im Wagen«, vermochte Nau nur schnell zu sagen. Sie nickte und machte wortlos auf dem Absatz kehrt, gab den Herren einen kurzen Wink, ihr zu folgen, und verschwand hinter einer schweren Stahltür.

Die drei Polizeibeamten folgten ihr durch mehrere dunkle Gänge und schritten eine lange Treppe hinab, um sich jenseits einer weiteren Stahltür innerhalb der pathologischen Abteilung wiederzufinden. Die Gerichtsmedizinerin stand bereits neben einem Obduktionstisch, auf dem Bottenbachs Leichnam lag.

Ein penetrant chemischer Geruch stieg Nau in die Nase. Darin machte er einen hohen Anteil Formaldehyd aus. Diese Substanz hatte er schon oftmals gerochen, denn dieser Besuch war bei Weitem nicht sein erster in einer pathologischen Abteilung. Er kannte sich wahrlich nicht besonders gut mit Formaldehyd aus, wusste aber, dass es bei der Konservierung von Leichen oder auch beim Erstellen von Plastinaten genutzt wurde.

Der Blick des Kommissars wanderte unwillkürlich an der Pathologin vorbei und blieb an einem großen Leichenschrank heften, der unheilvoll fast die gesamte Rückwand des Raums einnahm. Jedes der verschiedenen Zugfächer stand für ein eigenes vermutlich trauriges Schicksal.

»Entschuldigen Sie bitte, wenn ich heute vielleicht etwas chaotisch wirke.« Sie holte tief Luft. »Ich bin ja noch nicht allzu lange dabei, aber … sehen Sie selbst.«

Bottenbach war mit einem grünen Leichentuch bedeckt, welches Katja Wenzel nun bis zu seinen Knien zurückschlug.

Mit Ekelgefühlen schauten die drei Polizisten auf den mit einem Y-Schnitt geöffneten Brustkorb des Opfers. Löwensteins Blicke flüchteten kurz darauf angewidert zur Zimmerdecke.

»Kein besonders schöner Anblick, ich weiß«, sagte sie, »aber leider unser Berufsalltag.«

Naus Blick wanderte an dem Leichnam hinauf zu Bottenbachs aufgeschnittener Kehle. Sie war nun natürlich nicht mehr so blutverschmiert wie am Vortag, und man konnte genau sehen, wo der Täter seinen tödlichen Schnitt angesetzt hatte.

»Bei der Tatwaffe muss es sich tatsächlich um irgendeine Form von OP-Messer gehandelt haben«, sagte die Pathologin, die Naus wandernden Blick verfolgt hatte. »Die Art und Sauberkeit des Schnitts und die nur geringe Verformung des umliegenden Gewebes lassen einfach keinen anderen Schluss zu. Die Schnittbreite ist in einer Größenordnung, wie ihn eigentlich nur gutes, professionelles Operationsbesteck möglich macht.«

Löwenstein kritzelte wieder einige Notizen in seinen Block, allein schon, um sich manches nicht genauer als unbedingt nötig anschauen zu müssen.

»Können wir denn andere Tatwaffen zu 100 Prozent ausschließen?«, wollte Reckmann wissen.

»Ich denke, ja«, meinte Frau Wenzel, »mit an Sicherheit grenzender Wahrscheinlichkeit.«

»Aber das war es nicht, was Sie uns eigentlich zeigen wollten«, sagte der Kommissar, der aufgrund ihres anfänglich ungewöhnlichen Verhaltens noch deutlich tiefergreifende Erkenntnisse vermutete.

Die junge Frau überging Naus Einwurf bewusst und zeigte auf Bottenbachs linke Schulter, um den Leichnam dann etwas aufzurichten und auf eine Stelle an seiner Schulter zu deuten. Ein deutlicher Bluterguss zeichnete sich als vielfarbiger Fleck ab.

»Sie sehen ein recht auffälliges Hämatom in diesem Bereich. Die Schulter ist leicht ausgerenkt. Diese Gelenksluxation deutet darauf hin, dass Bottenbach von hinten kräftig gepackt wurde, wie ich ja bereits gestern vermutete.«

Die Beamten hörten ihr aufmerksam zu. Dann bewegte sie den Leichnam in seine ursprüngliche Position zurück.

»Es spricht für meine Begriffe alles dafür, dass es ein Täter war, der ihn von hinten packte und auch selbst den tödlichen Schnitt ausgeführt hat«, erklärte die Pathologin. »Ein zweiter Täter ist nach wie vor nicht völlig auszuschließen, aber die Art des Schnitts sowie die Schulterluxation sprechen eher für einen Einzeltäter.«

Dann stellte sie sich hinter Löwenstein.

»Darf ich mal?« Sie packte den Beamten in jener Weise von hinten, in der sie sich den Tathergang vorstellte, und klemmte seine Schulter so ein, dass er praktisch bewegungslos war. Dann deutete sie mit ihrer rechten Hand die Ausführung des tödlichen Schnitts an.

»Sehen Sie? Auf diese Art muss es geschehen sein«, sagte sie und entließ Löwenstein aus dem unangenehmen Klammergriff. Der rekelte sich ein wenig und war augenscheinlich froh, sich wieder frei bewegen zu können.

»Das Ganze entsprechend härter, und Sie bekommen auch

ein solches Hämatom und eventuell auch eine Schulterluxation.«

»Muss nicht sein, danke«, sagte Löwenstein und rieb sich den schmerzenden Nacken- und Schulterbereich.

»… aber auch dies alles könnte man als Pathologen-Alltag bezeichnen«, meinte Frau Wenzel und schaute in die Runde, wohl wissend, dass sie den Herren nun etwas ganz und gar Außergewöhnliches zu zeigen hatte. Etwas, wie es andere Pathologen wohl kaum einmal in ihrer Karriere zu Gesicht bekamen.

»Ich wollte heute Morgen seinen Rachenraum untersuchen«, durchbrach sie ihr kurzes Schweigen, »und dabei habe ich Folgendes gefunden …«

Sie öffnete den Mund des Opfers. »Was ich Ihnen jetzt zeigen werde, habe ich heute Morgen entnommen und vor einer Stunde, so wie ich es vorgefunden habe, wieder in seinem Mund platziert.«

Sie hatte schon die ganze Zeit sterile Handschuhe an und gab ihren drei Besuchern ebenfalls jeweils ein Paar. Dann nahm sie mit Hilfe einer Pinzette ein gefaltetes kleines Blatt Papier aus Bottenbachs Mund. Die Pathologin faltete es auseinander und reichte es dem verdutzten Kommissar.

Nau las es, dabei weiteten sich seine Augen. Dann schnaufte er durch und gab das Papier an Reckmann weiter. Nau musste sich mit einer Hand an dem Obduktionstisch abstützen. Reckmann las laut vor:

»*Hallo Herr Nau.*« Er schaute den Kommissar überrascht an und las weiter: »*Wollen Sie spielen?*«

Der Kommissar starrte völlig entgeistert das Gesicht des Leichnams an. Vieles hatte er erwartet, aber am allerwenigsten eine an ihn selbst adressierte Botschaft aus dem Körper des Toten vor ihm. Etwas Derartiges hatte er in seiner langen kriminalistischen Karriere noch nie erlebt.

»Was ist denn das für eine infantile Scheiße?«, fluchte Reckmann lauthals, während Löwenstein nur ein leises »Oh Mann« zustande brachte.

Die Pathologin schaute die Männer an und nickte. »Ich hatte mir gedacht, dass Sie das ziemlich umhauen würde. Aber es geht noch weiter.«

Sie beugte sich abermals über die Leiche und entnahm dem noch geöffneten Mund einen linken und rechten Großen Zeh. Nau, der sich gerade erst wieder aufrecht hingestellt hatte, durchfuhr ein kalter Schauer, während Reckmann und Löwenstein nur staunend dastanden. Die Pathologin ließ das soeben Gesehene einige Sekunden auf die Beamten wirken, dann schlug sie das grüne Leichentuch vollends von Bottenbach zurück und entblößte seine Füße. Der Chirurg hatte bei dem Mord nicht nur sein Leben, sondern auch seine Zehen verloren. Dort wo sie sich einst befunden hatten, waren nur noch schaurige makabre Schnittwunden zu sehen.

»... vermutlich mit einer Heckenschere«, kam Frau Wenzel der Frage Reckmanns zuvor, der schon dazu angesetzt hatte, etwas zu sagen. Die Pathologin atmete erleichtert durch. Endlich hatte sie den Beamten alle Absonderlichkeiten gezeigt.

Gisbert Nau gingen tausend Gedanken gleichzeitig durch den Kopf. Der Täter kannte ihn offensichtlich, dabei war er doch erst seit wenigen Wochen wieder in Marburg. Oder war es etwa so, dass es sich dabei um eine Person aus seiner Vergangenheit handeln konnte? Gab es Straftäter, die er einst hinter Gitter gebracht hatte, die sich womöglich nun an ihm rächen wollten? Und was sollte die perfide Frage, ob er *spielen* wollte?

»Was bedeutet«, hatte Löwenstein offensichtlich genau denselben Gedanken, »diese seltsame Frage, ob sie *spielen* wollen?«

»Löwenstein«, Nau schüttelte den Kopf, »ich weiß es

nicht. Allerdings habe ich einige ziemlich schlimme Befürchtungen, was das angeht.«

Die Kollegen schauten ihn fragend an, sodass er fortfuhr: »Wenn Täter so etwas formulieren, ist das in der Regel wie eine Aufforderung zu einer Art Duell. Er fühlt sich überlegen, will mit mir spielen. Dies ist durchaus wörtlich zu verstehen. Weil er sich sicher ist, nicht aufzufliegen, will er gewissermaßen ein Katz-und-Maus-Spiel mit den ermittelnden Behörden abhalten. Oder aber er sieht in seiner Tat einen höheren Sinn, fühlt sich regelrecht zu dem Mord berufen. Ist dies der Fall, kann es auch sein, dass er entlarvt werden *will*. Es gibt sehr viele Möglichkeiten, was diese Inszenierung bedeuten soll. Jedenfalls können wir uns auf eine ganze Menge Arbeit gefasst machen. Wir müssen mit dem Schlimmsten rechnen.«

Die beiden Kollegen hörten seinen Ausführungen mit einer Mischung aus Interesse und echter Besorgnis zu.

»Entschuldigen Sie, wenn ich seine Formulierung übernehme, aber wenn er wirklich *spielen* will, kann dies nur bedeuten, dass hier vor uns nicht sein letztes Opfer liegt.« Gisbert Naus Stirn zog sich in Sorgenfalten.

»Dann sollten wir besser überlegen, ob er uns mit diesen Hinterlassenschaften«, Reckmann schaute auf Bottenbachs traurige Überreste und den Zettel, »nicht einen Hinweis auf ein mögliches nächstes Opfer geliefert hat.«

»Völlig richtig.« Der Kommissar nickte und deutete auf Bottenbachs verstümmelte Füße. »Finden wir außerdem heraus, ob es beim Landeskriminalamt oder gegebenenfalls auch auf Bundesebene ähnliche Täterprofile gibt.«

»Wir werden alle Dateien gründlich durchforsten«, bestätigte Löwenstein.

Die drei Beamten waren bei einer Denkpause angelangt. Katja Wenzel, die nun einen deutlich entspannteren Eindruck machte, tippte Nau auf die Schulter.

»Sagen Sie, ziehen Sie so was an?«

Der Kommissar blickte sie mit einem verständnislosen Gesichtsausdruck an.

»Na ich meine: Kaum ist so ein Profi wie Sie am Start, kommt es zu so einem brisanten Fall.«

So sehr er die Pathologin von Anfang an mochte, so deplatziert fand er ihre Frage. Aber sie hatte ja irgendwie recht. Die Tatsache, dass sich der Täter ohne Umschweife direkt an ihn wandte, ließ Nau fast an so etwas wie eine Teilschuld seinerseits glauben. War Bottenbach ohne jedes eigene Zutun zu einem unschuldigen Opfer in einer Privatfehde zwischen einem Verbrecher und dem Kommissar geworden? Aber dieser Gedanke schien Nau doch zu abwegig, als dass er tatsächlich hätte daran glauben können. Dennoch stieg ein ungutes Gefühl in ihm auf. Dieser Fall nahm langsam ebenso ungewöhnliche wie unappetitliche Züge an.

»Entschuldigen Sie bitte, es war nicht böse gemeint. Schade, dass ich Ihnen keine wesentlich erfreulicheren Untersuchungsergebnisse melden konnte.«

»Ist schon gut, Frau Wenzel. Ich habe ein dickes Fell.«

Die Gerichtsmedizinerin nickte verständnisvoll.

»Welcher Mörder«, meinte Reckmann, »richtet sein Opfer nach der Tat so zu und zieht ihm dann noch in aller Seelenruhe die Schuhe wieder an?«

»Ein ziemlich abgebrühter«, sagte Löwenstein trocken und schüttelte den Kopf. Ihm wurde gerade erst so richtig bewusst, an was für einen Fall sie da geraten waren, und fing fast schon an, sich nach den vergleichsweise geruhsamen Zeiten im Streifendienst zurück zu sehnen.

»Wie gehen wir nun vor?«, wollte Reckmann wissen, der mittlerweile ganz froh war, einen so erfahrenen Ermittler wie Nau in seinem Team zu haben.

»Frau Pechstein, Bottenbachs Lebensgefährtin, muss ihn identifizieren. Bitte arrangieren Sie das«, sagte der Kommissar zu Frau Wenzel.

Die Pathologin bekam von Löwenstein einen Zettel mit Pechsteins Nummer gereicht.

»Schon wieder ein Zettel …«, meinte sie nur und steckte ihn in eine Tasche ihres Arztkittels.

»… und geben Sie den Termin an uns weiter«, ergänzte Gisbert Nau.

»Aber natürlich. Wird erledigt«, sagte die Pathologin und zog sich die Handschuhe wieder aus. Sie schien erleichtert, dass sie den Termin mit der Lebensgefährtin des Opfers demnach nicht allein durchzustehen hatte.

Nau wendete sich Reckmann und Löwenstein zu. »Sie bringen die Ermittlungen büroseitig voran. Stellen Sie fest, was zu ähnlichen Fällen aktenkundig ist. Klären Sie bitte auch die Verhältnisse in der Gießener Firma. Ich werde dann später in der Dienststelle zu Ihnen stoßen. Bis dahin habe ich heute Nachmittag noch einen anderen Termin.« Der Kommissar blickte sinnierend in eine Ecke des Obduktionszimmers. »Mein Hund braucht dringend etwas Auslauf.«

4. KAPITEL

Pepper befand sich im Ladebereich von Naus Kombi und wedelte aufgeregt mit dem Schwanz. Durch die Heckscheibe sah er aufmerksam, wie die Landschaft vorbeiflog. Der Kommissar lenkte gerade das Fahrzeug durch den Ort Cölbe, der sich in nördlicher Richtung fast übergangslos an Marburg anschloss.

Gisbert Nau versuchte, seinen Kopf freizubekommen, um wieder einen halbwegs klaren Gedanken fassen zu können. Im CD-Player wob Pink Floyds ›Shine On You Crazy Diamond‹ sphärische Klangteppiche. Zu dieser Musik gelang es dem Kommissar in der Regel sehr gut, ein wenig die Seele baumeln zu lassen. Heute hatte er dafür deutlich länger gebraucht als sonst, aber mittlerweile saß er relativ entspannt hinter dem Lenkrad.

Nau war in den letzten 20 Stunden kaum einmal mit Pepper draußen gewesen. Nun aber bot sich die Gelegenheit, die beruflichen Verpflichtungen und das Vorhaben, sich gut um den Hund zu kümmern, auf nahezu ideale Weise in Einklang zu bringen.

Sie verließen Cölbe und fuhren weiter in Richtung Norden. Das Wetter hatte zwischenzeitlich deutlich aufgeklart. Immer wieder kamen Sonnenstrahlen durch die dünner gewordene Wolkendecke. Einen Regenschirm würde Nau also sicher nicht brauchen.

Wenige Minuten später kamen Gisbert Nau und sein Golden Retriever in dem kleinen Ort Bernsdorf an. Sie folgten einer etwas längeren baumbestandenen Einfahrt und parkten vor dem Hauptgebäude des Marburger Golfclubs. Als sie den Wagen verließen, fiel dem Kommissar auf, dass hier vorrangig gute bis hochklassige Fahrzeuge standen. Das Golf-Image als Sport der gut Betuchten schien sich also zu bestätigen. Augenfällig war auch, dass für diese Tageszeit, es war mittlerweile halb drei Uhr nachmittags, anscheinend recht viele Clubmitglieder ihrem Hobby frönten.

Nau zählte immerhin neun Fahrzeuge auf dem Parkplatz. Dahinter erhob sich nicht pompös, aber doch recht elegant, das Hauptgebäude des Golfclubs. Sie folgten der Beschilderung in die Gaststätte. Insgesamt fünf Personen saßen verteilt an den zahlreichen Tischen. Zwei Damen hatten separate Plätze und waren mit Zeitungslesen und der Speisekarte beschäftigt. An einem anderen Tisch saßen drei Männer mittleren Alters, die in eine offensichtlich rege Diskussion verstrickt waren. Nau ging an den Tresen und ließ sich auf einem der Hocker nieder.

Nau genoss die Aussicht ins Freie. Etwas versteckt hinter zahlreichen Bäumen und Büschen hatte man einen Blick auf den Golfplatz. In etwas weiterer Entfernung konnte er sogar einen Sandbunker ausmachen. Nach einer Weile erschien der Wirt hinter dem Tresen.

»Guten Tag. Was darf es sein?«

»Für mich bitte ein Pils. Und für ihn«, Nau deutete mit dem Zeigefinger auf den Boden, »wenn es geht, ein Schälchen Wasser.«

Der Wirt reckte sich und schaute fragend über den Rand des Tresens. Als er Pepper entdeckte, lächelte er und verschwand in der Küche.

Nau beobachtete eine ältere Dame, die an einem Tisch saß und gelegentlich Plätzchen in ihren Latte macchiato tunkte. Sie war sehr grazil und gut gekleidet. Er meinte zu entdecken, dass ihr Gesicht schon die Bekanntschaft eines Schönheitschirurgen gemacht hatte. Zu perfekt saß ihre wohlgeformte

Nase über ihren zu stark geschminkten Lippen. Mit einer Hand hielt sie ihre Zeitung in Brusthöhe. Gisbert fiel ihre Haut auf. Sie war wie gegerbtes Leder, das welkende Ergebnis zu vieler Stunden im Sonnenstudio. Den Farbton empfand er als eine Nuance zu braun.

Der Wirt kam zurück mit einem silbernen wassergefüllten Napf und stellte ihn Pepper hin. Dieser begann sogleich, von dem kühlen Nass zu trinken. Dann brachte der Wirt dem Kommissar sein Pils.

»Wohl bekomm's«, sagte der untersetzte Mann mit Oberlippenbart. »Darf ich Ihnen denn auch die Karte bringen?«

»Nein danke«, sagte Nau und nahm gleich einen kräftigen Schluck. »Sagen Sie, ist hier immer werktags so viel los?«

»Das ist doch noch gar nichts. Sie müssten mal am Wochenende kommen oder bei einem Turnier. Dann steht hier alles Kopf.«

Der Kommissar freute sich, offenbar auf einen recht redseligen Zeitgenossen getroffen zu sein, und hakte gleich nach. »Muss man denn hier Mitglied sein, wenn man auch mal einige Bahnen spielen will?«

»Nein. Die Nutzung steht eigentlich jedem offen. Neben dem 18-Loch-Meisterschaftsplatz, haben wir auch noch einen 9-Loch-Platz. Letzterer steht jedem offen. So haben auch Nicht-Golfer Gelegenheit, mal reinzuschnuppern.« Der Wirt musterte Nau nun von Kopf bis Fuß und reckte sich wiederum über den Tresen.

»Ja, Sie haben recht. Ich war hier noch nie.« Der Kommissar war niemals in Berührung mit dem Golfsport gekommen, von einigen wenig erfolgreichen Runden auf Minigolf-Plätzen einmal abgesehen.

»Es werden aber auch regelmäßig Schnupperkurse und so etwas angeboten«, war der Wirt weiterhin bemüht, seinen neuen Gast zu beeindrucken.

Gisbert Nau lächelte nur ausweichend.

»Das Gelände erstreckt sich auf fast 70 Hektar«, fuhr der Wirt mit seinem kleinen Werbevortrag fort. »Aber die gesamte Anlage fügt sich sehr harmonisch in das Landschaftsbild ein.«

»Das ist ja alles sehr beachtlich.« Nau zog eine Polizeimarke aus der Hosentasche, die ihm Löwenstein am Mittag bei seinem Besuch auf der Dienststelle noch schnell ausgehändigt hatte, und schob sie über den Tresen. »Ich interessiere mich allerdings viel mehr für einen Ihrer regelmäßigen Besucher«, sagte Nau und schob das Foto des Opfers gleich hinterher.

Der Wirt erschrak ein wenig. »Ja, der ist wirklich ziemlich oft hier. Was hat er denn angestellt?«

»Er wurde gestern Morgen tot im Schlosspark aufgefunden«, sagte Nau ohne große Umschweife.

Der Wirt schluckte. Obwohl Bottenbach letztlich für ihn doch nur ein Fremder war, schien ihm sein Tod irgendwie nahe zu gehen.

»Und wie … ist er ..?«, fragte er zögernd.

»Wir gehen mittlerweile fest davon aus, dass Bottenbach ermordet worden ist«, erklärte der Kommissar.

»So ein Mist«, stammelte der Wirt verstört. Nicht, dass er diese Aussage als besonders originell empfunden hätte. Er sah sich einfach in der Situation, irgendetwas sagen zu wollen.

»Wir haben herausgefunden, dass er Mitglied hier im Golfclub war. Bedeutet das auch, dass er hier einen eigenen Spind hatte?«

»Nein. Wir haben natürlich eine Umkleide, aber die Schlüssel für die Spinde, in denen die Leute ihre persönlichen Sachen abschließen können, sind nicht personalisiert. Sie werden also immer neu ausgehändigt.«

»Ich verstehe. Was können Sie mir sonst über Herrn Bottenbach sagen?«

Der Wirt dachte kurz nach. »Eigentlich nichts Besonderes. Nicht, dass ich sonst auffällige Kunden hätte, aber er war wirklich ein ganz normaler Gast in unserem Haus. Er war immer freundlich, aber auch etwas distanziert.«

»Wie meinen Sie das?«

»Ich meine, das war so ein ganz korrekter Mensch. Er sagte ›Guten Tag‹ oder ›Guten Morgen‹, aber er war nicht der Typ, der sich länger mit mir unterhalten hätte. Ich würde sagen eine distanzierte Höflichkeit. Ja, so in etwa habe ich ihn wahrgenommen. Hilft Ihnen das weiter?«

»Das weiß ich noch nicht. Kann sein.«

»Vielleicht müssten Sie sich mal mit Herrn Heisterkamp unterhalten. Unter Umständen kann der Ihnen mehr sagen.«

Nau hielt den Kopf etwas schräg, als könne er dann besser hören. »Was sagen Sie? Das ist doch nicht etwa *der* Heisterkamp?«

Der Kommissar war ohnehin nicht sonderlich an Politik interessiert, schon gar nicht an der hiesigen Lokalpolitik, die er von Wiesbaden aus so gut wie überhaupt nicht hatte verfolgen können. Aber der eben gefallene Name ließ ihn doch hellhörig werden.

»Aber ja, Heisterkamp. Oder der ›Schwarze Sepp‹, wie manche ihn nennen. Ist mit seinen politischen Meinungen und Vorhaben ja des Öfteren schon mal angeeckt«, erklärte der Wirt redselig.

»Josef Heisterkamp«, wiederholte Nau langsam.

Der Wirt nickte. »Ja, wir haben reichlich Leute der besseren Gesellschaft hier.« Er musste schmunzeln. »Nehmen Sie zum Beispiel den Winkelmann, Bürgermeister in Kirchhain. Auch Industrielle haben wir hier.«

»Vielleicht auch Herrn Draeger von Draeger & Söhne in Gießen?«, fragte Nau.

»Nein, von dem weiß ich nichts.«

»Und Sie wollen andeuten, dass sich Bottenbach und Heisterkamp kannten?«

»Aber klar.« Der Wirt nahm sich ein Geschirrtuch und begann Gläser abzutrocknen, dann hielt er kurz inne und grübelte über etwas nach. »Wenn ich's mir genau überlege, waren die beiden meistens zusammen hier.«

»Und Heisterkamp ist heute auch hier?«

»Nein, den hab ich seit einigen Tagen nicht mehr gesehen.« Er hatte inzwischen mit dem Abtrocknen der Gläser wieder begonnen.

»Gab es sonst noch jemanden, mit dem sich Bottenbach hier regelmäßig getroffen hat?«

»Nein, da fällt mir keiner ein. Wie gesagt, er war eher der verschlossene Typ.«

»Aber mit Heisterkamp verstand er sich gut.«

»Offensichtlich.« Der Wirt hatte gesehen, dass Peppers Napf inzwischen leer war. Er nahm das Gefäß und brachte es kurz darauf wieder gefüllt aus der Küche mit.

Mit einem kurzen Aufjaulen brachte der Hund seine Begeisterung zum Ausdruck.

»Und der Heisterkamp hat zur Zeit welche Position in der Politik?«, hakte Nau nach.

»Ich kenne mich in der Materie ja auch nicht so gut aus«, meinte sein Gegenüber, »aber man munkelt, dass er gute Karten hat, als Spitzenkandidat aufgestellt zu werden für die Kommunalwahl im nächsten Herbst.«

Das alles erschien dem Kommissar so interessant, dass er fast vergaß, sein Bier zu trinken. Nach langer Zeit genehmigte er sich wieder einen kräftigen Schluck.

Das weitere Gespräch brachte keine neuen Erkenntnisse. Der Kommissar bezahlte, trank noch aus und verabschiedete sich. Besonders Pepper genoss es sehr, als sie wieder ins Freie kamen. Sie machten sich auf und erkundeten den Golfplatz ein wenig. Die Bewegung tat auch Gisbert Nau gut.

Während sie sich an den schönen Ausblicken erfreuten, versuchte der Kommissar, seine Gedanken zu ordnen. Zunächst einmal beschäftigte ihn die Frage, ob die Bekanntschaft des Politikers Josef Heisterkamp mit dem Opfer tatsächlich etwas mit dem Fall zu tun haben könnte. Er beschloss, dieser Sache nachzugehen, auch wenn es sicherlich nichts Ungewöhnliches war, wenn Menschen vor dem Hintergrund eines gemeinsamen Hobbys Freundschaft schlossen. Immerhin hatte man wieder einen Ansatzpunkt mehr. Der anfangs recht isoliert wirkende Bottenbach hatte also doch einige zwischenmenschliche Kontakte, die es zu überprüfen galt.

Wie es dazu kommen konnte, dass der Täter den Kommissar zumindest namentlich kannte und eine seltsame Botschaft für ihn in der Leiche hinterließ, dafür hatte Nau bislang keinerlei Erklärung. So etwas hatte er in all den Jahren im Polizeidienst auch noch nicht erlebt. Bei diesem Gedanken wurde ihm etwas flau im Magen, aber er beschloss, sich der Sache analytisch zu stellen. Irgendeine logische Erklärung würde es dafür schon geben, man musste sie eben nur finden.

Er war gespannt darauf, zu hören, was die Kollegen mittlerweile in Erfahrung gebracht hatten. Pepper und Nau hatten nun insgesamt deutlich mehr als eine Stunde im Golfclub verbracht, und Nau war wieder um eine Erkenntnis reicher. Sie brachen auf Richtung Weidenhausen, denn der Kommissar wollte auf dem Weg zur Dienststelle noch schnell Pepper zu Hause abliefern, der für heute wahrlich genug unterwegs gewesen war.

Reckmann und Löwenstein standen im Vorzimmer von Oliver Draegers Büro. Seine Sekretärin tippte wild auf ihre Tastatur ein. Dies geschah in einem Tempo, das Löwenstein in Erstaunen versetzte.

Draeger hatte die Herren gebeten, ein paar Minuten zu warten. Er sei in einer wichtigen Telefonkonferenz, hatte seine Vorzimmerdame gesagt. So schauten sich die beiden die zahlreichen Fotografien an den Wänden an, die meist LKWs oder Lagerhallen zeigten. Mitten darunter ein Gemälde der modernen Kunst. Löwenstein fragte sich, wer sich so etwas wohl freiwillig an die Wand hängte. Reckmann hatte ihm eben etwas von ›Kubismus‹ zugeraunt. Löwenstein kannte sich mit diesen Dingen ohnehin nicht aus und beließ es einfach dabei.

An einer anderen Wand hingen einige Landkarten und Terminkalender. Alles bestätigte den Eindruck, dass sich die beiden Beamten in einer Spedition mittlerer Größe mit guter Auftragslage befanden.

Endlich ging die schwere Flügeltür aus Eichenholz auf, und Oliver Draeger begrüßte die beiden Beamten betont freundlich. Der dandyhafte Mittdreißiger mit Dreitagebart schüttelte beiden die Hände, als seien es alte Freunde, und bat sie mit großem fast übertriebenem Gestus in sein riesiges Büro.

»Kaffee?«

»Zweimal schwarz bitte«, sagte Löwenstein. Er wusste, dass er in diesem Punkt für seinen Vorgesetzten mitreden konnte. Draeger gab seiner Sekretärin einen lässigen Wink und schloss die Zimmertür.

»Nehmen Sie bitte Platz. Ihr Kaffee kommt gleich.«

Reckmann hatte eine so freundliche Begrüßung nicht zwangsläufig erwartet und setzte sich irritiert in den rechten der beiden schweren Ledersessel, die Draegers Schreibtisch gegenüberstanden.

Löwenstein nahm auf dem anderen Sessel Platz und schaute sich um. Alles in diesem Raum schien darauf ausgelegt, den Besucher zu beeindrucken. Ein Vorhaben, so fand der Polizist, das Draeger hervorragend umgesetzt hatte. Oder hatte umsetzen *lassen*. Die mächtigen Eichenmöbel, edlen Teppiche, teuer wirkenden Sitzgruppen, zahlreichen Kunstgegenstände und nicht zuletzt die beachtliche Größe des Raumes von wenigstens 60 Quadratmetern verfehlten ihre Wirkung nicht.

»Was kann ich für Sie tun?« Draeger saß in seinem Satin-Anzug lässig hinter dem Schreibtisch. Der hagere Mann schien in dem riesigen Chefsessel beinahe zu verschwinden.

»Sie können sich vielleicht denken, warum wir hier sind«, begann Reckmann und fühlte sich weiter etwas unbehaglich.

»Vielleicht sagen Sie es mir«, gab Draeger zurück.

»Frau Corinna Pechstein arbeitet bei Ihnen«, übernahm Löwenstein. Der Geschäftsmann nickte und zündete sich eine Zigarette an.

Weil weiter keine Reaktion erfolgte, sagte Reckmann: »Sie wissen nicht, dass ihr Lebensgefährte, Herr Bottenbach, gestern ermordet wurde?«

»Ich habe ihr deshalb für den Rest der Woche freigegeben. Natürlich auch für den Tag der Beerdigung, der ja noch nicht bekannt ist. Weshalb fragen Sie?« Draeger saß weiterhin ohne sichtliche Regung in seinem Sessel.

»Nun, es ist so, dass Sie in einem Telefonregister des Ermordeten verzeichnet sind.« Löwenstein machte eine Pause, denn die Vorzimmerdame kam mit dem Kaffee herein und verursachte damit eine kurze Gesprächspause.

»Ach, ist das so?«, fragte Draeger, während die Dame das Zimmer bereits wieder verließ.

»In welchem Kontakt standen Sie zu Bottenbach?«, bohrte Reckmann nach.

»In gar keinem«, sagte Draeger ungerührt. »Manchmal sind auf unseren Betriebsfeiern die besseren Hälften eben mit dabei.«

»Na und weiter?«, insistierte Reckmann.

»Nichts weiter.«

»Können Sie bitte mal etwas konkreter werden?«, fragte Reckmann mittlerweile sichtlich genervt.

»Na ja. Eines kommt zum anderen, es wird nicht nur Mineralwasser getrunken und dann …«

»Was dann?«, wollte Löwenstein wissen.

»Dann tauscht man die Telefonnummern auch mit Leuten aus, die einen normalerweise kein Stück interessieren.«

»Sie wollen sagen, dass es danach zu keinen Kontakten zwischen Ihnen beiden kam?«, fragte Reckmann.

»Ich habe ja bis vor ein paar Minuten noch nicht mal seinen Namen gekannt«, gab Draeger gleichgültig zurück.

Reckmann dachte nach. Wenn Draeger die Wahrheit verschwieg, dann tat er das zumindest ganz schön abgebrüht. Er merkte, dass er es hier mit einem aalglatten Geschäftsmann zu tun hatte.

»Hat Ihnen Frau Pechstein denn etwas anderes erzählt?«

»Mit ihr haben wir über dieses Thema noch nicht gesprochen«, musste Reckmann zugeben.

»Dann hätten Sie das besser mal gemacht«, lachte Draeger verächtlich.

»Sie sagten, Sie hätten Frau Pechstein freigegeben«, meinte Löwenstein. »Ist sie nicht Ihre Sekretärin?«

»Nein, das ist Frau Kaiser«, entgegnete Draeger und deutete auf den Kaffee. »Die Pechstein arbeitet ihr zu. In einem internationalen Unternehmen wie meinem ist eben immer eine Menge zu tun. Da ist es nur mit Kaffeekochen nicht getan. Im Moment übernimmt Frau Kaiser eben ihre Aufgaben mit.«

»Soll das heißen, Sie haben Frau Pechstein nur zum Kaffeekochen eingestellt?«, fragte Reckmann.

»Ganz und gar nicht«, antwortete Draeger. »Aber Sie werden ja nicht extra nach Gießen gefahren sein, um Haarspaltereien zu betreiben.«

»Was macht Ihr Unternehmen denn alles?«, wollte Löwenstein wissen.

»Import und Export. Das heißt, Geschäfte in aller Welt.« Heftig gestikulierend fuhr Draeger fort. »Seit die Grenzen in den Osten offen sind, haben wir uns auch dort mittlerweile einen guten Namen gemacht. Natürlich sind wir aber nach wie vor auch in Übersee etabliert.«

»Das macht Sie wohl sehr stolz«, sagte Reckmann schnippisch, und sein Kollege musste grinsen.

»Wir haben 46 Mitarbeiter und mittlerweile 17 Trucks. Darauf kann man schon stolz sein.«

»Das bleibt Ihnen natürlich absolut unbenommen«, meinte Reckmann. »Sie haben seinerzeit das Familienunternehmen von Ihrem Vater übernommen, der vor einigen Jahren verstorben ist?«

»Ja, vor sieben Jahren. Autounfall mit meiner Mutter. Bumm. Aus. Ende. Aber ich möchte darüber nicht reden. Das war wirklich eine schmerzliche Erfahrung.«

»Dafür haben wir natürlich vollstes Verständnis«, sagte Löwenstein und dachte sich seinen Teil.

»Sie haben seinerzeit Ihre Geschwister ausgezahlt und die Führung des Unternehmens übernommen«, meinte Reckmann. Der Unternehmer nickte und schaute ungeduldig auf seine Armbanduhr.

»Ja, aber was hat das alles mit diesem Herrn Bottenberg zu tun?«

»Botten*bach*«, korrigierte Löwenstein.

»Nichts weiter. Reines Interesse.« Reckmann machte eine ernste Miene. »Was haben Sie gestern Morgen so um sechs Uhr gemacht?«

»Wollen Sie sagen, ich bräuchte ein Alibi?« Draeger verschränkte lässig die Arme vor seiner schmalen Brust. »Aber keine Sorge, ich habe geschlafen. Fragen Sie, wenn Sie es denn für nötig halten, einfach meine Frau.«

»Immerhin war ja Feiertag«, meinte Löwenstein. »Da hatten also auch Sie mal einen freien Tag.«

»In einer Spedition wie der meinen müssen viele Abläufe auch dann funktionieren«, antwortete der Firmenchef. »Wenn Ihre Container in Übersee oder im Ostblock unterwegs sind, wird auf einen deutschen Feiertag keine Rücksicht genommen. Zumindest die Dispo sollte immer auf ihrem Posten sein.« Draeger war mittlerweile längst dabei, seine anfängliche, offensichtlich gespielte Höflichkeit aufzugeben. »Ich bin etwa um halb acht aufgestanden und war etwas später dann im Unternehmen. So, meine Herren, reicht das? Ich habe noch andere Termine.«

»Für's Erste ja.« Reckmann lächelte Draeger halbherzig an und stand auf. »Aber es kann sein, dass wir noch einmal wiederkommen müssen.«

»Tun Sie sich keinen Zwang an.«

Gisbert Nau wollte gerade von Weidenhausen nach Cappel aufbrechen, als Reckmann sich meldete und sagte, dass sie gerade erst in Gießen losführen. Da es sich bei seiner Anfahrt um die weitaus kürzere handelte, setzte sich der Kommissar noch für eine Weile in seinen hochgeschätzten Ohrensessel. Dieser war in den 20er Jahren hergestellt worden und vor einiger Zeit ließ ihn Nau wieder herrichten. Seitdem war der Sessel wieder wie neu und spätestens seit diesem Zeitpunkt Naus unangefochtener Lieblingsplatz.

Pepper hatte sich ohnehin gleich nach ihrer Rückkehr schlafen gelegt. Das strahlte so auf sein Herrchen ab, dass Nau die Gelegenheit für einige Minuten der Ruhe nutzen wollte. Er dachte angestrengt über den Fall nach. Bislang hatten sich noch keine Puzzleteile ergeben, die in irgendeiner Weise zusammenpassten. Immerhin war nun etwas Bewegung in die Ermittlungen gekommen. Allerdings hätte Nau gerne auf hässliche Begleiterscheinungen wie abgeschnittene große Zehen verzichtet.

Löwenstein hatte, nachdem sie Draegers Büroräume verlassen hatten, umgehend bei Corinna Pechstein angerufen. Sie bestätigte, dass sich die beiden Männer eigentlich nur sehr flüchtig gekannt hatten. Somit war die Aussage des Unternehmers bestätigt.

Gisbert Nau erwartete die beiden schon vor der Dienststelle, und gemeinsam gingen sie in das vermutlich in den 70er Jahren entstandene Gebäude.

Der Kommissar machte seine Vermutung an der Beobachtung fest, dass es im Wesentlichen aus Waschbetonplatten gefertigt worden war und einen weniger ansehnlichen als viel mehr zweckmäßigen Eindruck machte.

Sie gingen in das Büro der beiden und tauschten erst einmal die zuletzt gewonnenen Erkenntnisse aus. Nicht zuletzt die Erwähnung des Namens Heisterkamp sorgte bei Reckmann und Löwenstein für einiges Aufsehen. Der Kommunalpolitiker hatte sich tatsächlich einen Namen gemacht als durchaus kontrovers diskutierte lokale Persönlichkeit, deren politische Ideen und Handlungen nicht immer und überall auf allzu große Gegenliebe stießen.

»Dem Draeger traue ich nicht über den Weg«, meinte Reckmann, als sie auf ihren Besuch in seiner Spedition zu sprechen kamen.

»Der könnte durchaus was auf dem Kerbholz haben«, bestätigte Löwenstein. »Der hat so eine Art an sich, ich weiß nicht, wie ich es anders sagen soll: als würde er dir mit der Rechten die Hand geben, um dich mit der Linken zu ermorden.«

Nach dieser Aussage bedauerte Nau es fast, nicht dabei gewesen zu sein. Diesen undurchsichtigen Zeitgenossen hätte er sich gerne persönlich angesehen. Allerdings war es ja nicht auszuschließen, dass man es im Laufe der Ermittlungen ohnehin noch einmal mit ihm zu tun bekam.

Danach machten sie sich daran, die büroseitigen Ermittlungen voranzubringen. Reckmann und Löwenstein hatten nach dem Besuch in der Gerichtsmedizin in Gießen zu Mittag gegessen und waren dann direkt von dort zu Draegers Betrieb gefahren. Zuvor hatten sie in der Marburger Dienststelle angerufen und die Kollegen instruiert, die dringend erforderlichen Durchsuchungen der Dateien und Archive vorzunehmen.

Reckmann nahm nun das Telefon und drückte eine interne Kurzwahlnummer.

»Reckmann hier. Bringen Sie uns mit, was Sie gefunden haben.«

Wenige Augenblicke später kamen der junge Azubi Marquardt und ein Mitarbeiter, den Nau noch nicht kennengelernt hatte, ins Zimmer.

»Das ist Herr Wagner, unser Spezialist für moderne Medien, Internet, Computer-Recherchen und all diese Dinge«, stellte Löwenstein den unscheinbar wirkenden Mann vor. Dieser musste etwa 40 Jahre alt sein und machte einen schüchternen und unnahbaren Eindruck.

»Hallo, Herr Nau«, sagte Wagner und begrüßte den Kommissar zudem mit einem schlappen Händedruck.

»Hallo, was haben Sie denn so für uns herausgefunden?«, fragte Nau.

Wagner setzte sich an Reckmanns Computer und öffnete einige bunte Dateien, Tabellen und Akten. Hier, in der Welt der Bits und Bytes, die Nau weitgehend irritierend und fremdartig vorkam, schien sich der zurückhaltende Beamte auszukennen.

»Ich habe Ihre Daten mit den vorliegenden Polizeiakten abgeglichen«, begann Wagner. »Unter anderem habe ich nach ähnlichen Merkmalen wie abgeschnittenen Zehen, an der Leiche angebrachten Botschaften und dergleichen gesucht.« Die anderen Beamten hatten sich längst um ihren Kollegen gruppiert und schauten ihm bei seinen Ausführungen über die Schulter.

»Hier habe ich den wohl naheliegendsten Fall«, fuhr dieser fort. »Im Jahre 1987 in Offenbach hat dieser Mann«, dabei öffnete Wagner eine Datei, die ein altes Fahndungsfoto zeigte, »einen Mord an seinem Schwiegervater begangen. Es stellte sich als eine Art rituelle Bestrafung heraus. Er hat seinem Opfer die Zunge herausgetrennt.«

Die Kollegen betrachteten das Fahndungsfoto, welches einen unsympathisch dreinblickenden Mann namens Atalay Dogan zeigte.

»Dogan wurde überführt und verurteilt. Er war geständig und hat als Tatmotiv angegeben, dass sein Schwiegervater seine Ehefrau auf dem Gewissen gehabt hätte.«

»Was ist aus ihm geworden?«, fragte Beckmann.

»Er hatte seine Strafe abgesessen«, meldete sich Marquardt zu Wort, »ist aber vor einigen Jahren verstorben.«

»Wir haben etwa zwei Dutzend Fälle der letzten Jahrzehnte zusammengetragen«, sagte Wagner und gab Marquardt einen Wink, der daraufhin einen Aktenberg auf Reckmanns Schreibtisch legte. »Alle zeichnen sich dadurch aus, dass dem Opfer post mortem Verstümmelungen zugefügt wurden.«

»Wir haben alles Wesentliche zusammengetragen und ausgedruckt, damit Sie sich einen Überblick verschaffen können«, ergänzte Marquardt.

»Wie groß ist der Einzugsbereich dieser Sachen?«, erkundigte sich Nau.

»Es betrifft das gesamte Bundesgebiet. Darunter auch die DDR vor Maueröffnung«, antwortete Wagner.

»Sind irgendwelche Fälle aus dem Großraum Wiesbaden mit dabei?«, wollte der Kommissar wissen.

»Wir haben Ihnen den Offenbacher Fall gezeigt, weil dieser die größte räumliche Nähe zu Wiesbaden oder Marburg aufwies«, lautete die Antwort Wagners.

Nau fing an, die Akten durchzublättern. Sehr sauber und übersichtlich waren alle vorliegenden Fälle aufgeführt und mit zahlreichen Text- und Bilddokumenten versehen worden. Die beiden hatten wirklich gute Arbeit geleistet.

»Respekt, meine Herren«, lobte Nau dann auch, »da haben Sie sehr sorgfältig recherchiert.«

»Na hoffentlich hilft es Ihnen weiter!«, meinte Wagner und stand von seinem Stuhl auf.

»Auf den ersten Blick eher nicht«, sagte Nau und sah, wie die Mundwinkel Wagners und Marquardts sich enttäuscht senkten. »Das wird letztlich erst der weitere Verlauf der Ermittlungen zeigen. Auf jeden Fall werden wir die Akten ebenso gewissenhaft durcharbeiten wie sie erstellt worden sind.« Sein Blick ging auffordernd zu Reckmann und Löwenstein hinüber, die sogleich verstanden, dass in den nächsten Tagen besonders viel Aktenarbeit auf sie zukommen würde. Insgeheim war Nau froh, derlei Aufgaben an seine Mitarbeiter abgeben zu können.

Unterdessen hatte Wagner dem jungen Marquardt einen weiteren Wink gegeben. Der entfernte sich daraufhin und kam kurz darauf mit einem weiteren Stapel Akten zurück, den er wiederum auf Reckmanns Schreibtisch platzierte.

»All diese Dokumente betreffen Fälle, in denen Botschaften an oder in den jeweiligen Leichen hinterlassen wurden«, sagte Wagner. »Es sind etwa 15. Das Einzugsgebiet ist dasselbe wie vorhin.«

»Nochmals: gute Arbeit!« Gisbert Nau nickte anerkennend und entließ die beiden Kollegen in den wohlverdienten Feierabend.

Der Kommissar blätterte auch den zweiten Stapel kurz durch. Er prüfte nach, ob ihm Gesichter oder Daten aus seiner Vergangenheit bekannt vorkamen. Auch achtete er auf die Orte, an denen sich die jeweiligen Mordfälle ereignet hatten. Bei dieser ersten schnellen Durchsicht stieß er auf nichts, das er in Einklang mit seinen früheren Ermittlungen hätte bringen können. Etwas enttäuscht legte er die Akten daraufhin wieder auf Reckmanns ohnehin schon übervollem Schreibtisch ab.

»Was ist eigentlich mit diesem Stefan Schwarze, dem vorbestraften Freund von Bottenbach aus der Pechstein-Liste?«, fragte Nau.

»Den haben wir überprüft. Ist nachweislich seit einem guten halben Jahr beruflich in den USA. Der fällt also für unsere Ermittlungen aus«, antwortete Reckmann.

Plötzlich klingelte das Telefon, und Peter Löwenstein, der direkt daneben stand, nahm den Hörer ab.

»Hallo, Frau Wenzel. Ja, ich verstehe.« Er machte eine Notiz, wie das so seine Art war. »Ja, ist notiert. Wir klären das ab und rufen zurück. Bis gleich.«

Die Pathologin wollte Bescheid geben, dass die Leiche nunmehr zur routinemäßigen Identifizierung bereit war. Er rief daher gleich bei Frau Pechstein an und gab den Terminvorschlag an sie weiter.

»Nein, wir sind leider noch nicht viel weitergekommen. Wir halten Sie auf dem Laufenden. Vielleicht können wir Ihnen ja morgen gegen Mittag schon etwas Genaueres sagen.«

Einige Augenblicke später legte der Beamte auf.

»Morgen um elf«, lautete seine kurze Ansage, und die beiden Kollegen nickten.

In einem weiteren Gespräch mit Frau Wenzel bestätigte er den anstehenden Termin und grüßte die Kollegen von ihr. Dann verabschiedete sich Nau. »Meine Herren, es rückt auf Abend. Lassen Sie uns für heute abschließen und dann morgen ausgeruht weitermachen.« Er hielt für einen kurzen Moment inne. »Ich fürchte leider, wir müssen uns in nächster Zeit noch genug Nächte um die Ohren schlagen.«

5. KAPITEL

Gisbert Nau lief in finsterer Nacht am Lahnufer entlang. Pepper hatte offensichtlich ein dringendes Bedürfnis gehabt, und deshalb war der Kommissar trotz der späten Stunde noch einmal mit ihm hinausgegangen.

Als Pepper sein Geschäft verrichtet hatte, war er nicht mehr zu ihm zurückgekommen. Nau lief lahnabwärts in Richtung Jugendherberge, denn diesen Weg hatte der Hund in der Dunkelheit eingeschlagen.

Nau machte sich sehr große Sorgen, denn so kannte er seinen Vierbeiner nicht. Seit Pepper vor einigen Jahren als sechs Wochen alter Welpe in das Leben des Kommissars getreten war, hatte er niemals ein solches Verhalten gezeigt. Der Kommissar vermutete, dass Pepper irgendeinen Duft wahrgenommen hatte oder sonst irgendeinen Reiz, der ihn dazu verleitete, einfach sein Herrchen in der Dunkelheit zurückzulassen.

»Pepper, komm zurück«, rief er halblaut in das fast undurchdringliche Schwarz und spürte, wie sein Puls immer schneller wurde. Das Laufen und die Sorge um seinen treuen Gefährten ließen fast sein Herz zerspringen.

Er befand sich schon auf Höhe des Wehrs. Durch die aufgeworfenen Steine, die eine Art Stufe in den Flusslauf setzten, rauschte das Wasser hier besonders laut. Am anderen Ufer konnte er den Laternenschein des kubanischen Restaurants wahrnehmen. Jemand hatte sie aus einem unerfindlichen Grund brennen lassen.

Dann hörte er ein kurzes Aufjaulen. Sein Herz verkrampfte sich noch mehr. Pepper musste in Schwierigkeiten stecken. Umso angestrengter versuchte Nau, in der Dunkelheit weitere Geräusche auszumachen. Das vorherige Jaulen hatte er nicht räumlich orten können. Eine immer größer werdende Panik stieg in ihm auf.

»Pepper!«, schrie er nun so laut er konnte. »Pepper!«

Er machte den Fluss als die größte Gefahrenquelle aus und hastete die letzten Meter hinunter ans Ufer, bis er schließlich bis zu den Waden im Wasser stand. Die Äste der Bäume schlugen ihm ins Gesicht, aber er bemerkte es kaum.

»Pepper!«

Dann hörte er seinen Hund bellen, aber es war ein unterdrücktes, weit entferntes Geräusch.

»Pepper!« In panischer Angst und Sorge stieg er noch weiter ins Wasser. Noch immer konnte er seinen Hund weder akustisch ausmachen noch sehen.

Nau spürte, wie etwas Feuchtes sein Gesicht streifte, und schrie erneut nach seinem Hund. Sein Puls musste bald seinen Hals sprengen. Nau bekam kaum noch Luft. Da, wieder dieses feuchte Gefühl in seinem Gesicht.

»Pepper, wo bist du?«

Er versuchte, im Wasser weiter vorwärts zu kommen, doch nun kam er nicht mehr vom Fleck. Wieder ein Bellen, diesmal hielt es an und wurde immer lauter. Pepper schien sich ihm zu nähern. Gott sei Dank! Noch bestand wohl die Chance, ihn wiederzusehen. Einmal mehr fuhr etwas Feuchtes über sein Gesicht. Er trat immer schneller das Wasser, ruderte mit den Armen, aber inzwischen bewegte er sich sich keinen Zentimeter mehr vorwärts.

»Pepper, Pepper!«, schrie er abermals, und seine Stimme überschlug sich.

Da, wieder ein Bellen! Und diesmal ganz nah!

»Pepper!«

Er trat weiterhin Wasser, kam kein Deut von der Stelle. Noch ein Bellen, dann wieder das Gefühl von etwas Feuchtem in seinem Gesicht. Schreien, immer lauter schreien. Rasender Puls, immer lauter und lauter. Gisbert Nau schrie sich wach.

Der Kommissar lag rücklings in seinem Bett. Auf ihm saß Pepper, der ihm unentwegt das Gesicht leckte. Nau machte Licht, blickte um sich. Nur langsam kam er zu sich. Der Hund war froh, sein Herrchen wieder wach zu erleben. Immerzu war er gerufen worden. Immer lauter, mit sich überschlagender Stimme.

Nau fühlte unter sich. Das Bettlaken war schweißnass. Dann atmete er tief durch. Alles war nur ein Traum gewesen. Zurückkommen in die Realität. Ein Blick zur Uhr. Es war halb sechs Uhr, noch tiefe Nacht. Sein Puls beruhigte sich langsam. Er kraulte Pepper, der noch immer auf ihm hockte.

»Ist gut mein Lieber. Ich bin wieder normal.«

Peppers feuchte Zunge fuhr ein letztes Mal durch sein Gesicht. Nau atmete wieder tief durch. Der Hund setzte sich neben ihn auf das Laken. Ich muss raus hier, dachte er sich. Heraus aus diesem feuchten Grab, das ihn in seinem Albtraum gefangen gehalten hatte. Er setzte sich auf den Bettrand. Seine Hände fuhren die Beine hinab. Auch sie waren von Schweiß nass. Er musste ins Bad, musste sich die noch frische Ohnmacht des Erlittenen abspülen. Nau würde eine Dusche nehmen. Der Kommissar musste versuchen, wieder zu Sinnen zu kommen. Er ging ins Bad und ließ das Wasser an.

Es dauerte in dem alten Haus ein wenig, bis das Wasser eine angenehme Temperatur erreicht hatte. Während er sich auszog, korrigierte er immer wieder die Einstellung der Mischbatterie. Dann stieg er unter das belebende Nass.

Millionen kleiner Tropfen prasselten auf ihn ein. Langsam kam er wieder richtig zu sich. Was war ihm da eben nur widerfahren? Er war ein Profi, konnte auf eine lange Karriere als Kriminalist zurückblicken. Und nun so etwas.

Der altgediente Kommissar wunderte sich über sich selbst.

Ihm war es peinlich. Davon würde niemand etwas erfahren, so viel war sicher.

Als er fertig war und frische Unterwäsche angezogen hatte, ging er hinunter und machte sich einen Tee. Er suchte nach Antworten, aber er fand keine. Antworten, die diesmal nicht den Fall, sondern ihn selbst betroffen hätten. Wie konnte ihn etwas so kalt erwischen, dass er die Nacht an solch einen lähmenden Albtraum verlor?

Wohltuend rann der warme Tee seine Kehle hinunter. Nau fing an, sich wieder etwas besser zu fühlen. Pepper, der noch etwas geschlafen hatte, war heruntergekommen und suchte seine Nähe. Er legte sich auf Naus nackten Füßen nieder.

Von draußen hörte Gisbert so etwas wie ein Rascheln. Nein, nicht schon wieder, dachte er. Es gelang ihm, das Geräusch zu ignorieren. Es war nicht ungewöhnlich, dass die Bäume und Sträucher in der Straße gelegentlich im Wind raschelten.

Aber die Geräusche wurden lauter. Als sie nicht nachließen, ging Nau an die Tür und schaute hinaus. Ein Gewitter schien aufzuziehen. Von Ferne hörte er bereits Donnergrollen und schon bald sah er, wie im Süden erste Blitze den Nachthimmel aufhellten. Noch war das Gewitter weit entfernt, aber schon bald würde es sicherlich zu ihnen ziehen und seine nasse Fracht auch über dem Marburger Land entladen. Erst jetzt wurde dem Kommissar bewusst, dass schon seit geraumer Zeit eine merkliche, fast greifbare Schwüle über ihnen lag.

Abermals blickte Gisbert auf die Uhr. Es war erst halb sieben, aber an Schlaf war nach dieser Nacht ohnehin nicht mehr zu denken. Nau setzte sich in seinen Ohrensessel. Pepper kam dazu und legte sein Kinn auf Gisberts nacktes linkes Knie. Gedankenverloren streichelte dieser den Kopf des Hundes.

»Du darfst mir niemals weglaufen, verstehst du?«

Pepper zeigte keine Regung, er schaute nur mit einem treuen Hundeblick zu seinem Herrchen hinauf.

Nau fragte sich, wer ihm nur auf perfide Art so übel mitspielte. Wer wusste, dass er mittlerweile wieder in der Universitätsstadt war? War der Verfasser der Zeilen in seiner Vergangenheit zu suchen oder konnte er aus dem kleinen Personenkreis stammen, den Nau seit seiner Rückkehr erst kennengelernt hatte? Gab es etwa Personen, die es auf anderen Kanälen, wie etwa der Presse, erfahren haben konnten? War seine Rückkehr an die Lahn auf irgendeine Weise publik gemacht worden? Hatte in letzter Zeit etwas über ihn in der Zeitung gestanden?

Unterdessen hatten die ersten Gewitterwolken Weidenhausen erreicht. Blitze und Donner waren inzwischen richtig nah. Zudem hatte jetzt ein sehr starker Regen eingesetzt, der regelrecht von allen Seiten zu kommen schien. Heftig prasselte es an die Fensterscheiben. Bei jedem Donnergrollen und Blitzen zuckte der Hund zusammen und schmiegte sich noch etwas enger an seinen zweibeinigen Freund.

Das Wetter hatte sich also Naus Gemütslage angepasst. Etwas Düsteres schien sich seiner bemächtigen zu wollen, wie eine unheimliche Bedrohung, die jederzeit nach ihm greifen, sich manifestieren konnte. Sorgenvoll schaute er Pepper an und überlegte, was dieser Fall vielleicht noch alles zu Tage fördern würde. Aber er war willens, sich dieser Herausforderung zu stellen. Der Täter hatte ihm einen Fehdehandschuh hingeworfen, und der Kommissar war bereit, ihn aufzunehmen.

Zunächst würden sie der Frage nachgehen, welcher Art genau die Bekanntschaft von Bottenbach und dem Politiker war. Es galt ferner, den Unternehmer Draeger genauer zu untersuchen. Die Frage nach Bottenbachs vorbestraftem Freund Schwarze hatte sich ja bereits erübrigt.

Zudem lagen beachtliche Aktenberge auf Reckmanns Schreibtisch. Nau war froh, dass reichlich Arbeit auf sie wartete. So würde er vermutlich den Moment der Unsicherheit überwinden können.

Das Zentrum des Gewitters lag nun direkt über ihnen. Wolkenbruchartige Regenschauer gingen auf das Stadtzentrum nieder. Gleißend helle Blitze durchzuckten in immer kürzer werdenden Abständen den frühen Morgenhimmel. Es donnerte immer wieder so heftig, dass das alte Haus fast zu erbeben schien. Mit jedem Mal drückte Nau seinen Hund noch etwas näher an sich.

Gisbert dachte daran, dass die Lahn nach diesem Unwetter sicherlich Hochwasser haben würde, als plötzlich das Telefon klingelte. Um diese Uhrzeit konnte es sich nur um etwas Wichtiges handeln. Mit gemischten Gefühlen nahm er den Hörer ab.

»Nau, Sie müssen sofort kommen«, hörte er Löwenstein sagen. »Es ist etwas Schreckliches passiert.«

Schnell hatte sich der Kommissar angezogen und eine alte Regenjacke übergestreift. Weil alle Anzeichen auf einen Aufbruch hindeuteten, stand Pepper bereit und wollte mitkommen. Den Hund mit hinaus in das Unwetter zu nehmen, war allerdings das Letzte, was Nau wollte. Er streichelte ihn und gab ihm zu verstehen, dass er dieses Mal zu Hause bleiben sollte.

Zudem mahnte die Erfahrung des Albtraums den Kommissar zur Vorsicht. Noch immer kam es ihm so vor, als hätte er den Hund soeben erst wiedergewonnen, und er wollte den Golden Retriever keinesfalls unnötigen Gefahren aussetzen. Pepper schien enttäuscht, aber er fügte sich in sein Schicksal, indem er sich in seinen Korb legte und eine gemütliche Schlafhaltung einnahm. Der Kommissar füllte noch schnell den Fressnapf, goss frisches Wasser in die Trinkschale und machte sich auf den Weg.

Löwenstein hatte am Telefon reichlich wirr geklungen, aber soweit es Nau verstanden hatte, wartete die nächste unangenehme Überraschung auf ihn. Er hatte wissen wollen, was denn genau passiert war, aber der Kollege verlor sich nur in vagen Andeutungen und meinte, *das* solle Nau sich besser selbst ansehen. Das letzte Mal, als er so etwas hörte, wurde er kurz darauf mit Frau Wenzels makabren Funden konfrontiert. Der Kommissar machte sich also auf das Schlimmste gefasst.

Das Gewitter hatte inzwischen merklich nachgelassen, war weitergezogen und tobte sich nunmehr im Norden der Universitätsstadt aus, aber es regnete immer noch in Strömen. Das machte es leichter für Nau, seinen Hund allein zurückzulassen. Er wusste, wie panisch dieser manchmal werden konnte, wenn es draußen stürmte und donnerte, welch eine lähmende Angst seinen Vierbeiner oftmals bei derartigen Bedingungen ergriff.

Nau hatte es nicht weit, er konnte zu Fuß gehen. Löwenstein hatte von einer Brücke gesprochen, die einige 100 Meter vom Haus des Kommissars entfernt die Lahn etwa auf Höhe des Mensa-Gebäudes überquerte. Eiligen Schrittes ging der Kommissar den Fluss entlang. Nachdem er die Weidenhäuser Brücke hinter sich gelassen hatte, waren es noch etwa 300 Meter.

Der Regen hatte zwischenzeitlich etwas an Intensität verloren. Dennoch war Nau froh, dass seine alte Regenjacke das immer noch stark prasselnde Wasser gut abwies. Er näherte sich langsam dem Tatort. Schon aus einiger Entfernung erkannte er, dass ein Mann an das Brückengeländer gefesselt worden war. Das ganze Szenario hatte etwas von einer Kreuzigung. Die Art und Weise, wie der Mann mit gespreizten Armen an der Außenseite des Brückengeländers festgezurrt war, weckte augenblicklich solche Assoziationen. Seine nackten Füße hingen aus abgetragenen Blue Jeans in einigen Metern Höhe über dem Fluss. Er war in eine schäbige alte Jacke gehüllt, die wie ihr Besitzer sicherlich schon deutlich bessere Zeiten erlebt hatte.

Einige Beamte hatten einen kleinen Scheinwerfer aufgestellt, der die bizarre Szenerie fast dämonisch ausleuchtete. Das Licht war dafür gedacht, dass den Ermittlern möglichst keine Details entgingen, hatte aber den Nebeneffekt, dass dieses ohnehin schon dramatische Bild optisch noch weiter überhöht wurde. Der Täter, der sein Opfer auf diese Weise an dem Brückengeländer drapiert hatte, hätte sich keine drastischere Inszenierung wünschen können.

Löwenstein winkte zur Begrüßung, als Nau die Brücke betrat.

»Ich dachte, *das* müssten Sie sich selbst ansehen.«

»Ja, das höre ich öfter in letzter Zeit«, entgegnete der Kommissar und schaute zu Reckmann hinüber, der sich mit einem jungen Mann unterhielt, der offensichtlich den Toten entdeckt hatte. »Sagen Sie, Löwenstein, können Sie mir schon etwas sagen?«

Löwenstein schüttelte den Kopf. »Wir sind ja selbst erst vor etwa zehn Minuten hier angekommen. Die Wenzel wird wohl auch gleich kommen, sie hat ja eine deutlich längere Anfahrt.«

Nau nickte und ging auf Reckmann und den jungen Mann zu.

»Ich darf Ihnen Herrn Nau vorstellen«, sagte Reckmann. »Er leitet die Ermittlungen.«

Wieder einmal hieß es für Nau, Hände zu schütteln.

»Wiemann, hallo. Ich habe ihn gefunden.«

»Na dann erzählen Sie mal.«

»Ich hatte mein Fahrrad dabei«, sagte Wiemann und deutete auf die Böschung, an der sein Mountainbike lehnte. »Ich wollte nur schnell vor dem Gewitter flüchten und über die Brücke. Da sah ich ihn hier hängen.«

»Haben Sie sonst noch jemanden gesehen?«, fragte der Kommissar. Der Mann schüttelte den Kopf.

»Niemand Verdächtiges«, übernahm Reckmann, »der sich vom Tatort entfernt hat?«

»Nein«, sagte Wiemann. »Außerdem hat es ja geschüttet wie aus Eimern.«

»Sie sind Student?«, wollte Nau wissen.

»Ja, ich studiere hier in Marburg Jura. Aber dass ich mal einem Tatort so nahe komme, hätte ich mir auch nicht träumen lassen. Ich hatte vor, mich später auf Arbeitsrecht zu spezialisieren.«

»Ist vermutlich besser so«, sagte Löwenstein trocken, der zu ihnen hinübergekommen war.

»Die Kollegen nehmen Ihre Daten auf. Danach fahren Sie erst einmal nach Hause ins Trockene.« Nau lächelte milde und ließ die beiden Kollegen ihre Arbeit machen. Er ging hinüber zu dem Toten und schaute sich den Mann genauer an. Er machte einen sehr verwahrlosten Eindruck. Der ungepflegte schwarze Vollbart und die abgetragene Kleidung ließen ihn um etliche Jahre älter aussehen, als er vermutlich war.

Als Nau näher von hinten an ihn herantrat, vernahm er einen starken Geruch von Wermut. Trotz des heftigen Regens hatte sich dieser gehalten. Der Tote musste einige Promille intus haben!

Nau betrachtete die gefesselten Hände. Die Finger des Opfers waren noch vollzählig vorhanden. Auch an den nackten Füßen befanden sich noch alle Zehen. Dieser Mann hatte offensichtlich ein völlig anderes Schicksal erlitten als Bottenbach, wenngleich mit dem gleichen traurigen Endergebnis!

Er dachte darüber nach, ob dieser Mord vielleicht auf irgendeine Weise religiös inspiriert sein konnte. Die Art, wie das Opfer am Brückengeländer hing, dazu noch die langen Haare, die nackten Füße und der dunkle Bart, glich doch in vielerlei Hinsicht gängigen christlichen Kreuzigungsdarstellungen. Der Kommissar fürchtete, dass der Leichnam wiederum eine mysteriöse Botschaft des Täters an oder in sich tragen würde. Andererseits würde eine solche Nachricht vielleicht auch zu einem neuen Ermittlungsansatz führen. Nau hoffte, dass Frau Wenzel bald etwas Licht in die Sache bringen würde.

Einige Minuten später traf die Pathologin fast zeitgleich mit dem Team der Spurensicherung ein.

»Grüße Sie, Herr Nau«, sagte die junge Frau freundlich, während Reckmann und Löwenstein eiligen Schrittes zu ihnen herüberkamen. »Was haben Sie denn heute für mich?«

»Ich hoffe, das können Sie mir sagen«, gab der Chefermittler zurück. Erst als er bemerkte, dass die hübsche Gerichtsmedizinerin weder einen Schirm bei sich trug, noch eine Kapuze aufhatte, wurde ihm bewusst, dass es mittlerweile aufgehört hatte zu regnen. Erste dünne Sonnenstrahlen bahnten sich ihren Weg durch die langsam abziehenden Gewitterwolken und ließen den frühen Morgen in einem pastellfarbenen Licht erscheinen.

Nau dachte an seinen Hund und an dessen Neugier, nach dem überstandenen Unwetter hinaus ins Freie zu gelangen.

»Sie werden vermutlich eine Weile hier brauchen?«, fragte er deshalb. Frau Wenzel nickte, während sie ihren Koffer abstellte und sterile Handschuhe überstreifte.

»Dann bin ich in 20 Minuten wieder da.«

Nau und Pepper kamen nach der angegebenen Zeitspanne wieder zurück und erblickten den Leichnam, der inzwischen vom Brückengeländer heruntergenommen worden war und nun in einem Zinksarg lag. Die Abdeckung war noch nicht aufgelegt. Die beiden Kollegen und Frau Wenzel standen daneben und schauten in den Sarg hinein. Dabei diskutierten sie angeregt.

Als sie nähergekommen waren und sich bereits seitlich auf der Brücke befanden, hörte der Kommissar Löwenstein sagen: »Wann hören wir Genaueres von Ihnen?«

»Wenn alles seinen gewohnten Gang nimmt, vermutlich am Nachmittag.«

»Wieder irgendwelche Besonderheiten wie seltsame Botschaften, abgetrennte Körperteile oder dergleichen?«, wollte Nau wissen, als sie bei ihnen angekommen waren.

»Bisher nicht«, entgegnete die Pathologin. »Aufgrund der Witterung waren erwartungsgemäß keinerlei Fingerabdrücke oder andere Spuren auszumachen. Nach einer genaueren Laboruntersuchung lässt sich dann vielleicht mehr sagen. Die Leute von der Spurensicherung und ich sind uns aber einig, dass auch die wenig bringen wird. Dafür war das Unwetter eben einfach zu heftig.«

Nau nickte verständnisvoll.

»Aber ich werde ihn natürlich noch genauer unter die Lupe nehmen«, sagte die junge Frau. »Auf jeden Fall haben wir im Institut ganz andere Möglichkeiten.«

»Haben Sie schon eine Todesursache?«, fragte Nau. »An der vermeintlichen ›Kreuzigung‹ wird er ja wohl kaum gestorben sein.«

»Aufgrund der Körpertemperatur und anderer Indizien dürfte er schon deutlich vorher gestorben sein. Ich schätze so um Mitternacht. Weil ich bisher keine äußerlichen Merkmale gefunden habe, würde ich auf ein Gift tippen. Aber Näheres wird dann wohl die toxikologische Untersuchung ergeben.«

Die Pathologin zog die Handschuhe aus und strich mit den Fingern durch ihr Haar. Dann machte sie sich daran, den Golden Retriever zu begrüßen. Pepper freute sich merklich, die junge Frau wiederzusehen.

Der Hund hatte sie spätestens am ungewöhnlichen Geruch wiedererkannt. Wobei diesmal noch ein süßlicher Duft hinzukam, wie Pepper ihn schon häufig besonders bei weiblichen Zweibeinern wahrgenommen hatte. Pepper wusste nicht, was Parfüm war, aber die Pathologin hatte erst kürzlich eines aufgelegt. Sie war noch nicht im Institut gewesen, als die Meldung sie erreichte. Die chemischen Geruchsstoffe aus der forensischen Abteilung wurden davon zwar deutlich überlagert, aber die vielen sensiblen Rezeptoren in Peppers Nase nahmen auch diese deutlich wahr.

»Bevor Sie danach fragen«, begann Reckmann und hielt eine größere Plastikhülle hoch, in der sich ein Paar Schuhe befand. »Die haben wir abseits der Brücke unter einer Bank gefunden.«

Nau nickte zufrieden und hob fragend die Augenbrauen.

»Größe 44, die passen«, hatte Löwenstein den Gesichtsausdruck seines Kollegen verstanden.

Die Schuhe hätte man allerdings auch sonst ohne Weiteres dem Opfer zuordnen können. Sie waren schäbig, heruntergekommen, und die Sohlen waren schon so weit abgelaufen, dass sie bereits mehrere Löcher aufwiesen.

»Wie sieht es mit Papieren aus?«, wollte Nau wissen.

»David Wulnikowski, Baujahr 66, gebürtig in Kattowitz«, gab Löwenstein zurück, der wieder einmal seinen Notizblock gezückt hatte.

Die Pathologin starrte in den Zinksarg und sinnierte: »Das traurige Ende eines traurigen Daseins …«

»Einen Raubüberfall können wir jedenfalls ausschließen«, sagte Reckmann und musste grinsen. Diese Aussage seines

Kollegen wusste Löwenstein nur mit einem Kopfschütteln zu quittieren.

»Etwas anderes haben wir jedenfalls in seinen Jacken- und Hosentaschen nicht gefunden«, ging Frau Wenzel über die Bemerkung des Beamten hinweg.

»Der Täter muss sich seiner Sache sehr sicher gewesen sein«, meinte Reckmann. »Das Opfer hier in aller Seelenruhe so zu drapieren, ihm vorher noch die Schuhe auszuziehen, dazu gehört schon etwas.« Der Kommissar nickte. In seiner Mimik lag dabei fast so etwas wie eine Spur von Anerkennung.

»Wo ist denn hier die nächste Parkmöglichkeit?«, fragte Nau seine Kollegen.

Erstaunt über diese doch eigentlich so naheliegende Frage, schauten Reckmann und Löwenstein sich um.

»So etwa in 200 Metern«, entgegnete Löwenstein vage, während Reckmann weiterhin um sich schaute, als käme er auf diese Weise zu einem exakteren Ergebnis.

»Und was sagt uns das über die vermutliche körperliche Konstitution des Täters?« Nau konnte in diesem Moment nicht der Versuchung widerstehen, seine Kollegen ein wenig zu schulmeistern.

»… dass er vermutlich nicht gerade ein Hänfling ist«, sagte Löwenstein und freute sich, dass er den Gedanken Naus so schnell hatte folgen können.

»Sofern es nicht doch mehr als ein Täter war«, merkte Reckmann an, während sie die Mitarbeiter der Gerichtsmedizin den Sarg abtransportieren sahen.

»Ja sicher. Aber lassen wir auch keine Hilfsmittel außer Acht«, meinte Nau.

»Wie beispielsweise eine Sackkarre?«, warf Reckmann ein.

»Ja, genau daran habe ich auch gedacht«, sagte der Kommissar.

Die Pathologin verabschiedete sich, nachdem sie sich noch eine Weile mit Pepper beschäftigt hatte. Sie hatte dabei aber nicht versäumt, den Beamten aufmerksam zuzuhören.

»Ich melde mich dann, sobald ich Ihnen genauere Hinweise liefern kann«, sagte sie. »Vielleicht kann ich Ihnen auch bei dem Termin um elf mit Bottenbachs Lebensgefährtin schon mehr sagen.« Nach einem freundlichen Winken ließ sie die drei Beamten auf der Brücke zurück. Sie sahen ihr nach, bis sie außer Sichtweite war.

»Hübsches Ding«, raunte Reckmann seinen Kollegen zu und versuchte, dabei möglichst weltmännisch zu wirken, was Löwenstein allerdings nur ein abermaliges gelangweiltes Kopfschütteln entlockte.

»Lassen Sie uns noch rasch die Umgebung nach Transportspuren absuchen«, überspielte Nau Reckmanns vorherige Bemerkung. Er selbst ging in die Richtung, in die die Pathologin soeben verschwunden war. Währenddessen nahmen sich Reckmann und Löwenstein das gegenüberliegende Lahnufer vor. Nach einer knappen Viertelstunde kamen sie wieder auf der Brücke zusammen. Die beiden Kollegen wussten Nau zu berichten, dass sie auf ihrer Seite fündig geworden waren.

»Dort, wo die asphaltierten Wege aufhören, haben wir zwei nah beieinanderliegende Reifenspuren gefunden«, erklärte Löwenstein. »Sie können gut von einer Sackkarre oder einem ähnlichen kleinen Transportgerät stammen. Jedenfalls verlieren sich die Spuren dort, wo in der Nähe der Parkplätze die Asphaltierung wieder beginnt.«

»Also wird der Täter mit einem Kombi oder einem Kleintransporter dorthin gefahren sein. Von dort aus hat er dann diese makabre Zurschaustellung inszeniert«, sprach Nau das Offensichtliche aus.

Die drei verabschiedeten sich bis zum späteren Vormittag, wo der Termin in der Gießener Gerichtsmedizin anstand.

Nau ging mit Pepper in langsamen Schritten die Lahn entlang zurück zum Haus. Er wollte den angebrochenen Tag bei dem mittlerweile recht guten Wetter zum Nachdenken nutzen. Die beiden anderen sollten in der Zwischenzeit mit der Bearbeitung der Aktenberge beginnen, die sich auf Reckmanns Schreibtisch türmten.

Der Innenhof des Rechtsmedizinischen Instituts war sonnendurchflutet, als ihn die drei Beamten, Corinna Pechstein und ihre Schwester Yvonne betraten. Frau Pechstein hatte soeben den Leichnam Klaus-Jürgen Bottenbachs identifiziert. Ein Vorgang, den sie nur unter zahlreichen Tränen und heftigen Gefühlsausbrüchen hinter sich zu bringen im Stande war.

Ihre ältere Schwester Yvonne hatte sie während der gesamten Prozedur gestützt und sie bis eben noch im Arm gehalten. Jetzt zündeten sich beide mit zitternden Händen jeweils eine Zigarette an. Die beiden zierlichen Blondinen zogen an ihren Glimmstängeln und waren in ein reges Gespräch vertieft.

Reckmann und Löwenstein schlenderten wie beiläufig zu den beiden schwarz gekleideten Damen hinüber, um Frau Pechstein und ihrer Schwester nochmals ihr Beileid auszudrücken. Gisbert Nau hielt sich in solchen Momenten lieber etwas zurück, in denen ihn so etwas wie Befangenheit beschlich. Lieber verblieb er in der Rolle des stillen Beobachters, der sich mehr im Hintergrund aufhielt. Er hatte die Erfahrung gemacht, dass eine distanziertere, neutralere Betrachterposition häufig zu besseren Beobachtungsergebnissen führte. Gerade machte Reckmann fast so etwas wie eine Entschuldigungsgeste zu Yvonne Pechstein, als es dieser entfuhr:

»Gut, dass ich Sie sehe. Ich hätte mich sowieso noch persönlich bei Ihnen gemeldet.«

Der Beamte hob die Augenbrauen, während Corinna Pechstein ihre Schwester zu beschwichtigen versuchte und sich abermals in ihren Arm einhakte. Yvonne riss sich von ihr los und machte die letzten Schritte auf Reckmann zu, der ihr die Hand schüttelte.

»Was gibt es denn, Frau Pechstein?«

»Ich bin Yvonne Pechstein. Ich bin Corinnas ältere Schwester«, sagte sie, während ihre Schwester die verheulten Augen verdrehte. »Ich habe eine Meldung zu machen.«

»Lass doch gut sein …«, rief ihre Schwester dazwischen.

»Klaus-Jürgen war ein Schwein«, entfuhr es Yvonne lauter als beabsichtigt. Aber sie war froh, es aussprechen zu können. »Er hatte vor einigen Monaten etwas mit einer Kollegin.«

»Wenn ich ihm verzeihen konnte«, zischte Corinna ihre Schwester an, »warum kannst du es nicht?«

Als sei es eine wahre Bombe gewesen, die Yvonne Pechstein platzen ließ, erfüllte auf einmal wieder betretenes Schweigen den Innenhof.

»Einer musste ja mal die Wahrheit aussprechen«, wendete sich die große Schwester trotzig ab.

Reckmann schaute sie fragend an.

Yvonne verstand dies als Aufforderung zu weiteren Erläuterungen und fuhr fort. »Konnte seine Finger nicht bei sich lassen, der alte Sack.«

»Entschuldigen Sie, Frau Pechstein, aber Sie sprechen über einen Toten«, hatte Löwenstein einzuwenden.

»Ja, schon gut. Aber er hat keinen besseren Nachruf verdient. Hat meine Schwester auf miese Weise hintergangen … mit so einer dahergelaufenen Lernschwester.« Sie überlegte kurz. »Mit so einer drallen Polin. Konnte nur noch mit seinem Kleinen denken.«

»Entschuldige mal, du hast sie doch nicht alle«, schrie Corinna. »Das war eine Sache zwischen ihm und mir. Ist längst geklärt. Da musst du nicht dazwischenfunken«, fügte sie mit sich überschlagender dünner Stimme an.

Die Schwestern tauschten noch einige unschöne Worte aus, und Reckmann beschloss, die Sache für den Moment ruhen zu lassen, um sie dann zeitnah wieder aufzugreifen.

Nau beobachtete das Ganze aus einiger Entfernung und machte sich so seine Gedanken. Angesichts des Erlebten, und nicht zuletzt wegen der Wortwahl der einen Schwester, wähnte er sich fast in einer nachmittäglichen Talksendung. Die neuen Erkenntnisse mussten bis später warten, denn nun rief die Pathologin die drei Beamten bereits wieder dazu auf, in den Sektionssaal zu kommen. Die Untersuchung des bedauernswerten Opfers von der Marburger Lahnbrücke hatte einiges Erstaunliches zu Tage gefördert.

Frau Wenzel begrüßte die drei Marburger Beamten jeweils mit einem freundlichen, kräftigen Handschlag.

In den Räumen der Gerichtsmedizin angekommen, fühlte sich Nau wieder unwohl. Es mochte an der Örtlichkeit an sich liegen, aber er sah den Grund für seinen Gemütszustand eher in dem durchdringenden Formaldehydgeruch, der ihm unablässig in der Nase lag. Andererseits war er sehr gespannt darauf, welche Ergebnisse die Pathologin nach so kurzer Zeit bereithielt.

Eine große Spannung lag in dem Sektionssaal, als Frau Wenzel die drei Kollegen schließlich in den Raum führte.

Nicht nur Nau, sondern auch Reckmann und Löwenstein machten einen fast gequälten Gesichtsausdruck. Ihr Beruf brachte den gelegentlichen Aufenthalt an solchen Orten eben mit sich, aber so etwas wie Routine wollte sich diesbezüglich einfach nicht einstellen. Hier war vor Kurzem ein Mensch in seine Grundbestandteile zerlegt worden. An diesem Umstand war nicht zu rütteln, wenngleich Nau und seine Kollegen sich in diesem Moment lieber an jedem x-beliebigen Platz auf der Welt befunden hätten.

Die Pathologin zog OP-Handschuhe über und begann mit ihren Ausführungen. Nau fragte sich einmal mehr, wie diese junge lebenslustige Frau sich mit ihrer Arbeit zu arrangieren vermochte.

»Die Leber ist stark vergrößert.« Sie entnahm das Organ am Seziertisch einer silbernen Schale und legte es auf eine Waage. »Fast ein Kilo zu schwer«, sagte sie mit gleichmütiger Miene.

Löwenstein entfuhr ein seltsam gurgelndes Geräusch aus der Speiseröhre, dann stellte er sich etwas abseits und versuchte, an etwas Schönes zu denken.

»Der Blutalkoholgehalt zum ermittelten Todeszeitpunkt um ein Uhr nachts lag bei 2,3 Promille«, fuhr sie ungerührt fort. »Wenn ich mir seine Leber ansehe, war das wohl eher die Regel als die Ausnahme.«

Reckmann zog die Augenbrauen hoch, als wollte er damit seinen Respekt bekunden.

Sie wendete sich den drei Beamten zu.

»Wir haben außerdem Rückstände von Strychnin und Arsen in der Leber und anderen Organen gefunden. Eine tödliche Mischung.«

»Das war dann auch die tatsächliche Todesursache? Keine weiteren Faktoren?«, fragte Nau nach.

»Nein. Keine. Er wurde eindeutig vergiftet.«

Nau nickte verstehend und sah wenig begeistert dabei zu, wie die Pathologin das Laken vom Seziertisch zurückzog und damit die Blicke der Beamten auf die nackte Leiche des Mannes freigab. Der wohlbekannte Y-Schnitt des Brustkorbs war angewendet worden, aber glücklicherweise hatte Frau Wenzel den Leichnam bereits wieder zugenäht.

Reckmann hielt sich seine Krawatte vor die Nase. Neben den üblichen unangenehmen Gerüchen an einem Ort wie diesem, verbreitete der Leichnam zusätzlichen Gestank. Um keinerlei Spuren zu verwischen, war er noch nicht gewaschen worden. Offensichtlich jahrelange mangelhafte bis völlig ausbleibende Körperhygiene hatten ihre Spuren hinterlassen. Mehrere kariöse Zähne und ein sich daraus ergebender starker Mundgeruch sowie stark faulige schwarze Flecken an den Füßen taten ihr Übriges dazu. Auch die beiden anderen wendeten sich angewidert ab. Wie konnte es ein Mensch so weit kommen lassen?

Die Pathologin reichte ihnen eine intensiv riechende Paste, die sie sich unter die Nase reiben sollten.

»Damit geht es besser«, sagte sie, und Nau erkannte die Paste wieder. In einem Fall vor etwa 20 Jahren, in dem es zur Untersuchung einiger Brandopfer kam, sowie auch in diversen anderen Fällen hatte er diese schon verwenden müssen. Gegen den damaligen Gestank war der heutige noch als harmlos zu bezeichnen.

»Ich habe Ihnen natürlich noch etwas anderes zu zeigen«, meinte die Pathologin und begann mühsam, den Leichnam in eine Bauchlage zu bringen. Interessiert reckten Nau und seine Kollegen die Hälse.

Frau Wenzel deutete auf eine etwa zehn Zentimeter große Stelle zwischen seinen ebenfalls verdreckten Schulterblättern. In schwarzen geschwungenen Lettern stand dort das Wort *Abomination*.

»Kann jemand von Ihnen Französisch?«, fragte Reckmann in den Raum hinein.

»Ich kenne es aus dem Englischen und da heißt es *Abscheu*«, sagte Nau, und die Pathologin nickte.

Trotz der Geruchsbelästigung rückten die drei Beamten näher an den Leichnam heran, um die Machart der Schrift genauer in Augenschein zu nehmen.

»Es handelt sich um ein ziemlich dilettantisches Tattoo«, ließ sich die Pathologin vernehmen.

»Welchen Datums?«, fragte Reckmann nach.

»Ganz neu.« Frau Wenzel lächelte ihn an. »Wurde dem Opfer erst wenige Stunden vor seinem Tod zugefügt.«

»Ist doch ein völliger Widerspruch«, sagte Nau und holte Luft, als er bemerkte, dass die anderen seinem Gedankengang noch nicht folgen konnten.

»Bei der genannten Abscheu fasse ich mein Opfer doch nicht noch mehr an als unbedingt nötig und verpasse ihm ein Tattoo.«

»Anscheinend doch«, antwortete ihm Reckmann trocken und rückte seine Krawatte zurecht.

»Aber immerhin passt es ins Täterprofil«, meinte Löwenstein. »Zwei Morde, und jedes Mal sind irgendwelche Botschaften hinterlassen worden.«

»Das ist alles reichlich widersprüchlich.« Nau schüttelte den Kopf.

»Und wenn es unterschiedliche Täter sind?«, warf Reckmann ein. »Noch gegensätzlicher als Bottenbach und Wulnikowski können die Opfer doch gar nicht sein.«

»Richtig.« Nau nickte. Er wusste sich nicht zu helfen. Irgendetwas irritierte ihn an dem Leichenfund. Das fast religiös anmutende Bild des Tatorts, das beinahe Künstlerische in der Art, wie es arrangiert war. Irgendein Detail war es, was das Bild nicht komplett sein ließ. Ein Puzzlestück, welches fehlte. Tief in seinem Inneren spürte Nau, dass daran vielleicht die Lösung des Falles hing.

Auch wenn er diesmal nicht der direkte Adressat der Botschaft war – auch diesmal sprach der Täter mit ihm, wollte ihm etwas sagen, eine Aufgabe stellen. Hatte er diese Aufgabe noch nicht verstanden?

Der Täter hatte durch das Anbringen des Tattoos seine Abscheu überwunden. War das vielleicht ein Lösungsansatz? Warum war das Opfer vergiftet worden? Warum das Kreuzigungsarrangement am Tatort? Warum war das Opfer barfuß? Gab es einen besonderen Grund für den Fundort der Leiche? Vielleicht ließ dies ja Rückschlüsse über Standort oder Motive des Täters zu. Fragen über Fragen und keine Antworten in Sicht. Es war zum verrückt werden!

Die vier diskutierten die beiden Mordfälle noch für etwa eine halbe Stunde, bis Frau Wenzel die drei Herren mit dem Hinweis auf eine weitere durch sie zu obduzierende Leiche hinauskomplimentierte.

Für die Kripobeamten gab es an diesem Nachmittag reichlich Akten aufzuarbeiten.

Nau saß mittlerweile in seinem persönlichen Büro, das eigens für ihn freigemacht worden war und das sich in unmittelbarer Nähe zu dem gemeinsamen Büro von Reckmann und Löwenstein befand.

Er betrachtete stundenlang Tatortfotos, besonders diejenigen von der Marburger Lahnbrücke. Er glaubte die Lösung des Falles irgendwo in diesen Aufnahmen versteckt. Vielleicht lag sie auch in seiner Vergangenheit. Schließlich hatte sich der Täter nach dem ersten Mord persönlich an ihn gewandt.

Gegen neun Uhr abends verabschiedete er sich von den Kollegen. In zwölf Stunden war eine weitere gemeinsame Besprechung angesetzt, bei der mögliche Ergebnisse zusammengetragen werden sollten.

6. KAPITEL

Monika Feichtenbeiner schaute über ihre Computertastatur hinweg zwischen Gisbert Nau und ihrem Bildschirm hin und her. Die Vorzimmerdame von Unionspolitiker Josef Heisterkamp hatte soeben den Kriminalkommissar begrüßt und ihn gebeten, noch eine Weile Platz zu nehmen, da ihr Chef gerade ein wichtiges Telefonat führte. Nau hatte es sich in der lederbezogenen Besuchergruppe so gut es ging gemütlich gemacht und harrte der Dinge, die da kommen sollten.

Die morgendliche Sitzung im Polizeipräsidium hatte keine neuen Erkenntnisse gebracht. Reckmann und Löwenstein waren mit ihrem Studium der Akten genauso erfolglos wie Nau mit seinen Überlegungen. Zudem hatte eine Untersuchung der Marburger Stadtstreicherszene auch keine neuen Informationen zu Wulnikowski gebracht. Er war ein weitgehend unbeschriebenes Blatt. Man hatte noch nicht einmal in Erfahrung bringen können, wann genau der Pole nach Marburg gekommen war.

Die Kollegen wären zu diesem Termin gerne mitgekommen, denn Heisterkamps politische Aktivitäten wurden im Landkreis kontrovers diskutiert. Solch einer umstrittenen Persönlichkeit wollte man im Zuge derartiger Ermittlungen natürlich gerne einen Besuch abstatten. Nau aber zog es vor, den Mann, der für die Konservativen bei der nächsten Kommunalwahl als Spitzenkandidat antreten sollte, alleine aufzusuchen.

Er beobachtete Frau Feichtenbeiner, die offenkundig gerade dabei war, einen Text abzutippen. Trotz der Tatsache, dass heute immerhin Samstag war, hatte sie offensichtlich reichlich zu tun. Die gepflegte Mittvierzigerin trug einen schwarzen Hosenanzug und gut dazu passende dunkle Halbschuhe. Ihre Brille saß weit vorne auf der spitzen Nase, während ihre Finger flink über die Tastatur rasten.

»Sind Vorzimmerdamen bei Politikern wie Herrn Heisterkamp eigentlich üblich?«, fragte Nau kess.

Frau Feichtenbeiner sah kurz von ihrem Bildschirm auf und unterbrach den wilden Ritt über die Tastatur.

»In der Tat.« Sie musterte ihn von oben bis unten. Als ob irgendetwas an seiner Erscheinung ihn dazu berechtigte, von ihr weitere Informationen zu erhalten, sprach sie nach einer kurzen Pause weiter: »Ich bin allerdings nicht nur Herrn Heisterkamps Sekretärin, sondern auch noch seine persönliche Assistentin und Pressereferentin.« Sie sagte das nicht ohne Stolz, und Nau gelang es, die passende anerkennende Miene dazu zu machen.

Die schweren Eichenmöbel des Sekretariats verliehen dem Raum etwas Erhabenes, aber für den Kommissar wirkte die Einrichtung eindeutig zu altmodisch. Unbehaglich grub sich sein Gesäß in den alten Ledersessel, der schon bessere Jahrzehnte gesehen haben mochte. Die hohen Seitenflanken des alten Gestühls bewirkten, dass seine Arme in Schulterhöhe auflagen und Nau sich wie in einen zu engen Thron gezwängt fühlte.

»Wollen Sie einen Kaffee?«

»Schwarz.«

»Der Chef wird gleich auch einen wollen«, sagte sie und stand auf. Dann ging sie zu einer kleinen Nische im Raum, wo eine Kaffeemaschine und Geschirr auf einen Einsatz warteten.

»Sie sind sicherlich mit dem Terminplan Ihres Chefs vertraut?« Sie nickte. Danach erkundigte sich Nau, ob Heisterkamp zu den Tatzeiten der beiden Morde jeweils ein Alibi hatte. Frau Feichtenbeiner durchstöberte einen Terminkalender und schüttelte den Kopf.

»Tut mir leid. In der Regel mache ich aber für den Chef auch keine solchen nächtlichen Termine. Sehr selten kommt es vor, dass Termine wie Besprechungen oder Vorträge und Reden schon mal in den späteren Abend hineingehen. Zu mehr kommt es aber nicht.«

Nau nickte verständnisvoll und schaute auf die Uhr. Heisterkamps Telefonat schien sich doch über einen längeren Zeitraum zu erstrecken, als es seine Vorzimmerdame in Aussicht gestellt hatte.

Frau Feichtenbeiner schien sich langsam mit Naus Anwesenheit zu arrangieren, denn sie wurde nun doch recht redselig: »Neulich der Außerordentliche Parteitag, bei dem die Nominierung zum Spitzenkandidaten erfolgte, ging allerdings bis in die frühen Morgenstunden.«

»Na, da sagt man immer, dass unsere Politiker überbezahlt sind. Dabei arbeiten sie so oft bis tief in die Nacht«, versuchte Nau, Verständnis zu heucheln.

»Ja, manchmal ist es mehr, als ein einzelner Mann stemmen kann«, sagte Frau Feichtenbeiner, in ihrem Gegenüber einen Verbündeten vermutend.

Sie ging hinüber zu einer Kommode, auf der zahlreiche Prospekte, Flyer und diverse Werbegeschenke lagen, und gab Nau so viel davon, wie sie mit beiden Händen zu ihm herübertragen konnte.

Nau fragte sich, über was für einen großzügigen Werbe-Etat bereits dieser Provinzpolitiker verfügte.

Der Kommissar bedankte sich artig und steckte das Material eher widerwillig in die diversen Jacken- und Hosentaschen.

»Vielen Dank«, sagte er mit einem Lächeln, »aber ich bin nicht sonderlich politisch interessiert.«

Diese Aussage veranlasste die Sekretärin, ihn noch mal sorgfältig von Kopf bis Fuß zu mustern. Ihr über ihn schweifender Blick endete in einem geradezu mitleidigen Lächeln. Offensichtlich hatte die Dame ihren anfänglichen positiven Eindruck von Gisbert Nau gerade wieder revidiert. Ein abschließendes Urteil, mit dem der Kommissar leben musste und konnte!

Die neu entstandene Distanz zwischen den beiden lag einige Momente bleischwer im Raum, und Frau Feichtenbeiner widmete sich wieder ihrer Tipparbeit, bis Josef Heisterkamp schwungvoll die Tür zu seinem Büro aufriss und eintrat.

Er begrüßte den Kommissar mit einem kraftvollen Händedruck und fragte, inwiefern er behilflich sein könne.

»Gisbert Nau. Guten Tag. Ich leite die Ermittlungen im Mordfall Klaus-Jürgen Bottenbach.« Nau beließ es bei dieser ersten rein formellen Aussage, um zu sehen, wie Josef Heisterkamp darauf reagierte.

Der Politiker zog kurz die Augenbrauen hoch, als überraschte ihn die Nachricht vom Tod seines Bekannten, sagte dann aber: »Ja, eine sehr schlimme Sache. Das ist wirklich kaum zu fassen. Ich habe darüber aus der Presse erfahren.«

Er fasste Nau lose bei der Schulter und führte ihn mit leichtem Druck in sein Büro. Mit einer kurzen Geste orderte er bei seiner Vorzimmerdame zwei Getränke für sich und seinen Gast. Offensichtlich war das Duo insofern eingespielt, als er davon ausgehen konnte, dass sich seine Sekretärin schon nach den Wünschen des Gastes erkundigt hatte.

Heisterkamps Büro folgte dem Einrichtungsschema des Vorzimmers, war aber deutlich geräumiger. Zahlreiche Stapel mit losen Unterlagen und vollgestellte Aktenschränke legten Zeugnis darüber ab, dass in diesem Raum offensichtlich sehr viel gearbeitet wurde. Neben seiner politischen Tätigkeit war

Heisterkamp Anwalt, das hatte Nau bei seiner Ankunft Heisterkamps Türschild entnommen. ›Anwalt für Scheidungsrecht‹ hatte dort in goldenen Lettern gestanden.

»Ich habe beim Golfclub in Cölbe in Erfahrung gebracht, dass Sie sich gut kannten«, sagte Nau fast beiläufig, als sie sich setzten. Aber er beobachtete Heisterkamp sehr genau. Er glaubte, einen Anflug von Beklemmung in seinem Gegenüber zu entdecken, als dieser sich in seinem Chefsessel niederließ. Heisterkamp schlug gemächlich seine Beine übereinander und kam erst allmählich zu einer geeigneten Sitzposition. Gerade so, als wolle er Zeit gewinnen. Sein Blick driftete sinnierend ab in Richtung der Fensterfront, vor der sich einige Kastanien im Wind bogen. Erst nach einer ganzen Weile wendete er sich dem Kommissar zu.

»Entschuldigen Sie. Ich musste mich erst sammeln. Ich bin von der Nachricht noch immer ganz benommen.«

Schweigen lag zwischen den beiden, bis Heisterkamp nach einer ganzen Weile die Sprache wiederfand:

»Um auf Ihre Frage zurückzukommen: Ja, wir kannten einander recht gut. Wir haben uns vor etwa drei Jahren im Rahmen eines kleinen Golfturniers kennengelernt. Es war eine Benefizveranstaltung. Ich war schon ein alter Hase, aber er war ein Naturtalent. Hatte innerhalb weniger Monate ein besseres Handicap als ich.«

»Leider kenne ich mich im Golfsport überhaupt nicht aus«, warf der Kommissar ein und nahm von der Vorzimmerdame, die eben in den Raum gekommen war, dankbar seinen Kaffee entgegen.

»Mag sein, aber es gibt in unserer Sportart auch viele Spätberufene«, antwortete Heisterkamp mit einem milden Lächeln.

»Wie regelmäßig haben Sie sich getroffen?«, wollte der Kommissar wissen.

»Etwa einmal pro Woche. Obwohl ich ja gute zehn Jahre älter bin, haben wir uns in vielerlei Hinsicht gut verstanden. Schade, dass er so früh von uns gegangen ist.«

Nau schaute auf, weil Heisterkamps Stimme bei den letzten Worten einen fast schon religiösen Unterton annahm.

»Wissen Sie«, sagte sein Gegenüber. »Trotz der Tatsache, dass wir gewissermaßen aus völlig unterschiedlichen Welten stammten – und ich meine das durchaus auch politisch oder weltanschaulich – haben wir sehr schnell so etwas wie eine gemeinsame Ebene gefunden.«

»Ihre gemeinsamen Interessen gingen also auch über den Golfsport hinaus?«

»Ja, absolut.«

»Dann kennen Sie sich wohl auch in Bottenbachs Privatleben aus? Ich meine, insbesondere was seine Liebesbeziehungen und solche Dinge angeht?«, bohrte Nau nun tiefer.

Der Politiker zögerte kurz, da das Gespräch mittlerweile eine persönlichere Ebene erreichte. Allerdings erschien ihm der Kommissar als sehr angenehmer Gesprächspartner, der zudem etwa in seinem Alter war. Er sah also keine Veranlassung, sich ihm gegenüber nicht zu öffnen. Nau erging es ähnlich. Trotz allem, was er über Heisterkamps politischen Werdegang wusste, fühlte er sich in seiner Gegenwart wirklich gut aufgehoben. Er spürte, dass er es mit einem kultivierten, gebildeten Zeitgenossen zu tun hatte, mit dem sich trefflich über alles Mögliche diskutieren ließ.

Nichts von dem, was ihn im öffentlichen Ansehen zum ›Schwarzen Sepp‹ werden ließ, zu einer Persönlichkeit des Öffentlichen Lebens mit zahlreichen ausgeprägten Ecken und Kanten, kam in ihrem Gespräch zum Vorschein.

»Ja. Ich kannte mich in seinem Privatleben einigermaßen aus, schließlich waren wir ja Freunde«, kam Heisterkamp auf das soeben angesprochene Thema zurück. Er schluckte kurz und sagte: »Gut genug, um sagen zu können, dass er sehr wahrscheinlich private Probleme hatte.«

Der Kommissar hob die Augenbrauen, sagte aber nichts und hörte seinem Gesprächspartner weiter aufmerksam zu.

»Ich weiß, dass er in einer Beziehung lebte. Ich habe die Dame allerdings selbst niemals kennengelernt.«

»Frau Pechstein«, warf Nau rasch ein, um Heisterkamps Redefluss nicht zu unterbrechen. Dieser nickte und stand auf, um aus dem Fenster zu schauen.

»Ich weiß auch von einer flüchtigen Affäre am Arbeitsplatz«, sprach der Politiker weiter. »Aber mir ist ebenfalls bekannt, dass da die Wogen geglättet sind und kein Schaden zurückblieb.«

»So scheint es. Das haben unsere Ermittlungen ebenfalls ergeben.« Der Kommissar stand nun auch auf und stellte sich neben Heisterkamp. Gemeinsam schauten sie hinaus auf den Hof und die dort stehenden Kastanienbäume.

»Hatte er noch andere Probleme, und welcher Art waren sie?«, fragte Nau weiter.

Heisterkamp zögerte wiederum kurz, um dann fortzufahren: »Er hatte sich in den letzten Wochen etwas verändert. Er wirkte irgendwie sorgenvoller, so, als läge ihm irgendetwas auf der Seele. Aber es waren nur feine Nuancen. Jemand, der ihn nicht kannte, hätte es vermutlich gar nicht bemerkt.«

»Woran machen Sie Ihre Beobachtung fest?«

»Ich habe es in erster Linie daran gemerkt, dass seine Leistungen beim Golfen schlechter wurden. Er war einfach nicht richtig bei der Sache.«

Nau spürte, dass es besser war, seinen Gesprächspartner einfach weiterreden zu lassen, statt ihn mit Zwischenfragen aus dem Redefluss zu bringen.

»Er wirkte irgendwie unsicher. Ich habe ihn darauf angesprochen, aber da machte er dicht. Kein Rankommen in diesem Punkt.« Heisterkamp kratzte sich gedankenverloren am Kinn. »Ich sage Ihnen jetzt, was ich noch niemandem gesagt habe«, meinte der Spitzenkandidat und fasste Nau am Unterarm. »Ich hatte in den letzten Monaten den Eindruck gewonnen, dass er ein Problem mit seiner Spielsucht hatte.«

Der Kommissar blieb weiter stumm und hob nur fragend seine Augenbrauen.

»Es fing damit an, dass er regelmäßig spielte. Er wollte mich auch dazu überreden, dass ich in der einen oder anderen Sache ein paar Scheine riskiere. Später kam dann die Veränderung, schleichend, aber dennoch unverkennbar. Ich nehme an, diese Wesensveränderung kam von seiner Spielerei, die sich mittlerweile zu einer regelrechten Sucht ausgeweitet hatte.«

»Welche Art von Spielen meinen Sie?«

»Das vermag ich kaum zu sagen. Als er merkte, dass ich nicht dafür zu begeistern war, hielt er die Sache ziemlich bedeckt. Er wollte mich damals überzeugen, auch bei Pferdewetten mitzumachen. Ich glaubte aber zwischen den Zeilen herauszuhören, dass er wohl regelmäßig im Wiesbadener Casino zu Gast war. Jedenfalls sprach er in Nebensätzen des Öfteren davon, er sei mal wieder auf einen Kurztrip in der Landeshauptstadt gewesen.«

Nau nickte unwillkürlich bei der Erwähnung seiner ehemaligen Heimatstadt.

»Vor einigen Wochen erzählte er dann noch, er habe eine neue Sache am Start. Weil ich das für etwas nebulös hielt, fragte ich nach, was das für eine Sache sei, aber da hat er sich wieder in Schweigen gehüllt.«

»Das ist ja interessant«, meldete sich wieder der Kommissar zu Wort. »Haben Sie dazu noch irgendetwas herausfinden können?«

»Nein, obwohl er aufgrund dieser Sache ziemlich aufgeregt schien, hielt er dicht.«

Nau machte sich, ganz so, wie es sonst Löwensteins Art war, einige Notizen.

»Noch einen Kaffee oder etwas anderes?«

»Nein danke«, sagte der Kommissar und blickte auf die Uhr.

Heisterkamp schaute weiterhin gedankenverloren auf den Hof hinaus.

»Wissen Sie, irgendwie ist das Leben doch wie ein großes Spiel.«

Nau erschrak etwas, denn dieser Begriff aus Heisterkamps Mund war ihm dieser Tage in einem völlig anderen Kontext begegnet.

»Wieso sagen Sie das?«, fragte der Kommissar vorsichtig nach.

»Ach, ich weiß es nicht«, seufzte der Politiker. »Ist nur so ein Gedanke.«

Heisterkamp hatte die Arme verschränkt. Nau fiel auf, dass er nervös mit den Fingernägeln an den ledernen Aufnähern an den Ellenbogen seines Cordsakkos herumspielte. Dann drehte er sich um, sah Nau direkt in die Augen und sagte:

»Ich weiß, Sie können uns Klaus-Jürgen nicht zurückbringen. Aber versprechen Sie mir, dass Sie seinen Mörder finden werden.«

»Wir tun unser Bestes«, antwortete der Kommissar lapidar, der eine solche direkte Aufforderung nicht erwartet hatte.

»Haben Sie denn schon jemanden in Verdacht?«

Der Kommissar wiegte seinen Kopf hin und her und machte eine nachdenkliche Miene.

»Wir gehen diversen Spuren nach und hoffen in absehbarer Zeit auf Fahndungserfolge«, antwortete er vage.

»Musste er leiden?«, fragte Heisterkamp mit sorgenvollem Ausdruck im Gesicht.

»Nein, die forensischen Untersuchungen haben ergeben, dass es sehr schnell ging. Er dürfte gar nichts mehr gespürt haben.«

»Das ist gut«, seufzte der Politiker erleichtert.

Der Kommissar wollte noch wissen, wo Heisterkamp zur Tatzeit war. »Ist reine Routinesache. Ich muss Sie das fragen«, fügte er noch hinzu.

»Aber selbstverständlich«, kam die Antwort. »Ich lag im Bett und hab geschlafen. Wie man das so tut um diese Zeit. Fragen Sie doch einfach meine Frau.«

»Das werden wir tun«, sagte Gisbert Nau lächelnd und reichte Heisterkamp die Hand zum Abschied.

»Wissen Sie«, sagte Heisterkamp beim Verabschieden, »obwohl ich Sie als Sozi einschätze, verstehen wir uns doch ganz gut.«

Nau nickte verlegen, weil er nicht wusste, wie er darauf reagieren sollte. Mit der Einschätzung eher als ›Sozi‹ konnte er leben, wollte aber nicht weiter darauf eingehen.

Als Nau wieder vor das unscheinbare Gebäude in der betriebsamen Marburger Bahnhofsstraße trat, versuchte er, seine Eindrücke und Gefühle zu ordnen. Er hatte sich Heisterkamp völlig anders vorgestellt. Nach allem, was ihm über den Politiker zugetragen worden war, hatte er einen wesentlich kauzigeren Mann erwartet. Er hatte gedacht, auf eine weniger eloquente Persönlichkeit zu treffen.

Wenngleich sich Nau durch Heisterkamps letzte Worte doch etwas überrollt oder gar vereinnahmt fühlte. Es handelte sich eben um einen Politiker, der es gewohnt war, auf seine gute Rhetorik zu setzen und Koalitionen zu schließen, wo immer es ihm ratsam erschien. Nau beschloss, sich möglichst nicht von ihm blenden zu lassen, bei aller Sympathie, die er unerwarteterweise für ihn empfand.

Gisbert Nau war erst seit Kurzem wieder in seiner Heimatstadt. Da er sich nun gerade in der Bahnhofsstraße befand, fasste er kurzerhand den Entschluss, die Gunst der Stunde zu nutzen, und sich auf Schusters Rappen seine alte Heimat neu zu erschließen. Er hatte durch den Umzug, die Einrichtung seines Häuschens und nicht zuletzt durch die unverhoffte Arbeit für die Marburger Polizei bislang noch nicht die Zeit gefunden, das zu tun.

Es war ein heller, sonnendurchfluteter Samstagmorgen, so stand dem Vorhaben schon gleich gar nichts mehr im Wege.

Nau hatte seinen Wagen im Schatten unterhalb der Stadtautobahn geparkt. Angesichts des guten Wetters hätte sich sonst der Innenraum des Fahrzeugs zu sehr aufgeheizt. Schließlich befand sich Pepper darin. Die knappe halbe Stunde, bis Nau wieder von Heisterkamp zurückkam, war für den Golden Retriever durchaus gut auszuhalten. Er bellte, als sein Herrchen sich dem Kombi näherte.

»Hallo, Pepper. Was hältst du von einem Ausflug?«

Nau lenkte das Fahrzeug nur ein paar hundert Meter durch die Innenstadt. Er fuhr durch die Marburger Straße vorbei an der Post, folgte dem Linksknick um 90 Grad und ließ die Elisabethkirche links liegen. Danach fuhr er in das Parkhaus am Pilgrimstein und stellte seinen Wagen in der dritten Etage ab.

Pepper jaulte glückselig, als er begriff, dass es auf Tour gehen sollten.

Sie verließen das Parkhaus und folgten dem Pilgrimstein bis zum Oberstadt-Aufzug, der sich gleich neben Marburgs wohl renommiertestem Bücherladen befand. Sie entstiegen dem Aufzug in der Reitgasse oberhalb des Café Vetter. Sie stießen auf Marburgs typische Häuserfassaden und Gassen aus Pflastersteinen.

In der Wettergasse blieben sie unweit einer Parfümerie stehen und lauschten einer lateinamerikanischen Musikgruppe, die mit bunten Landestrachten bekleidet war und mit ihren Panflöten und anderen exotisch anmutenden Instrumenten ›El Condor Pasa‹ zu Gehör brachten. Das Popduo Simon und Garfunkel hatte damit in den 60er Jahren einen riesen Hit.

Nun bildete sich eine Traube von vielleicht zwei Dutzend Zuhörern, die dem *Traditional* ihre Aufmerksamkeit schenkten. Anerkennender Applaus brandete auf, als die Straßenmusiker mit ihrem Vortrag geendet hatten. Die Menschenmenge zog weiter, während zwei Mitglieder der Gruppe noch schnell die Hüte herumgehen ließen und auf ein paar weitere Euro hofften.

Gisbert Nau und Pepper zog es weiter zu Marktplatz und Rathaus. Am Brunnen saßen einige Sonnenanbeter und erholten sich von den Strapazen des bisherigen Aufstiegs oder erfreuten sich einfach an der grandiosen Kulisse, die Marburgs Zentrum zu bieten hatte.

Hier setzte sich Nau nieder und ließ seinen Hund trinken. Endlich einmal Zeit, die Seele baumeln zu lassen! Es brauchte nur wenige Augenblicke, bis der Kommissar verstand, warum es ihn fast magisch in diese Stadt zurückgezogen hatte. Er musste sich nur an diesen Anblicken erfreuen, an jenem, etwas zum historischen Rathaus hin abfallenden Marktplatz, am Rathaus selbst, den Menschen und ihrem fröhlichen Wesen, und er fühlte sich wieder ganz zu Hause.

Als sie nach einer ganzen Weile in die Barfüßer Straße eingebogen waren, freute sich Nau über die Tatsache, dass im Café Barfuß gerade einer der im Freien liegenden Sitzplätze freigeworden war. Er nahm Platz, orderte für sich einen Latte macchiato und für Pepper eine Schüssel Wasser. Einige Zeit später zog eine größere Gruppe Japaner an ihnen vorbei. Viele hatten ihre Teleobjektive im Anschlag, also handelte es sich vermutlich um Touristen. Wahrscheinlich ›Europa in fünf Tagen‹, dachte Nau bei sich. Sie bildeten einen deutlichen

Gegensatz zu der beschaulichen studentischen Gemütlichkeit, die das ganze Ambiente versprühte.

Die historischen Fachwerkhäuser warfen ausreichend Schatten, sodass man es trotz der gegenwärtigen Temperaturen von weit über 20 Grad gut aushalten konnte.

Die beiden genossen diese Einkehr zum inneren Frieden noch für gut eine halbe Stunde, dann machten sie sich auf den beschwerlichen Weg den steilen Schlossberg hinauf.

Nau ließ Pepper frei vor sich herlaufen. Ohne die Fessel eines Zügels genoss der Vierbeiner seinen Auslauf und nutzte weidlich die Gelegenheit, seinem Herrchen einige Male zu entwischen. Stark schwitzend versuchte Nau, seinem Hund halbwegs zu folgen. Längst hatte er sich ein Taschentuch genommen, mit dem er sich in regelmäßigen Abständen die Stirn abtupfte. Vielleicht hatte er sich doch ein klein wenig zu viel zugemutet. Bei dem Versuch, einem jungen Golden Retriever die steilen Rampen des Schlossbergs hinauf zu folgen, merkte er, wie ihn seine bisher recht gute Kondition langsam im Stich ließ. Nach weiteren etwa 200 Metern wurde die Strecke endlich wieder flacher, als sie sich dem Burghof und den Befestigungsanlagen näherten.

»Pepper«, keuchte der Kommissar, »ich brauche eine Pause«, und nestelte in seiner Hosentasche nach einem Zitronenbonbon, von dem er sich etwas Erfrischung erhoffte.

Langsam kam er wieder zu Kräften und begann, den Ausblick zu genießen. Von dieser hohen Position hatte man einen sehr guten Überblick über große Teile des Stadtgebiets. Vieles, was aus einem anderen Blickwinkel groß und erhaben aussah, wirkte von hier oben zierlich und eher unbedeutend.

Im Vordergrund fiel der Blick auf den schiefen Turm der Lutherischen Pfarrkirche. Um jenen rankten sich diverse mehr oder weniger abenteuerliche Sagen. Eine der bekanntesten war die Legende, der Turm werde erst dann wieder gerade, wenn an der Marburger Philippsuniversität die erste wirklich jungfräuliche Studentin ihre Abschlussprüfung absolvieren sollte.

Es ging auch die Mär von dem Baumeister, der sich nach dem offenkundigen Scheitern seiner Künste eines Nachts an dem schiefen Turm erhängt haben soll. Die wahrscheinlichste Begründung für die extreme Schieflage der Turmspitze war allerdings, dass der Turm ganz bewusst so schräg auf den Sockel gesetzt wurde, damit er sich gegen den Wind stemmte und somit nicht umgeweht werden konnte.

Nau setzte sich auf die etwa hüfthohe Mauer und genoss weiter den grandiosen Ausblick. An einem klaren Tag mochte der Fernblick, den man von hier oben genießen konnte, gut und gerne bis zu 30 Kilometer betragen.

Löwenstein befand sich zu diesem Zeitpunkt in dem Vorort Dagobertshausen, der in westlicher Richtung von Marburg liegt. Die Pechstein-Schwester Yvonne hatte hier ihre Wohnung.

Er nahm gerade seine Kaffeetasse von dem kitschigen Plastikuntersetzer, als Frau Pechstein zurück ins Zimmer kam und eine völlig überdimensionierte Glasschüssel vor sich hertrug.

»Noch etwas zum Knabbern«, sagte sie affektiert und musterte den Polizeibeamten, der mit seinem bewusst gewählten Schmuddeloutfit und Fünftagebart nicht so recht in die schrill-bunte Wohnungseinrichtung passen wollte.

»Besten Dank. Aber das ist nun wirklich nicht nötig.«

Frau Pechstein war das, was man gemeinhin als nicht besonders stilsicher bezeichnen würde. Sie saßen in ihrem Wohnzimmer. Vor der Blümchentapete hingen einige idyllische Pferdeposter, wie sie allenfalls noch in einem Mädchenzimmer ihre Berechtigung gehabt hätten.

Alles in dieser Wohnung schien irgendwie zusammengeklaubt, als vereinte Frau Pechstein multiple Persönlichkeiten in sich, die im Zuge eines absonderlichen Kaufrausches alles Mögliche und Unmögliche mehr oder weniger wahllos zusammengeramscht hatten.

Dabei war es nicht einmal unordentlich. Allein der unorthodoxe Stilmix war es, der Löwenstein, seinerseits nun auch nicht gerade als Einrichtungs-Experte bekannt, beim Betreten der Wohnung beinahe die Tränen in die Augen getrieben hätte.

»Meine Schwester Corinna ist halt immer reichlich leichtgläubig«, sagte sie und haute damit wieder in dieselbe Kerbe, wie sie es vorhin bereits getan hatte.

Löwenstein hatte seinen Notizblock griffbereit vor sich auf den Tisch gelegt und wartete darauf, dass Frau Pechstein doch noch etwas Verwertbares von sich geben würde. Sie hatte sich bislang im Wesentlichen auf regelrechte Hasstiraden gegen den ehemaligen Liebhaber und Lebensgefährten ihrer Schwester beschränkt und sich offenbar nicht weiter Gedanken darüber gemacht, dass sie sich durch die Art ihrer Reden selbst verdächtig machte.

»Wo waren Sie denn eigentlich am Morgen des 3. Oktober so etwa um sechs Uhr?«, fragte Löwenstein daher auch folgerichtig.

»Na hier«,entgegnete sie schroff. »Wo soll ich denn sonst gewesen sein?«

»Ich weiß es nicht. Sagen Sie es mir.«

Frau Pechstein holte tief Luft, als wollte sie nach dieser mehr oder weniger offenen Verdächtigung lospoltern, besann sich aber doch noch eines Besseren.

»Ich bin derzeit nicht liiert. Es gibt also niemanden, der meine Aussage bestätigen könnte«, sagte sie schließlich kleinlaut.

Löwenstein nickte zufrieden. Hatte er sie also doch noch klein bekommen! Er schaute auf die Uhr. Diesen Ausflug hätte er sich auch getrost sparen können!

»Aber dass ich den Freund meiner Schwester nicht leiden konnte, macht mich doch nicht automatisch verdächtig?«, fragte sie mit zuckersüßer Stimme.

Löwenstein hatte ihr lange Zeit geduldig zugehört, aber nun platzte ihm tatsächlich der Kragen.

»Sie müssen sich nur entscheiden, was Sie eigentlich wollen. Wollen Sie ernsthaft gegen Bottenbach eine Aussage tätigen? Dann los, ich halte Sie nicht davon ab. Dann aber bitte ernsthaft und wahrheitsgemäß. Ich bin kein Reporter eines Klatsch-Blättchens. Wenn Sie aber ernsthaft etwas gegen den Toten vorzubringen haben, dann bitte raus damit. Dann nehme ich gerne ein ordentliches Protokoll auf. Ihre Aussage wird dann rechtskräftig erfasst. Für Falschaussagen können Sie somit unter Umständen gerichtlich belangt werden.«

Mit offensichtlicher Wut und weit aufgerissenen Augen starrte er die Frau an. Sein Ausbruch schien zu wirken. Jedenfalls dachte sie eine ganze Weile nach.

»Nein. Das möchte ich nicht«, sagte sie schließlich.

Gisbert Nau und sein Hund Pepper hatten unterdessen ihren Ausflug weitergeführt und waren mittlerweile am ersten Tatort angekommen. Hier am Eingang der Schlossparkbühne bot alles ein so friedliches Bild, dass niemand auch nur im Traum daran gedacht hätte, dass nur vor wenigen Tagen hier ein so grausamer Mord stattgefunden hatte.

Der Kommissar ließ den Hund von der Leine, damit dieser sich eine Weile frei bewegen konnte. Sogleich lief Pepper los, achtete allerdings darauf, sich nicht mehr als etwa 50 Meter von seinem Herrchen zu entfernen. Der war seinerseits froh, sich den Ort des Geschehens noch einmal in Ruhe ansehen zu können.

Seiner Erfahrung nach konnte es von Vorteil sein, sich noch einmal an einen Tatort zurück zu begeben, diesen auf sich wirken zu lassen und so eventuell zu neuen Erkenntnissen zu gelangen. So sehr er sich allerdings bemühte, hier reiften keinerlei neue Einsichten in ihm.

Pepper kam mit einem Stock im Maul zurück und wollte spielen. Nau nahm das Holzstück auf, deutete zweimal eine Wurfbewegung an, auf die der Hund prompt reagierte, und warf es schließlich etwa 20 Meter weit in die Gegenrichtung. Augenblicklich eilte der Golden Retriever davon, um einige Zeit später wieder mit dem Stock im Maul zu Nau zurückzukommen.

Der Kommissar tätschelte seinen Hund und sagte:

»Lass mir bitte beim nächsten Mal etwas Zeit. Ich muss in Ruhe nachdenken.«

Erneut warf er den Stock fort. Für Pepper war dieser Schlüsselreiz einfach zu stark, er konnte nicht widerstehen. So schnell es das Gelände zuließ, brachte er das Holzstück wieder zu seinem Herrchen zurück und hechelte nach Anerkennung.

7. KAPITEL

Es war ein heller Sonntagmittag. Die drei saßen im Garten der Löwensteins. Ellen Löwenstein hatte schon vor einiger Zeit die unterschiedlichen Tabletts, Untersetzer und sonstigen Utensilien weggeräumt. Dabei hatte sie ihr Ehemann tatkräftig unterstützt. Der Holzkohlengrill hätte noch genügend Glut gehabt, um ein weiteres Fleischsortiment braten zu können, aber die drei Beamten und Frau Löwenstein waren bereits wohlig gesättigt.

Sie waren Naus gestriger Anregung gefolgt, den Sonntag nicht einfach ungenutzt verstreichen zu lassen. Es hatte zwei Tote gegeben, und wenn sie ehrlich waren, hatten sie noch keinerlei Ansätze zur Lösung der Fälle.

Löwenstein fiel ein, dass er noch etwas Kohle übrig hatte. Grillgut lag im Hause Löwenstein immer in ausreichenden Mengen in der Tiefkühltruhe. Was lag also näher, als den vielleicht letzten sonnigen Sonntag des Jahres entsprechend zu nutzen? So konnten sie das Angenehme mit dem Nützlichen verbinden und kamen ja vielleicht sogar noch in der einen oder anderen Sache etwas weiter.

Nau las gerade die vier Akten durch, die ihm Reckmann zur genaueren Durchsicht mitgebracht hatte. Zwei davon lagen bereits vor ihm auf dem Tisch. Er hatte dabei nicht den Eindruck gehabt, dass sie ihnen in irgendeiner Form weiterhelfen konnten. Die Akten waren der Extrakt der Aktenberge, die sich bis zum Vortag auf Reckmanns Schreibtisch befunden hatten. Diese vier stellten also die letzte Gelegenheit dar, aus den zahlreichen angefallenen Papierstücken etwas herauszufinden, das in den vorliegenden Fällen Gewicht haben mochte.

Aufmerksam ging er Zeile für Zeile der Unterlagen durch, und langsam stiegen Erinnerungen aus längst vergangen geglaubten Zeiten in ihm hoch. Es ging um einen Deutschtürken namens Cem Altunay. Er war vor 13 Jahren in einem Prozess wegen Wettbetrugs und illegalen Glücksspiels rechtskräftig verurteilt worden. Zudem war er kein unbeschriebenes Blatt im Frankfurter Rotlichtmilieu und stand auch schon unter Mordverdacht.

Der Kommissar war selbst bei der Gerichtsverhandlung zugegen und wurde von der Richterin befragt. In der Akte standen schwarz auf weiß zwei Aussagen, die Altunay nach seiner Verurteilung Nau entgegengerufen hatte:

»Spielen Sie nicht mit mir«, und »Das werden Sie noch bereuen«.13 Jahre waren eine lange Zeit, um Drohungen in die Tat umzusetzen, aber Altunay hatte sicherlich größere Teile des genannten Zeitraums hinter Schwedischen Gardinen verbracht.

Der Kommissar zog die Augenbrauen hoch. Wie sehr einem doch das Gedächtnis einen Streich spielen konnte! Er hatte den damaligen Fall und seine Begleiterscheinungen glatt verdrängt. Zu viele andere Verbrecher hatte er zwischenzeitlich hinter Gitter gebracht, zu viel Routine in einem unerbittlichen Job.

»Ich brauche morgen dann mehr Infos zu dem Knaben«, sagte Nau. »Mal sehen, was er die letzten Jahre so getrieben hat.«

»Vermutlich nichts Gutes«, murmelte Reckmann.

»Wohl kaum«, ergänzte Löwenstein.

»Na schön. Was gibt es sonst noch?« Nau legte die letzte, vierte, Akte nach einer kurzen Durchsicht beiseite.

Pepper war ebenfalls anwesend, war aber intensiv damit beschäftigt, bei dem schönen Wetter auf dem Rasen Mücken und Schmetterlingen nachzujagen. Bislang konnte man, von einigen Ausnahmen wie dem Gewitter am Freitagmorgen abgesehen, wirklich von einem *Goldenen Oktober* sprechen.

In dem gemütlichen Hinterhofidyll am Marburger Schwanhof in der Nähe des Theaters ließ es sich bei diesem Wetter jedenfalls hervorragend aushalten.

Jetzt an *High Noon*, zwölf Uhr mittags, brachte es das Thermometer auf der sonnenüberfluteten Terrasse auf 22 Grad. Nicht schlecht für Anfang Oktober.

Reckmann druckste ein wenig herum: »Ich habe mir noch so einige Gedanken gemacht.«

»Das ist ja nicht verboten«, meinte Löwenstein wohlgelaunt, und Nau musste grinsen.

»Folgendes«, fuhr Reckmann unbeirrt fort. »Wir haben ja nach wie vor keine Ahnung, wer die Botschaften an den Leichen hinterlassen hat, wie das tätowierte englische Wort auf dem Rücken des Penners …«

»Wulnikowski«, war Löwenstein um die Wahrung einer gewissen fairen Sachlichkeit bemüht.

»Ja«, sagte Reckmann, ob der Unterbrechung verstört.

Frau Löwenstein kam aus dem Haus und hatte ein Tablett mit einigen Tassen und einer Kaffeekanne in den Händen.

»Bitte sehr. Damit ihr nicht auf dem Trockenen sitzt!«

Reckmann wartete ungeduldig, bis sie wieder im Haus verschwunden war. Was immer er den anderen zu erzählen hatte, es brannte ihm offensichtlich doch ziemlich unter den Nägeln.

»Die Frage ist doch: Wer hat die Botschaften an den Körpern hinterlassen? Oder vielmehr: Wer hatte die Gelegenheit dazu?«

Nau und Löwenstein schauten einander fragend an und machten dabei beide keinen allzu intelligenten Gesichtsausdruck.

»Nun, Frau Wenzel hatte reichlich Gelegenheit, im Zuge der Obduktionen die Leichen zu manipulieren.«

»Ist das Ihr Ernst?«, fragte Löwenstein ungläubig.

Nau vergrub nachdenklich das Gesicht hinter seinen Händen. »Was hätte sie für denn für ein Motiv haben sollen?«

»Ich hab da mal weitere Hintergründe recherchiert. Oder sagen wir: *mögliche* Hintergründe.« Reckmann holte Luft und machte eine bedeutungsschwangere Pause. »Die Gerichtsmedizin in Gießen gehört zur dortigen Liebig-Universität, während Bottenbach bekanntlich an der Marburger Uni-Klinik gearbeitet hat. Was haben beide gemeinsam?«

Nau schlug sich leicht mit der Handfläche auf die Stirn. »Mensch, ja. Denselben Träger.«

Reckmann nickte. »Ich will da nicht zu viel hineininterpretieren, aber zumindest kommen beide aus dem gleichen Stall, haben letztlich denselben Arbeitgeber. Da ist doch nicht auszuschließen, dass sie sich zumindest gekannt haben.«

»Gute Arbeit. Auf jeden Fall ein Gedanke, den man nicht außer Acht lassen sollte«, lobte Nau.

»Aber sie ist Pathologin und nicht Tätowiererin«, gab Löwenstein zu bedenken, der sich nicht mit dem Gedanken anfreunden konnte, dass die sympathische junge Gerichtsmedizinerin etwas auf dem Kerbholz haben sollte.

»Ich sage ja nicht, dass es so war. Ich habe nur eins und eins zusammengezählt. Das Tattoo an dem Polen war ja nun wahrlich kein Kunstwerk. Das hätte ich ihm vermutlich auch schnell stechen können. Und wie gesagt: Gelegenheit hätte sie in beiden Fällen dazu gehabt, an den Leichen zu manipulieren.«

»Bleibt nur die Frage nach dem Motiv«, gab Kommissar Nau erneut zu bedenken und kraulte Pepper am Hals, der inzwischen zu ihnen hinübergekommen war.

»Vielleicht hatten sie was miteinander, oder sie haben zumindest zusammen studiert. Das kann doch sein. Immerhin durchlaufen Mediziner unterschiedlicher Fachrichtungen doch zunächst einmal die gleiche Grundausbildung. Eine Spezialisierung erfolgt erst später. Bottenbach flickte kranke Menschen wieder zusammen, und die Wenzel schneidet an Leichen herum. So betrachtet, sehe ich da keinen allzu großen Unterschied«, erklärte Reckmann lapidar.

»Auch wenn das alles reichlich konstruiert klingt: Wir gehen der Sache nach. Schließlich haben wir ja sonst keine Spuren«, sagte Nau zögernd, wobei sein Blick noch einmal auf die Akte Cem Altunay fiel.

»Sollten wir die Wenzel mit unserem Verdacht konfrontieren?«, fragte Löwenstein.

»Nein, nein.« Nau machte eine beschwichtigende Geste. »Nicht solange wir nichts gegen sie in der Hand haben.«

8. KAPITEL

Armin von Hohenthal hatte wieder einmal keinen geruhsamen Wochenbeginn. Er hasste Montage. Da machte der heutige Montag keine Ausnahme. Nach zwei Tagen im Schoß der Familie wieder zurück in der immer wiederkehrenden Routine. Zurück in der Last der Verantwortung, wieder aufs Neue verstrickt in diesem Berufsalltag, der ihn fertigmachte, ihn auszusaugen schien bis auf den letzten Tropfen Blut. Immer fast zusammenbrechend unter einem Druck, dem er nicht ausweichen konnte, der allgegenwärtig war, so sehr er sich auch um Normalität bemühte. Auf der Suche nach beiläufigeren Gedanken, nach einer Art Gemütsruhe, die er nicht zu erreichen imstande war.

Susanne und die Kinder gaben ihm Halt, ließen ihn auftanken an den Wochenenden. Sie gaben ihm die Kraft, sich durchzubeißen. Er hatte am Sonntag fast den ganzen Nachmittag mit den Zwillingen Fußball gespielt. Bald würden sie in einem Alter sein, wo sie zu ernst zu nehmenden Gegnern herangewachsen waren. Armin freute sich schon darauf.

Susanne hatte versucht, ihn mit allerlei Aufmerksamkeiten und Kleinigkeiten zu verwöhnen. Ihr war nicht entgangen, dass er in letzter Zeit besonders angespannt war. Jedes Mal, wenn ein Wochenende dem Ende entgegen ging, hatte er diesen traurigen Ausdruck in den Augen.

Armin war nur noch zu seltenen Zeiten im Jahr jener Mann, den sie vor 15 Jahren kennen- und liebengelernt hatte. Dies geschah immer dann, wenn sie gemeinsam im Urlaub waren. Die drei Wochen Osterferien auf Kreta waren eine solche Ausnahme. Sie sehnte schon den Weihnachtsurlaub herbei. Es würde wohl wieder in den warmen Süden gehen. Sie hatten über die Kanaren und Ägypten nachgedacht. Es war noch so lange hin, bis ihr Mann eine neuerliche Metamorphose durchleben und wieder er selbst werden würde.

Wenn sie auch nicht genau wusste, welchen Job Armin bekleidete, so spürte sie doch, dass die Arbeit einen immer weiteren Keil zwischen sie trieb. Immerhin war sie gut bezahlt. Allerdings fühlte Susanne, dass es einzig und allein die Kinder waren, derentwegen sie weiterhin bei ihm blieb. Ohne die drei wäre es wohl schon vor geraumer Zeit zur Trennung gekommen.

Armin schaute auf die Uhr. Es war gerade mal halb elf. Er schnaufte tief durch. Er versuchte, sich zu sammeln, sich zu vergegenwärtigen, dass es nur eine dünne Schicht Glas war, die zwischen ihm und dem Tod stand.

Er musste bei dem letzten Gedanken auch an Bottenbach denken, der mittlerweile nicht mehr am Leben war. Klaus-Jürgen hatte das Spiel zu weit getrieben, hatte vermutlich den Bogen überspannt. Armin wäre vor Schreck beinahe vom Stuhl gefallen, als er davon vor einigen Tagen in der Zeitung las.

Allzu viel wusste er von der Sache nicht, aber er wusste, *es* hatte ihn auf dem Gewissen. Er hatte zu hoch gepokert, hatte das Blatt überreizt.

Seit jenem Tag war er von einer ganz neuen Art der Nervosität geplagt. Seither war es viel mehr als nur die berufliche Anspannung, die ihn quälte. Seine Probleme hatten sich potenziert, waren ihm regelrecht über den Kopf gestiegen. Eine latente Schlaflosigkeit quälte ihn wie eine nicht greifbare Ohnmacht, die sich seiner zu bemächtigen drohte.

Bottenbach hatte ihnen von ihm erzählt. Armin wusste es nicht, aber er ahnte es, *spürte* es. Es konnte gar nicht anders sein. Ihm wurde schwindlig.

›Pass auf, was du tust. Du kannst dir keine Fehler leisten.‹

Armin von Hohenthal spürte, wie sich Schweißtropfen auf seiner Stirn bildeten.

Das Herz klopfte lautstark und schnell in seiner Brust. Er dachte daran zurück, wie sie sich kennengelernt hatten damals in Heidelberg. Klaus-Jürgen hatte es gut. Er wollte aus freien Stücken Mediziner werden, hatte keinen Druck von Honoratioren, die ihn dorthin drängten. Für ihn gab es keine Familientradition, die es fortzusetzen galt. Aber es gab auch reichlich gute Erinnerungen an die gemeinsame Zeit, den Alkohol und die Mädchen.

Bottenbach hatte es nun hinter sich, daran gab es nichts zu rütteln. Armin kam zurück zu der Frage, was sein Freund genau über ihn wusste und was davon er eventuell preisgegeben hatte. Ihm wurde schwarz vor Augen.

Dann fasste er sich wieder. Sollte er vielleicht doch besser zur Polizei gehen? Aber davon versprach er sich nichts. Ja, wären es die coolen Cops aus Miami oder LA, die er aus den Fernsehserien kannte, aber was hatte er von ein paar vermutlich spießigen kleinen Marburger Beamten zu erwarten? Sie würden ihn allenfalls auslachen.

Aber vielleicht war er auch einfach nur paranoid. Vermutlich hatte er in den letzten Wochen nur einen ausgeprägten Verfolgungswahn entwickelt, der ihm den Schlaf raubte und der ihn auch am Tag in den Fängen hielt. Ein weiterer Blick zur Uhr. Der Tag dauerte noch ewig.

Er bekam Durst. Diesen würde er erst in der nächsten Pause löschen können. Routinemäßig kontrollierte er, ob alle Anschlüsse dicht waren. Alles gecheckt, alles in Ordnung. Durchatmen.

Armin begann über seine Kinder nachzudenken und welcher potenziellen Gefahr sie unter Umständen ausgesetzt waren. Oder bildete er sich doch alles nur ein?

Konnte er sich noch frei bewegen, oder beobachteten sie ihn am Ende schon? War er doch paranoid geworden? Langsam bereute von Hohenthal ehrlich, Bottenbach jemals gekannt zu haben.

Zwischenzeitlich hatte auch längst wieder der Alltag in der Cappeler Polizeistation eingesetzt. Reckmann und Löwenstein erledigten einigen Papierkram, waren aber in erster Linie darum bemüht, etwas Licht in den Werdegang Cem Altunays zu bringen.

Unterdessen befand sich Gisbert Nau auf dem Weg nach Wiesbaden, um in die eigene jüngere Vergangenheit einzutauchen.

Er wählte bewusst nicht die vielleicht zweckmäßigere Route über die Autobahn nach Frankfurt und weiter über die A66 nach Wiesbaden. Nau fuhr die landschaftlich vermutlich schönere Strecke über die B49 via Gießen und Limburg, die von den Einheimischen so gerne als ›Lange Meile‹ bezeichnet wurde.

Dann führte ihn sein Weg über die so genannte ›Hühnerstraße‹ (die B417) von Limburg nach Wiesbaden. Das keltische Wort ›Hön‹ (Hoch) spielte wohl einst bei der Entstehung des Begriffs eine Rolle. Eine weitere Erklärungsmöglichkeit (die den Kindern noch lange Zeit in der Schule gelehrt wurde) war, dass der Begriff von Hünengräbern herrührte, die entlang der Streckenführung gefunden worden waren.

Sehr gut zu entdecken waren entlang der Höhen der ›Hühnerstraße‹ die beachtlichen Rekonstruktionen des historischen römischen Schutzwalls, des Limes, in Form von Wachttürmen aus Holz, die an mancherlei Stellen die nahe der Straße liegenden Wälder unterbrachen. Die jeweiligen Lichtungen waren auch vom Auto aus während der Fahrt meist gut einzusehen. Die gesamte Anlage war bereits vor

Langem in das UNESCO-Weltkulturerbe aufgenommen worden.

Nau kam auf seinem Weg auch direkt an jenem malerischen Ort im Taunus vorbei, in dem er fast 20 Jahre lang gelebt hatte. Allerdings hatte er keinen Sinn dafür, ein paar Kilometer Umweg zu fahren und einigen erinnerungsträchtigen Orten und Plätzen einen Besuch abzustatten. Dafür blieb einfach keine Zeit.

Er hatte vor, sich mit Staatsanwalt Fischdick zu treffen. Sein Terminplan sah zudem ein Meeting mit Friedrich Kunze, dem Chef des Landeskriminalamtes, vor. Da nutzte alle Schönheit des Taunus' nichts, der Kommissar musste auf dem Gaspedal bleiben. Dennoch genoss er die Fahrt durch die alte Heimat sehr.

Eine Mix-CD mit den größten Hits der englischen Kultrocker Supertramp sorgte dabei für ein weiteres entspannendes Element. ›Take The Long Way Home‹ erklang gerade passenderweise aus den Boxen, als der Kommissar in der Nähe des Friedhofs und der Nerobergbahn in die schöne alte Kurstadt hineinfuhr.

Er ließ das ehemalige ZDF-Gelände rechts liegen, auf dem inzwischen zahlreiche Unternehmen aus Medien und Werbung angesiedelt waren, und näherte sich nach und nach der Innenstadt Wiesbadens.

Pepper hatte den größten Teil der Fahrt verschlafen, aber etwa zu der Zeit, als sie auf der Langen Meile den prächtigen Limburger Dom passierten, wachte er auf und schaute mit augenscheinlichem Interesse aus dem Fenster. Als sie die Wiesbadener Stadtgrenze hinter sich gebracht hatten, fing der Hund zudem noch an, aufgeregt mit dem Schwanz zu wedeln. Seine Bewegungen wurden aktiver, fast hektisch. Es war fast so, als hätte der Hund die alte Heimat ebenfalls wiedererkannt.

Nau hatte keine Lust auf philosophische Betrachtungen hinsichtlich der Intelligenz seines Hundes. Pepper schien es offensichtlich gut zu gehen. Damit war alles in bester Ordnung. Der Kommissar beließ es dabei. Er dachte lieber über den Stand der Ermittlungen nach und darüber, was sie am Vortag auf Löwensteins Terrasse alles beredet hatten. Er konnte sich beim besten Willen nicht vorstellen, dass sich die nette Pathologin etwas hatte zuschulden kommen lassen. Angesichts des bescheidenen Ermittlungsstands hatten sie jedoch jetzt wenigstens so etwas wie einen vagen Verdacht, dem es nachzugehen galt.

Er bog auf den ersten Ring ein. Wiesbadens Innenstadt war so aufgeteilt, dass man über die beiden Ringe die meisten Ziele erreichen konnte. Nau erfreute sich an den zahlreichen gut erhaltenen Jugendstilfassaden, die Wiesbadens Erscheinungsbild prägen.

Nau fuhr in die Schiersteiner Straße hinein, kreuzte den zweiten Ring und bog in die Hölderlinstraße, in der das Landeskriminalamt lag. Der moderne vielstöckige Bau wirkte etwas einschüchternd. Selbst auf Nau verfehlte er seine Wirkung nicht, der schließlich jahrelang hier ein und aus gegangen war.

Auf dem Weg durch die Flure begegnete er einigen Mitarbeitern, die meist Akten vor sich hertrugen und sich offensichtlich über die Anwesenheit des Hundes wunderten. Nau ging über die teils bösen Blicke einfach lächelnd hinweg und fand ohne Umwege die Tür zum Dienstzimmer von Friedrich Kunze, dem Chef dieser wichtigen Behörde.

Nau hatte seinen Besuch natürlich angekündigt. Dennoch sprang der Mann, der die 60 schon um einige Jahre überschritten hatte, erfreut auf, als sei er von Naus Anblick und dem seines Hundes angenehm überrascht.

»Ah, Sie haben Ihren Vierbeiner mitgebracht«, begrüßte er Nau in einer Mischung aus Erstaunen und Vergnügen.

»Ja. Wir sind doch ziemlich unzertrennlich. Die Fahrt in die alte Heimat wollte sich auch der Hund nicht entgehen lassen«, erwiderte der Kommissar mit einem Lächeln.

»Und? Wie laufen die Geschäfte?«, fragte der Mann mit den gepflegten grauen Schläfen, während er Nau kräftig die ausgestreckte Hand schüttelte.

»Es könnte besser sein«, stöhnte Nau. »Zwei Morde und noch kein ernst zu nehmender Ansatz.«

»Ich weiß. Ich habe Ihren Bericht gelesen.«

»Dazu dann noch diese rätselhafte persönliche Ansprache meiner Person und das Tattoo an der zweiten Leiche.«

Die ohnehin schon recht zerklüftete Stirn Kunzes zog sich noch mehr in Falten. »Das ist in der Tat sehr ungewöhnlich.«

Nau wusste nichts zu entgegnen und nickte einfach.

»Und wie machen sich die neuen Kollegen?«, wollte der LKA-Boss wissen.

»Ganz gut. Besonders Löwenstein macht einen guten Eindruck. Traut sich noch nicht so recht, über seinen Schatten zu springen. Reckmann ist von seiner Persönlichkeit her nicht immer ganz einfach, aber fachlich hat er auf jeden Fall Talent. Man merkt aber beiden an, dass sie noch etwas Führung brauchen.«

Kunze lächelte altersweise, stand auf und goss jedem von ihnen einen Cognac ein. Nau wollte schon pflichtschuldig protestieren, aber der alte Vorgesetzte kam ihm zuvor:

»Ich weiß, Sie sind im Dienst. Aber ich bin Ihr oberster Chef. Wer soll Ihnen also ans Bein pinkeln?«, sagte er mit einem breiten Grinsen.

So kannte Nau seinen alten Boss. Er hatte vieles erlebt, und rein dienstlich konnte ihm niemand etwas vormachen. Manchmal herrschte zwar ein rauer Umgangston, aber menschlich konnte man voll und ganz auf ihn bauen.

Kunze trank den Cognac mit einem Schluck. Während er aufstand, klatschte er in die Hände und sagte:

»Wo gehen wir hin?«

Nau stutzte, er verstand nicht.

»Mir wäre nach Chinesisch. Aber ich richte mich gerne nach Ihnen«, sagte Kunze.

Auf dem Weg nach draußen einigten sie sich auf ein chinesisches Restaurant ganz in der Nähe. Dass sein alter Chef nun mit ihm essen gehen wollte, überraschte Nau ein wenig. Aus Respekt hätte er so etwas von sich aus jedenfalls nicht vorgeschlagen.

Aber Gisbert Nau nahm es gewissermaßen als eine Art Dankeschön für die geleistete Arbeit vergangener Tage. Er fühlte sich geehrt und ertappte sich dabei, dass er tatsächlich etwas aufgeregt war.

Das weitere Gespräch der Männer verlief in sehr harmonischen Bahnen. Nau erläuterte jedes einzelne Detail, nach dem sich Kunze erkundigte. Dazu tischte der Chinese ein vorzügliches Essen auf. Als es ans Bezahlen ging, stellte sich heraus, dass der LKA-Chef hier Stammkunde war. Im Lauf der Jahre hatte sich so etwas wie eine lose Freundschaft zwischen dem Besitzer des Restaurants und Friedrich Kunze herausgebildet.

Nau genoss die etwa 90 Minuten in diesem exotischen Ambiente sehr. Wenn das Gespräch mit dem altgedienten Kriminalen auch nicht unbedingt zur Lösung des Falles beitrug, so empfand er es doch als sehr wohltuend, sich mit einem solchen Fachmann austauschen zu können.

Als es zum Abschied kam, war ihm, als schüttelte er die Hand eines väterlichen Freundes, weniger die eines Vorgesetzten.

Der nächste Weg des Kommissars und Peppers führte sie wieder mehr in das Stadtzentrum. Ihr Ziel war das Gerichtsgebäude in der Mainzer Straße oberhalb des Bahnhofs und unterhalb der BRITA-Arena. Das Fußballstadion war vor einigen Jahren anlässlich des Zweitliga-Aufstiegs des SV Wehen Wiesbaden an verkehrsgünstiger Stelle errichtet worden.

Nau war selbst einige Male zu Meisterschaftsspielen gegangen, hatte aber mit dem Abstieg aus Liga 2 das Interesse verloren. Jetzt, in Stadionnähe, bekam er aber direkt noch einmal Lust, zu einem Spiel zu gehen. Sonderlich groß konnte der Unterschied zwischen der zweit- und der dritthöchsten deutschen Spielklasse ja nun wirklich nicht sein.

Das Gerichtsgebäude war noch deutlich Respekt einflößender als das Landeskriminalamt. Man konnte hier schon von richtiger Großstadt-Architektur sprechen. Viel Glas war verbaut worden, und überall in der imposanten Fassade konnte man Spiegelungen beobachten.

Nach einigen Mühen gelang es Nau, links neben dem Gebäude einen Parkplatz zu finden.

Pepper kläffte aufgeregt, als Nau die Heckklappe öffnete. Zu seiner Enttäuschung ging es nicht in den Wald oder auf eine schöne Wiese. Stattdessen führte ihn sein Herrchen abermals in ein großes Gebäude, in dessen blank gebohnerten weiten Fluren seine Pfoten kaum richtigen Halt fanden.

Nach einigem Suchen kamen sie schließlich am Raum von Staatsanwalt Ludger Fischdick an. Sie waren gut in der Zeit, denn sie erschienen rund zehn Minuten vor dem anberaumten Termin.

Dennoch begrüßte sie der Mittvierziger gleich mit einem hektischen Blick zur Uhr.

»Hallo. Kommen Sie rein. Ich muss aber zeitig wieder los. Sie kennen das ja …«

Nau lächelte verständnisvoll. Zwischen den beiden hatte sich über die Jahre niemals ein engeres Verhältnis entwickelt.

Fischdick war immer unter Zeitdruck und irgendwie stets leicht cholerisch, weil ihm ständig bereits der nächste Termin im Nacken saß.

Dafür empfand ihn Nau als fachlich sehr kompetent. Der Staatsanwalt war jemand, für den der Begriff ›Überstunden‹ kein Fremdwort war. Er war ein Getriebener, der stets alles in Kauf nahm, um seinen Job möglichst gut zu erledigen. Nau schätzte an ihm seine Zuverlässigkeit und Seriosität.

Der Nachteil war nur, dass Fischdick stets zu versuchen schien, 26 Stunden in einen 24-Stunden-Tag zu packen. Sein Wesen und sein Job verhinderten also tiefer gehende Beziehungen, wenngleich Nau zu wissen meinte, dass der Staatsanwalt seit etlichen Jahren verheiratet war. Wenn, dann musste es wohl mit einer Frau sein, die sehr genügsam war – jedenfalls was die Präsenz ihres Mannes anging.

»Haben Sie vielen Dank, dass Sie überhaupt Zeit für mich haben«, gab der Kommissar zurück. »Ich weiß ja aus meiner aktiven Wiesbadener Zeit noch, was für einen engen Terminkalender Sie haben. In einer Viertelstunde sind Sie mich wieder los und können zum nächsten Termin eilen.«

Sie setzten sich in eine kleine Sitzgruppe in Form eines Nierentisches und dreier Sessel auf der anderen Seite des Raumes.

»Ich werde nicht mitstoppen«, war Fischdick um Lockerheit bemüht, wohl wissend, dass dies das maximale Zeitfenster war, welches er dem Kommissar einräumen konnte.

»Wie ich Ihnen telefonisch schon gesagt habe«, begann Nau, »habe ich in Marburg nun doch wieder die vorübergehende Leitung einer Dienststelle übernommen.«

»Der alte Fuchs kann das Jagen nicht lassen«, lächelte Fischdick und tippte rhythmisch mit den Fingerspitzen auf seinen Oberschenkeln herum.

»Ich komme direkt zur Sache«, sagte Nau, was der Staatsanwalt mit einem auffordernden Blick quittierte.

»Es geht um den Fall Cem Altunay.«

Nau beobachtete Fischdick, dem er ansah, dass die kleinen Rädchen in seinem Gehirn augenblicklich zu rattern begonnen hatten. Seine Augen wanderten kurz zur Zimmerdecke und fielen auf den Kommissar zurück. In diesem Moment bemerkte dieser, dass irgendetwas in Fischdicks Schädel ›klick‹ gemacht hatte.

Der Kommissar hatte dem Staatsanwalt immer so etwas wie ein fotografisches Gedächtnis attestiert. Ein Umstand, der Gisbert Nau stets neidisch werden ließ. Wie musste sich ein Mensch fühlen, der alles nur Erdenkliche in seinem Gehirn abspeichern konnte? Was für Vorteile bedeutete das in beruflicher Hinsicht?

»Unangenehmer Geselle«, sagte der Anwalt. »Und ein ebenso reger wie regelmäßiger Besucher unserer staatlichen Einrichtungen.«

Nau nickte und lächelte ob der seiner Ansicht nach gelungenen Formulierung. »Es ist so, dass wir in einem aktuellen Fall zu gewissen Erkenntnissen gelangt sind, die vermuten lassen, dass Altunay unter Umständen seine Hände im Spiel hatte.«

»Was lässt Sie das glauben?« Fischdick blätterte nebenbei noch in einer Akte.

»Der Täter hat sich im aktuellen Fall direkt mit einer Botschaft an der Leiche an mich gewandt. Wir haben also zahlreiche meiner alten Fälle untersucht, ob es potenzielle Kandidaten für einen Verdacht sind. Wir sind schließlich bei Altunay hängen geblieben. Zum einen hat er bei seiner Verurteilung zu mir gesagt, ich solle nicht mit ihm spielen. Zum anderen rief er im Gerichtssaal, ich würde das noch bereuen. Der aktuelle Täter wartete mit der Frage auf, ob ich spielen wolle. Sie werden also verstehen, dass ich an seinem weiteren Werdegang sehr interessiert bin.«

»Das klingt in der Tat sehr ungewöhnlich.« Fischdick hatte sich nach vorn gebeugt. Seine Körpersprache verriet, dass ihn die Angelegenheit tatsächlich interessierte. Ein derartiges Verhalten war in der Tat äußerst selten und weckte sein berufliches Interesse als Kriminalist.

»Wir werden, ehrlich gesagt, auch noch nicht so richtig schlau daraus.«

»Seit dem Fall, wo Sie vor Gericht gegen ihn ausgesagt haben, durfte ich ihn noch zweimal hinter Schloss und Riegel bringen«, fand der Staatsanwalt nun zu einem etwas vertraulicheren Tonfall. »Man könnte auch sagen, er gehört zu unseren Stammkunden.«

»Wofür ist er verurteilt worden?«

Fischdick grübelte kurz, legte die Beine übereinander und zeigte mit einem Mal plötzlich eine viel entspanntere, nicht so gehetzt wirkende Haltung.

»Er hat sich in letzter Zeit wohl einen Namen in der Szene gemacht als Geldeintreiber. Mit ihm ist nicht gut Kirschen essen. Die beiden letzten Fälle gingen in die Richtung. Letztes Mal war es aber so schlimm, dass sein unglückseliges Opfer froh sein konnte, überhaupt wieder aufzuwachen.«

»Wobei es ja auch nicht im Sinne seiner Auftraggeber sein kann, wenn er die Schuldner halb tot prügelt«, gab der Kommissar zu bedenken.

»Allerdings. Ich weiß nicht, was es ist. Ob in gewissen Situationen bei ihm eine Sicherung durchbrennt? Ich kann es Ihnen nicht sagen.«

»Ist er denn derzeit auf freiem Fuß?«, wollte der Kommissar wissen.

Der Staatsanwalt nickte. »Ich habe jedenfalls nichts Gegenteiliges gehört. Er müsste, würde ich schätzen, vor etwa einem Dreivierteljahr wieder rausgekommen sein.«

»Und charakterlich würden Sie ihn so einschätzen, dass

er die seltsamen Botschaften an mich geschrieben haben könnte?«

Fischdick schaute nachdenklich in eine Ecke und wendete sich nach einer Weile wieder dem Kommissar zu.

»Ich denke schon. Wissen Sie, er ist einfach ein ziemlicher Schaumschläger.« Nau sah ihm an, dass der eigentlich so wortgewandte Mann nach der richtigen Formulierung suchte. »Ich weiß nicht so recht, wie ich es erklären soll.«

Nau wollte ihm Gelegenheit geben zu überlegen, bis er den richtigen Ausdruck gefunden hatte, und sagte nichts.

»Ich weiß nicht, ob es das richtig trifft: Er ist fatalistisch. Er hat sein halbes Leben hinter Gittern verbracht. Für ihn scheint es fast keinen großen Unterschied zu machen, ob er einsitzt oder einige Zeit wieder draußen herumläuft. So ist sein ganzes verkorkstes Leben nur so etwas wie ein Spiel. Womit wir wieder bei dem Begriff von vorhin wären.«

»Ist er denn Ihrer Einschätzung nach zu solchen Gräueltaten fähig? Hälse durchschneiden, Zehen abtrennen. Damit nenne ich Ihnen nur mal in Kürze einige Schlagworte, damit Sie sehen, mit was für einer Art Fall wir es hier zu tun haben. Ich meine, er müsste demnach auch eine regelrecht sadistische Ader haben. Halten Sie ihn für so abgebrüht?«

»Wissen Sie«, meinte der Anwalt im altklugen Tonfall, »in meinem Job bleiben Sie von solchen Dingen nicht verschont. Ich hatte schon Klienten, denen hätte ich überhaupt nichts Schlimmes zugetraut, und am Ende stellte sich heraus, dass sie ganze Familien ohne mit der Wimper zu zucken abgeschlachtet haben.«

Mit einem deutlichen Blick auf die Uhr fügte er noch hinzu: »Unsere Kundschaft lässt sich einfach nicht in vorgefertigte Muster pressen.«

Nau verstand den Wink mit dem Zaunpfahl und stand auf, was Pepper dazu verleitete, desgleichen zu tun.

»Ich möchte Sie nicht weiter aufhalten. Haben Sie vielen Dank. Sie haben mir sehr geholfen.«

»Das hoffe ich. Ein hochinteressanter Fall, den Sie da haben. Halten Sie mich auf dem Laufenden.«

Nau hätte sich gerne noch viel länger mit dem Staatsanwalt unterhalten, auch wenn sich dieser bei der Einschätzung des Täterprofils sehr zurückhaltend ausdrückte. Die Akte Cem Altunay war es auf jeden Fall wert, genauer untersucht zu werden, dessen war sich der Kommissar nun sicher. Vielleicht würde sich auf diesem Wege der erste wirklich ernst zu nehmende Verdacht erhärten. Aber auch hier stellte sich wieder die Frage nach dem Motiv. Ohne einleuchtendes Motiv ließ sich eine erfolgreiche Tätersuche kaum bewerkstelligen. Herr und Hund machten sich auf den Weg zu Naus alter Dienststelle. Nau wollte sehen, ob die alten Kollegen etwas mehr Licht in die Sache bringen konnten. Er brauchte zu Cem Altunay und dessen Taten in letzter Zeit noch mehr Informationen.

Es ging zum Polizeipräsidium Wiesbaden am Konrad-Adenauer-Ring, welcher auch als Zweiter Ring bekannt war. Es befand sich in unmittelbarer Nähe zum Landeskriminalamt, so dass sie ein wenig im Zickzack durch die Landeshauptstadt fuhren. Wieder ein großes gläsernes Gebäude, wieder keinerlei Auslauf für Pepper. Der Hund tat Nau langsam richtig leid.

»Wir sind hier höchstens noch eine Stunde, Pepper. Dann suchen wir für dich irgendwo eines schönes Waldstück. Ist versprochen!«, sagte er auf dem Weg vom Parkplatz in das Gebäude.

Torsten Dotzauer war ein Polizeibeamter Mitte 30 und war in den letzten Jahren die rechte Hand von Kommissar Gisbert Nau gewesen. Seit einigen Wochen, seit dem Ausscheiden Naus aus dem Dienst, hatte er nun die Abteilung übernommen und einen jungen Kollegen an die Seite gestellt bekommen.

Als sein alter Chef nach kurzem Klopfen in das Dienstzimmer trat, freute sich Dotzauer sichtlich. Im Gegensatz zu den beiden vorherigen Terminen hatte Nau sein Kommen nicht angekündigt, um so größer war die Überraschung des alten Kollegen.

»Da brat mir doch einer 'nen Storch«, entfuhr es Dotzauer, der behände vom Stuhl aufstand und Nau zur Begrüßung kräftig umarmte. »Da denkt man, man ist dich endlich los und plötzlich verpestet du hier die Luft.«

Nau liebte die extravagante Ausdrucksweise seines Ex-Kollegen, der aber auch immer mit entsprechenden Steilvorlagen gefüttert werden wollte, um seinerseits mit entsprechenden Verbalattacken kontern zu können.

»Bin nur hier weil sich's absolut nicht vermeiden ließ. Was macht die Kunst?«

»Viel besser, seit du nicht mehr da bist«, meinte Dotzauer und lachte herzlich.

Nau musste auch lachen und klopfte ihm sanft auf den Bauch. Er hatte bemerkt, dass Dotzauers Hemd sich noch etwas mehr spannte, als es vor einigen Wochen ohnehin schon der Fall gewesen war.

»Schwanger oder Kummerspeck, weil ich nicht mehr da bin?«

»Kommt vom vielen Sitzen, weil ich die vielen Akten aufarbeiten muss, die bei dir liegen geblieben sind.«

Dotzauer beugte sich nach unten, um Pepper zu begrüßen. Der Hund freute sich, ein altbekanntes Gesicht zu sehen, Dotzauers typischen Tabakgeruch in die Nase zu bekommen.

Dann stellte der Beamte seinen neuen Kollegen vor, der etwas schüchtern an seinem Tisch sitzen geblieben war.

»Das ist Herr Müller, mein Nachfolger«, grinste Dotzauer.

Allerweltsname – Allerweltstyp, dachte Nau, als er dem jungen Mann die Hand schüttelte. Müller musste die Polizeischule gerade erst absolviert haben und machte den Eindruck, als ob er noch bei Mutti wohnte. Dotzauers größer gewordener Bauchansatz mochte sehr wohl dem Umstand geschuldet sein, dass er die anfallende Arbeit im Wesentlichen alleine zu leisten hatte. Ein vollwertiges belastbares Teammitglied konnte Müller jedenfalls noch nicht sein.

Nau wollte Dotzauers neuen Mitarbeiter allerdings noch nicht zu früh verurteilen. Wenn er bedachte, wie unfertig Dotzauer gewesen war, als er ihm vor gut einem Jahrzehnt zugeteilt worden war, war nicht auszuschließen, dass Müller die zahlreichen Entwicklungsstufen nehmen würde, die erforderlich waren, aus ihm einen vollwertigen, verlässlichen Mitarbeiter werden zu lassen.

Dotzauer schien Naus Gedankengänge erraten zu haben und sagte beiläufig, um dem Jüngling nicht zu sehr auf den Schlips zu treten:

»Die Arbeit ist nicht weniger geworden. Schade, dass du nicht mehr da bist und hier ordentlich den ganzen Betrieb aufhältst.«

»Dem Nachwuchs eine Chance«, sagte der Kommissar mit dem Ausdruck des Bedauerns im Gesicht.

»Und was verschafft uns die Qual deines Besuchs?«

Dotzauer traute seinen Ohren kaum, als Nau erzählte, er habe in Marburg gleich wieder ein Ermittlungsteam übernommen, statt sich seines unverhofften Ruhestandes zu erfreuen. Er erzählte alles über den neuen Fall, einschließlich jener Entwicklungen, die zu dem unerwarteten Besuch in Wiesbaden geführt hatten.

»Und nun bin ich eben hier, um in Erinnerungen zu schwelgen und alte Fälle wieder aufzuwühlen«, schloss Nau seinen kurzen Bericht ab.

»Da hast du dir aber gleich für den Anfang einen ganz schönen Brocken aufgehalst.«

»Ja, in der Provinz ist mehr los, als man hier in Wiesbaden im Allgemeinen meint«, gab Nau zurück und setzte sich auf einen freien Bürostuhl.

»Hat ganz den Anschein. Aber zu dem Altunay kann ich dir auch nichts sagen. Ich checke mal bei den Kollegen, wer den als Letztes in der Mangel hatte. In den paar Wochen, die du weg bist, ist mir jedenfalls nichts über ihn auf den Tisch gekommen.«

Nau nickte. Es hätte ihn auch gewundert, wenn dies anders gewesen wäre.

Dotzauer wollte Nau daraufhin zum Essen einladen, aber der antwortete, dass er erst etwa vor Stundenfrist mit LKA-Chef Kunze chinesisch gegessen hatte.

»Ich kann nicht noch was in mich reinschieben, sonst hab ich bald so einen Ranzen wie du.«

Dotzauer, für den der erwähnte Chinese um die Ecke auch kein Unbekannter war, lächelte verkniffen.

»Na komm schon.« Er umfasste den Bauch. »So schlimm ist es nun wirklich nicht. Höchstens zwei, drei Kilo mehr als neulich.«

»Ja, aber den Spruch höre ich von dir seit Jahren.«

»Dann musst du dich ja schon dran gewöhnt haben«, gab Dotzauer mit leichtem Schmollmund zurück.

Nau beließ es dabei. Die Tatsache, dass sein Kollege in den zwölf Jahren, die sie sich kannten, insgesamt auch etwa zwölf Kilo zugenommen haben mochte, sorgte gelegentlich für Erheiterung, war aber niemals ernsthafter Diskussionsinhalt. Fest stand aber, dass er ganz offensichtlich in letzter Zeit besonders stark zugelegt hatte.

Nau wünschte seinem alten Freund und Kollegen insgeheim, dass er bald in etwas ruhigere, stressfreiere Fahrwasser gelangen möge. Fast kam es ihm so vor, als hätte er Dotzauer mit seinem Umzug nach Marburg im Stich gelassen. Aber das war nun einmal Schicksal. Jeder war selbst seines Glückes Schmied, und Naus Zukunft hatte sich ganz unmissverständlich als in Marburg angesiedelt herausgestellt.

Der Kommissar hielt sich noch deutlich länger als die Pepper in Aussicht gestellte eine Stunde in Wiesbaden auf. Er traf noch andere Kollegen und fand noch einige eher unwesentliche Details zu Cem Altunay heraus. Zudem erhielt er von einigen weiteren Beamten Einschätzungen, ob der Deutschtürke in das Täterprofil des aktuellen Falles passte.

Nach etwa zweieinhalb Stunden verließen sie die alte Arbeitsstätte. Der Kommissar verspürte doch so etwas wie Abschiedsschmerz. Es fiel nicht leicht, die alte Heimat und die alten Kollegen erneut einfach so hinter sich zu lassen.

Nau wollte allerdings schleunigst nach Hause. So wählte er diesmal die direktere Route über Frankfurt. Nach einigen Minuten hielten sie aber an einer schön begrünten, eher verkehrsfernen Raststätte am Rande eines Waldstücks. Hier erhielt Pepper seinen wohlverdienten Auslauf. Nach einer guten halben Stunde lud Nau seinen Hund wieder in den geräumigen Kofferraum seines Kombis ein, und erfüllt mit neuen Eindrücken rollten die beiden ihrer neuen Heimat Marburg entgegen.

9. KAPITEL

Ludwig Reckmann hatte nicht den besten Tag erwischt. Er war schon mit dem falschen Bein aufgestanden. Es lag wohl am Stress in letzter Zeit, dass er den Wecker um sechs überhört hatte und sich erst gegen sieben aus dem Bett schälte.

Hinzu kam noch der Umstand, dass er und seine Frau sich gestern zum ersten Mal seit Jahren so richtig gestritten hatten. Annette hatte sich völlig uneinsichtig gezeigt, dabei hatte Reckmann eindeutig die besseren Argumente – jedenfalls seiner persönlichen Überzeugung nach.

Paula, die ältere der zwei Töchter, wollte in zweieinhalb Monaten auf Klassenfahrt gehen. Der Streit zwischen ihren Eltern entbrannte dabei um die Frage, ob man ihr erlauben sollte, daran teilzunehmen.

Ludwig Reckmann hielt eine Klassenfahrt nach Ägypten und die damit verbundenen Kosten und Risiken einfach für völlig überzogen. Der Klassenverband wie auch der Elternbeirat hatten sich für dieses vergleichsweise exotische Ziel entschieden. Jene Eltern, die sich dagegen ausgesprochen hatten, standen nun vor der Wahl, ihre Kinder widerwillig doch mitfahren zu lassen, oder aber ihre Sprösslinge daheim zu lassen und statt der Klassenfahrt zu einem eher verhassten Ersatzunterricht zu schicken. Psychologisch war dies schon eine harte Entscheidung für Eltern. Besonders für jene, wo so mancher Cent nicht so locker saß wie bei anderen Eltern, für die Klassenfahrten zu exotischen Reisezielen selbstverständlich waren.

Über dieses Thema hatten Ludwig und Annette Reckmann sich mittlerweile so sehr zerstritten, dass sie nunmehr diverse völlig andere Themen in ihren Streit einfließen ließen.

Ludwig Reckmann fand, dass seine Ehefrau dabei gerne mal vom einen Extrem ins andere fiel. Inzwischen hatte sich der Streit zu einer mittleren Ehekrise ausgewachsen. Entsprechend übel gelaunt bestieg Reckmann am Morgen sein Fahrzeug, um zur Dienststelle in Cappel zu fahren.

Gott sei Dank hatte er von Kirchhain aus eine relativ lange Anfahrt, sodass er sich bis zur Ankunft in der Raiffeisenstraße bereits wieder etwas beruhigt hatte. Als er aus dem Wagen stieg, hatte sich seine Laune wieder soweit normalisiert, dass er sich beinahe schon auf den neuen Arbeitstag freute.

Seit Nau hinzugestoßen war, hatte er viel Neues in der Polizeiarbeit kennengelernt, war er plötzlich mit Themen konfrontiert, mit denen er sich bis vor Kurzem niemals auseinanderzusetzen hatte. Seine anfängliche Skepsis war einer Art allmorgendlicher Vorfreude gewichen. Reckmann wollte schließlich weiterkommen in seinem Job. Nach Jahren der Stagnation sah er nun die Möglichkeit gekommen, die Karriereleiter um die eine oder andere Stufe weiter nach oben zu klettern.

Er rückte seine Krawatte zurecht, als er ausstieg. Während er das Dienstzimmer betrat, befanden sich Löwenstein und Nau bereits inmitten einer angeregten Diskussion.

»Ich finde, wir sollten Frau Wenzel mit unserem Verdacht konfrontieren. Wie anders sollten wir in diesem Punkt weiterkommen?«, hörte er gerade Löwenstein sagen, der über Nacht seine Meinung auf den Kopf gestellt zu haben schien.

Nau schüttelte entschieden den Kopf und hob seine Stimme.

»Ich denke, wir sollten damit noch etwas warten, bis sich unser Verdacht erhärtet«, mahnte Nau.

»Wenn sie etwas damit zu tun hat, wäre es doch fatal, nicht zuzugreifen«, insistierte Löwenstein.

Währenddessen gelang es Reckmann, sein Sakko über die Stuhllehne zu legen, seinen Aktenkoffer neben den Schreibtisch zu stellen und ein kurzes »Guten Morgen« zwischen die Diskussionsbeiträge zu werfen.

»Guten Morgen, Ludwig. Jedenfalls ist das meine Meinung dazu«, klang Löwenstein jetzt fast kleinlaut.

»Was sagen Sie dazu?«, sprach Nau jetzt Reckmann direkt an. »Schließlich war es ja Ihre Überlegung.«

Reckmann dachte kurz nach. Er hatte sich in dieser Sache noch kein abschließendes Urteil gebildet. Nach Lage der Dinge war es zum jetzigen Zeitpunkt vermutlich besser, sich der Meinung des Chefs anzuschließen.

»Ich denke, wir sollten besser noch etwas abwarten, bis wir was Richtiges in der Hand haben.«

Löwenstein ließ sich enttäuscht und etwas trotzig auf seinen Schreibtischstuhl sinken. Somit war er überstimmt, sein Vorschlag zumindest fürs Erste einmal abgeschmettert. Wobei es einer 2:1-Entscheidung nicht unbedingt bedurft hätte. Wenn Naus Meinung einmal gegen die von Löwenstein und Reckmann gegangen wäre, hätte sich am Ende auf jeden Fall das Votum des Kommissars durchgesetzt. Naus Worte hatten eben entsprechendes Gewicht.

»Wie gehen wir im Fall unseres Deutschtürken vor?«, wollte Reckmann wissen.

»Als ich gestern in Wiesbaden war, habe ich einiges zu diesem Thema mitgebracht«, erklärte der Kommissar und holte tief Luft. Er begann den beiden Kollegen so ausführlich wie nötig von dem gestrigen Tag an seiner alten Wirkungsstätte zu erzählen.

»Das ist ja alles sehr interessant«, sagte Reckmann, in dem sich langsam ziemlich starke Kopfschmerzen rührten. Vermutlich eine Nachwirkung von den überflüssigen Streitereien mit seiner Frau. »Wir waren ja gestern auch nicht untätig.«

»Ich habe ihm vorhin schon alles darüber erzählt. Deshalb war ich ja so überzeugt davon, dass wir Frau Wenzel mit unseren Ermittlungen konfrontieren sollten«, erklärte Löwenstein.

In der Tat hatten die beiden am Vortag in Erfahrung gebracht, dass Bottenbach und Wenzel beide in Heidelberg studiert hatten. Dabei gab es eine Überschneidung von immerhin drei Semestern. Genug Zeit, um einander kennen- und vielleicht auch lieben zu lernen.

»Also zurück zu beiden Themen«, fand Nau den Faden wieder. »Wie wollen wir vorgehen? Wir warten noch etwas im Fall unserer Pathologin, das haben wir ja eben schon abgestimmt. Wie aber verhalten wir uns, was meinen alten Stammkunden angeht?«

»Sie sind der Boss!«, sagte Löwenstein leicht unterwürfig.

»Aber das soll hier keine Diktatur sein«, sagte der Kommissar irritiert. »Wenn Sie etwas Sinnvolles beizusteuern haben, dann sagen Sie es nur.«

»Vor allem müssten wir ja erst einmal in Erfahrung bringen, wo sich Altunay gegenwärtig aufhält und was sein offizieller Wohnsitz ist«, sagte Reckmann, und Nau nickte.

»Wäre ja schon einmal ein echter Fingerzeig, wenn wir herausfänden, dass er sich in Marburg aufhält«, meinte Löwenstein.

»Das glaube ich eher nicht. Er wird seinen Wohnsitz eher im Frankfurter Raum behalten. Da ist seine Wirkungsstätte, sein Revier. Da kennt er jeden Quadratkilometer.«

Alles andere wäre für Nau eine echte Überraschung gewesen. Aber er blieb natürlich unvoreingenommen und offen für alles, was die weiteren Ermittlungen ergeben mochten.

»Wann war noch mal der Termin für die Bottenbach-Beerdigung?«, wollte der Kommissar wissen. Er blätterte mit verdrießlichem Blick in einer Akte herum.

»Morgen um elf. Die Leiche war ja längst freigegeben«, antwortete Löwenstein, der einmal mehr in seinem Notizblock fündig wurde. Nau wunderte sich, was der Kollege alles in seinem Notizblock verewigt hatte. Ganze Enzyklopädien mochten sich dort wiederfinden, so oft er darin irgendetwas nachschlug und fündig wurde.

»Wir müssen uns unbedingt mit mindestens einem Mann daran beteiligen. Es ist manchmal schon erstaunlich, wen man auf Beerdigungen alles wiedertrifft.«

Löwenstein machte eine weitere Notiz und nickte dem Kommissar wie zur Bestätigung zu.

»Darf ich Ihre Regung als eine Meldung deuten, morgen dorthin gehen zu wollen?«, fragte Nau nach.

Erneut nickte der Kollege. Ihm machte es nichts aus, daran teilzunehmen. Es war ja durchaus ausreichend, in gebührendem Abstand dabei zuzuschauen. Es gab deutlich anstrengendere polizeiliche Einsätze und Aufgaben.

»Dann werden Sie ja auch Ihre Freundin, Frau Pechsteins zickige Schwester, wiedersehen«, grinste Reckmann. Er musste daran denken, was der Kollege von dem erfolglosen Abstecher zu Yvonne Pechstein nach Dagobertshausen zu erzählen hatte.

»Solange mir ihre Wohnungseinrichtung nicht die Augen verätzt, ist mir das ziemlich egal«, sagte Löwenstein und musste selber dabei lachen.

»Wir haben aber nichts mehr von ihr gehört? Auch gestern nicht, als ich unterwegs war?«, vergewisserte sich Nau.

»Da kommt nichts mehr. Die hat sich wieder abgeregt«, sagte Löwenstein.

»Die hat ihren Frieden mit der Welt gemacht«, stieß Reckmann ins gleiche Horn.

»… und mit ihrem Beinah-Schwager«, ergänzte Nau.

»Ich stell mich in besonders weitem Abstand hin, damit sie mich nicht sieht und mir eine Kassette ins Ohr drückt«, erklärte Löwenstein.

»Aber halten Sie die Augen auf. Nicht, dass uns noch jemand durchrutscht«, mahnte Nau. Er hielt kurz inne. »Ach, wenn ich's recht bedenke, werde ich mitkommen.«

Der Kommissar dachte dabei nicht zuletzt an die Möglichkeit, eine so interessante Persönlichkeit wie Heisterkamp wiederzusehen. Und das mit dem Vorwand, dass man ja eigentlich nur pflichtgemäß bei der Beerdigung war. Es war im Allgemeinen aufschlussreich, zu sehen, wer bei einer solchen Veranstaltung auftauchte.

Es gab Menschen, die im Zuge eines Verhörs völlig cool und unbeteiligt wirkten, sich aber in Grabesnähe kaum beherrschen konnten und ihren Gefühlen freien Lauf ließen, sich damit letzten Endes sogar verdächtig machten.

Friedhöfe und Beerdigungen übten jedenfalls auf manches Gesindel einen sonderbaren Reiz aus. Vielleicht gab es doch noch den einen oder anderen unverhofften Besucher. Den wollte der Kommissar keinesfalls verpassen. Damit war zumindest das eigene Erscheinen schon einmal beschlossene Sache.

»Abgemacht. Dann gehen wir morgen zu zweit hin«, gab Löwenstein zu Protokoll.

»Einverstanden.« Nau nickte zufrieden in die Runde. »Löwenstein. Sie und ich gehen der Frage nach, ob sich Bottenbach und Frau Wenzel tatsächlich kannten. Wir haben vermutlich einige Quellen anzuzapfen. Wobei ich hoffe, dass es entsprechende Quellen tatsächlich gibt. Reckmann, Sie checken bitte Altunays aktuellen Wohnsitz und tragen alles zusammen, was Sie noch zu unserem Verdächtigen in Erfahrung bringen können. Ich möchte einen umfassenden Bericht. Wo er lebt, wann und mit wem er aufsteht, wo er seine Brötchen holt, am besten noch welche Unterhosen er anhat. Haben wir uns verstanden? Wir brauchen möglichst lückenlose Daten.«

Reckmann nickte. Die Kopfschmerzen waren verflogen. Zeit und Gelegenheit, die eigenen Qualitäten unter Beweis zu stellen. Zudem: Er konnte so ermitteln, wie er es am liebsten tat – alleine. Der Streit mit seiner Frau war fürs Erste ad acta gelegt.

Alles Wesentliche war besprochen, man konnte zur normalen Polizeiarbeit übergehen. Der Kommissar erklärte die Besprechung für beendet. Er glühte innerlich. Nach langen Tagen der ermittlerischen Diaspora gab es nun endlich wirkliche Polizeiarbeit zu verrichten.

Immerhin gab es nun gleich zwei konkretere Spuren, denen es nachzugehen galt. Endlich gab es so etwas wie handfeste Ansatzpunkte, um die sich die Ermittlungen ranken konnten. Vorbei die Tage des sinnlosen Herumstocherns, des im Trüben Fischens. Der Kommissar verspürte wieder jenes Feuer in sich, das sich immer dann einstellte, wenn ein gewisser Stand der Ermittlungen erreicht war.

Plötzlich jedoch vermisste er seinen Hund. Nach dem doch relativ anstrengenden Vortag, hatte er ihn heute einfach mal zu Hause gelassen. Nun bereute er seine Entscheidung bereits.

Die alte Aeroflot-Maschine war schon vor einiger Zeit am Frankfurter Flughafen gelandet. Dimitri stand bereits seit einer kleinen Ewigkeit in der langen Schlange bei der Gepäckabfertigung. Eben erst hatten die Zollbeamten jemanden herausgezogen. Aus unerfindlichen Gründen dauerte das Prozedere unnötig lange.

Der Flug von St. Petersburg, dem früheren Leningrad, war reibungslos verlaufen. Einige kleinere Turbulenzen unterwegs irgendwo über polnischem Staatsgebiet, ansonsten gab es keine besonderen Vorkommnisse.

Dimitri Valuev war ein Profi und hatte viele unterschiedliche Namen. Er war mit einem neuem Pass bestückt, die

Kontrolle würde ohne größere Hindernisse über die Bühne gehen. Trotzdem war dies der vielleicht erste etwas heiklere Punkt der Angelegenheit. Er musste beanstandungslos durch die Ausweis- und Zollkontrollen kommen, sonst war die Mission gescheitert, bevor sie überhaupt richtig begonnen hatte.

Die Leute vor Ort hatten alles Wichtige erledigt. Sie hatten ihm ein Feld bestellt, auf dem er nun in der ihm eigenen Weise agieren konnte: schnell, diskret, kompromisslos. Er war der Experte, kannte sich aus in der Materie. Fachfremde Personen hätten die ganze Angelegenheit nur unnötig in Gefahr gebracht. Ihn gab es, damit nichts Unvorhergesehenes passierte, damit die Mission zu einem Erfolg wurde.

Dimitris Schlange wurde kürzer. Bald würde er jenen neuralgischen Punkt überschreiten, der den Zugang in dieses Land bedeutete. Dann endlich konnte die Aktion starten. Alles war bereit. Er war bereit. Und er würde sie nicht enttäuschen. Er war gut vorbereitet, wusste alles Erdenkliche über Orte und Zielpersonen. Es konnte losgehen. Nervosität stieg in ihm auf. Nur dieser eine neuralgische Punkt, dann konnte alles den geplanten Lauf nehmen.

Auch ein Profi wie er konnte nervös werden. Nur, aus wessen Anspannung Konzentration und Aufmerksamkeit erwuchsen, war einer solchen heiklen Aufgabe tatsächlich gewachsen.

»Guten Tag. Haben Sie etwas zu verzollen?«, fragte ein junger Beamter mit gleichmütiger Alltagsmiene.

»Nein, das habe ich nicht«, verneinte er in akzentfreiem Deutsch, die Ausbildung machte sich wieder einmal bezahlt.

Seit seiner letzten Geschäftsreise hatte er deutlich seinen Typ verändert, niemand würde Verdacht schöpfen. Das System war einfach zu perfekt.

Er kam durch, ohne weiter aufgehalten zu werden. Niemand beachtete ihn. Alles lief nach Plan. Der nächste Schritt.

›Schwarzer Ford Transit‹, hatten sie gesagt. Er sollte abgeholt werden. Mal sehen, ob tatsächlich alles nach Plan verlief.

Löwenstein nestelte recht auffällig in seiner Jackentasche herum. Irgendwo musste noch eine Packung Zigaretten stecken. Er war nicht gerade Kettenraucher, aber seine zehn bis zwölf am Tag brauchte er schon. Und der bloße Gedanke, dass er keine vorrätig hatte, machte ihn schon nervös.

Regelrecht angewidert von so viel eigener Schusseligkeit öffnete er die Schreibtischschublade. Er hatte sich heute Morgen auf dem Weg zur Arbeit noch eine Big Box in der Tankstelle geholt, daran gab es überhaupt keinen Zweifel. Wo war dieses blöde Ding? Vermutlich im Auto, wenn er Glück hatte. Peter Löwenstein stand auf und setzte sich in Bewegung.

»Was man nicht im Kopf hat …«, begann er.

»… muss man in den Beinen haben«, vervollständigte Nau ohne von seiner Akte aufzusehen.

Reckmann schaute von seiner Position aus hinüber in jene Seite des Zimmers, wo sich Löwenstein und Nau am Schreibtisch des Kommissars aufhielten.

»Wie kommen Sie voran?«

»Ach, ganz gut. Wie schaut's bei Ihnen aus?«, fragte Nau zurück.

»Altunays Wohnsitz ist in Offenbach. Fehlanzeige, was eine Meldung in Marburg angeht.«

»Ich hab's Ihnen ja gesagt. Der ist zu sehr im Frankfurter Raum verwurzelt.«

»Sie kennen Ihre Pappenheimer«, sagte Reckmann, und Nau nickte.

»Aber«, fügte er hinzu. »Es ist in letzter Zeit ein schöner Schnappschuss von ihm entstanden.« Grinsend, fast schon triumphierend, hielt Reckmann den Ausdruck eines amtlichen Schriftstücks in der Hand.

»Was haben Sie denn da?« Nau stand auf, ging zu ihm hinüber und schaute sich das Papier an. »Ein Knöllchen. Na super. Ist der Herr zu schnell gefahren.«

»Schauen Sie sich den Ort der Aufnahme an«, sagte Reckmann weiter triumphierend.

Der Kommissar nahm den schon abgelegten Zettel nochmals in die Hand und schaute ihn sich genauer an. Etwas verschwommen, aber doch deutlich zu erkennen, sah man Altunay am Steuer eines dunklen großformatigen Fahrzeugs mit Frankfurter Kennzeichen. Ort der begangenen Ordnungswidrigkeit war die Cappeler Straße kurz vor ihrem Übergang in die Weintrautstraße nahe der Adolf-Reichwein-Berufsschule.

»Jetzt wissen wir, dass er sich in Marburg herumtreibt.«

»Sehr gut, damit sind wir einen großen Schritt weiter«, meinte der Kommissar mit zufriedener Miene.

»Zwei Schritte«, korrigierte Reckmann. »Halter des Fahrzeugs ist ein gewisser Reza Navid aus Frankfurt. Der ist ebenfalls kein Unbekannter. Jedenfalls nicht für unsre Dateien. Ist mehrmals vorbestraft, unter anderem wegen Drogendelikten. Stand auch kurzzeitig wegen Beteiligung an einem Raubmord unter Verdacht. Die konnte ihm allerdings nicht nachgewiesen werden.«

»Na, da ist die Tatsache, dass Altunay seinen Wagen benutzt hat, vielleicht mehr als nur ein reiner Freundschaftsdienst.«

Kurz darauf kam Löwenstein mit einer frischen Packung Zigaretten zurück. Begeistert erzählte ihm der Kommissar, was Reckmann zwischenzeitlich alles herausgefunden hatte.

Löwensteins Miene erhellte sich, je weiter der Kommissar mit seinen Ausführungen kam. Dann verfinsterte sich allerdings sein Blick wieder.

»Genau dort haben sie mich vor ein paar Wochen auch geknipst, die Drecksäcke«, sagte er giftig.

In der Tat handelte es sich bei der Weintrautstraße/Cappeler Straße um eine Stelle in Marburg, wo die mobilen ›Starenkästen‹, die regelmäßig dort aufgestellt wurden, nicht als eine verkehrserzieherische Maßnahme zu verstehen waren. Vielmehr waren sie offensichtlich ein reines Mittel der Geldbeschaffung.

Die Tatsache aber, dass diese Maßnahme an einer Steilstrecke vollzogen wurde, wo die Autofahrer fast automatisch zügig fuhren, sagte dann schon mehr über die eigentlichen Beweggründe für diese Radarkontrollen aus.

»Dann müssen wir uns ja ausnahmsweise mal bei den Verkehrskollegen bedanken«, sagte Löwenstein mit sarkastischem Unterton.

»Von bedauernswerten Einzelschicksalen einmal abgesehen«, sagte Nau, der die umstrittene Stelle in Marburgs Straßenverkehr natürlich auch bereits kannte, und schaute dabei auf Löwenstein.

»Wenn ich was zu sagen hätte, würde ich die bescheuerte Knipserei an dieser und ähnlichen Stellen verbieten lassen«, sagte Reckmann. Seine Erregung ließ erahnen, dass auch er dort schon so manchen Euro sinnlos an die Staatskasse verloren hatte.

»Wann wurde Altunay denn dort geblitzt?«, wollte Löwenstein wissen.

»Letzte Woche Mittwoch gegen 16 Uhr«, erwiderte Reckmann mit einem neuerlichen Blick auf das Schriftstück.

»Ein Zeitpunkt, der mit keiner der uns bekannten Tatzeiten in Einklang steht«, überlegte der Kommissar laut.

Nau hatte ein komisches Gefühl aufgrund der Tatsache, dass Altunay mit der Weintrautstraße doch relativ nahe bei seinem Zuhause vorbeigekommen war. Die Entfernung zwischen dort und seinem beschaulichen Refugium im Ortsteil Weidenhausen mochte grob geschätzt etwa zwei Kilometer betragen.

In Nau stieg der Zwang auf, augenblicklich loszufahren und nachzuschauen, ob es seinem Hund gut ging.

Nach einiger Zeit wurde es fast wie eine Besessenheit. Er hielt es noch etwa eine halbe Stunde lang aus, dann entschuldigte er sich bei den Kollegen und fuhr los, um nach Pepper zu sehen. War er, Nau, Zielscheibe eines persönlichen Rachefeldzuges, mochte er sich nicht ausmalen, wer oder was alles in Mitleidenschaft gezogen werden konnte.

Während er in schneller Fahrt den Weg von Cappel nach Weidenhausen zurücklegte und dabei auch wieder durch die Cappeler und die Weintrautstraße kam, wo heute allerdings kein Blitzer stand, fing er an, sich wirklich ernsthafte Sorgen zu machen. Eines stand fest: Er würde den Vierbeiner nicht noch einmal allein lassen, jedenfalls solange, bis sie alle Täter hinter Schloss und Riegel gebracht hätten.

An der Ampel beim Erlenring-Center musste er besonders lange stehen. Nervös trommelten seine Finger auf das Lenkrad ein. Er war diesmal zu angespannt, um Musik laufen zu lassen. Aber gerade das machte ihn natürlich noch nervöser. Seine Gedanken verfielen in einen Sumpf aus Schwarz und Grau.

»Nun mach schon!«, schrie er laut die Ampel an, die immer noch nicht auf Grün umgesprungen war. Bitter kam in ihm die Erkenntnis hoch, dass die zweite Leichenfundstelle ja nur ein paar hundert Meter von seinem Haus entfernt lag. Der Täter oder jedenfalls Altunay hatte sich in letzter Zeit mehrmals in der Nähe seines Hauses aufgehalten. Der Gedanke war also insofern logisch, dass er Nau und seinem Hund vielleicht noch näher kommen würde. Vielleicht war der Fall sogar schon eingetreten, und Nau wusste nichts davon.

Die Anspannung begann, seinen Hals zuzuschnüren. Schweißperlen standen Nau auf der Stirn, obwohl es gar nicht warm war.

Endlich! Die Ampel sprang um. Er lenkte den Wagen scharf links nach Weidenhausen hinein. Einige endlos lange Augenblicke später bog er in seine Straße ein.

Er stellte den Kombi vor dem Haus ab und sprang mehr aus dem Wagen, als dass er ausstieg.

Schnell den Schlüssel ins Schloss, herumgedreht und nachgeschaut, was Pepper machte! Aber keine Reaktion. Naus Herzen verpasste es einen Stich. In der Regel meldete sich der Hund schon, wenn der Schlüssel im Schloss war oder wenn Nau in die Stube trat. Nichts!

Der Kommissar spürte seinen Pulsschlag wie kleine Bombeneinschläge, als er sich in der unteren Etage umsah. Peppers Napf war leer. Er hatte also gefressen. Die Wasserschale war noch etwa zu einem Drittel gefüllt.

Nau schaute noch schnell in die Küche und machte sich dann auf den Weg die Treppe hinauf in den oberen Stock.

»Pepper«, rief er laut, aber mit ungewohnter Stimme, die irgendwie fremd klang. Keine Antwort.

Einige der alten Holzdielen knarzten geräuschvoll unter seinen Füßen. Spätestens jetzt bemerkte ihn der Hund für gewöhnlich, zumal die Zimmertüren hier oben fast immer offen standen.

Nau hatte die Treppe hinter sich gebracht und atmete tief durch. »Lass ihn da sein«, hauchte er leise und sein Blick ging gen Himmel. Noch ein oder zwei Meter bis zum Schlafzimmer. Die Spannung wurde unerträglich.

Dann fasste er allen Mut zusammen und schob die halboffene Schlafzimmertür entschlossen auf. Pepper lag auf dem Bett. Nau musste näher ran, um festzustellen, ob es ihm wirklich gut ging. Der Golden Retriever atmete tief und gleichmäßig und blinzelte mit den Augen, als sein Herrchen ihn am Kopf berührte. Der Puls des Kommissars fiel rasch wieder auf normalere Werte. Es war alles in bester Ordnung. Vermutlich hatte sich der Hund erst kürzlich den Magen vollgeschlagen und sich dann zu einem Verdauungsschlaf auf das Bett gelegt. Nau streichelte Pepper ebenso erleichtert wie glücklich. Der wurde langsam wach und leckte ihm zur Begrüßung die Hand ab.

Nach einem kurzen Snack verließen sie wieder das Haus und fuhren zurück in die Dienststelle. Besonders Pepper wurde von Reckmann und Löwenstein herzlich begrüßt. Hatte man den Hund zunächst etwas argwöhnisch betrachtet, war es längst zu einer Selbstverständlichkeit geworden, dass Nau seinen Vierbeiner mitbrachte.

Pepper störte nicht und benahm sich auch sonst vorbildlich. Man konnte ihn überall hin mitnehmen, und wenn von ihm verlangt wurde, sich unauffällig im Hintergrund zu halten, dann geschah dies wie gewünscht.

»Hallo, Pepper«, rief Löwenstein. »Schön, dass du auch mal wieder da bist.«

Pepper warf ihm wie selbstverständlich ein kurzes Bellen entgegen, so als wäre der Polizist bereits ein guter alter Bekannter. Reckmann kam sogar zu ihm herüber, um ihn zu kraulen. So etwas wäre vor Kurzem noch undenkbar gewesen. Pepper genoss die unverhoffte Aufmerksamkeit sehr, kuschelte sich dann aber lieber an die Seite seines Herrchens.

»Na Pepper, altes Haus«, hatte Reckmann gesagt.

Nau schaute Reckmann verwundert an ob der plötzlichen Zuwendung, die sein Hund von ihm erfuhr.

»Geben Sie eine Fahndung nach dem Frankfurter Fahrzeug raus«, wurde der Kommissar wieder dienstlich.

»Geht klar«, meinte Löwenstein und telefonierte kurz mit einer anderen Abteilung, um die Anweisung auf den Weg zu bringen.

»Wir müssen unter allen Umständen informiert werden,

wenn das Fahrzeug wieder auftaucht. Machen Sie auch ausfindig, um welches Fabrikat es sich genau handelt.«

»Machen wir«, fühlte sich nun Reckmann berufen, etwas zu sagen.

»Tragen Sie auch alles zu diesem Reza Navid zusammen«, wies Nau die Kollegen an. »Er ist das zweite Ass in unserem Ärmel.«

»Klingt israelisch«, meinte Löwenstein.

»Falsch. Ganz im Gegenteil«, sagte Reckmann. »Ist iranisch.«

»Oh, ganz auf der anderen Seite der politischen Weltkarte«, warf Nau ein.

»Allerdings. Eine größere Beleidigung kann man für den wahrscheinlich nicht aussprechen«, erwiderte Reckmann mit einem Blick auf Löwenstein.

»Für einen Iraner gibt's wohl wirklich keine größere Beleidigung, als ihn einen Israeli zu nennen«, bekräftigte der Kommissar.

»Es klang halt für mich so«, sagte Löwenstein etwas genervt.

»Einige Fakten haben wir schon«, meinte Reckmann. »Ist auf jeden Fall auch ein ziemlich schwerer Junge.«

»Drogengeschichten und eine Anklage wegen Raubmords sind jedenfalls nicht ohne.« Nau schaute in die Runde.

»Denken Sie, die beiden arbeiten zusammen? Könnte ja auch sein, dass es eine zufällige Leihaktion war, und Navid ansonsten nichts mit der Sache zu tun hat.« Reckmann rückte gedankenverloren seine Krawatte zurecht.

»Wir wissen ja nicht mal mit Sicherheit, ob überhaupt Altunay in irgendetwas verwickelt ist«, gab der Kommissar zurück. »Ich könnte mir aber eine Konstellation vorstellen, in der Altunay die Drecksarbeit erledigt und unser Iraner der Kopf ist.«

Löwenstein kaute nachdenklich an einem ausgedienten Bleistift herum. »Mal gesetzt den Fall, es ist alles so: Warum geben sie den Frankfurter Raum auf, wo es sicherlich manches lukrative Geschäft zu machen gibt, und gehen stattdessen in die Provinz?«

»Vielleicht ist ihnen das Frankfurter Pflaster mittlerweile zu heiß geworden? Dann bäckt man halt lieber etwas kleinere Brötchen in der Pampa. So würde ich es jedenfalls machen«, dachte Reckmann laut nach.

»Macht für mich Sinn. Man muss sich mal überlegen, wie viele Kollegen in Frankfurt oder Wiesbaden auf etwas angesetzt sind und wie viele hier. Hier in Marburg springt mir dann nicht gleich eine ganze Armada von Beamten auf den Füßen herum. Gerade für Verbrecher, die schon einige Zeit hinter Gittern verbracht haben, ist das doch zumindest überlegenswert.« Nau genehmigte sich nach dem recht langen Vortrag einen kräftigen Schluck aus der Wasserflasche und stellte auch Pepper eine Schale hin.

»Sollen wir morgen bei der Beerdigung auf irgendetwas besonders achten?«, fragte Reckmann, der bislang noch mit keinem Wort erwähnt hatte, mitgehen zu wollen.

»Das Interessante wird sein, ob sich der eine oder andere überraschende Besucher einstellt, mit dem man nicht unbedingt gerechnet hätte. So etwas lässt sich nicht planen. Schön aber, dass Sie auch vorhaben, mitzugehen. Sehr schön. Sechs Augen sehen mehr als vier.« Nau lächelte Reckmann zufrieden an.

»Und acht Augen mehr als sechs«, sagte Löwenstein. »Vielleicht sollten wir auch Marquardt noch dazuholen?«

»Nein, lassen Sie mal«, meinte der Kommissar. »Sonst wird es vielleicht doch etwas zu auffällig. Ich will die Sache auch nicht zu hoch hängen. In neun von zehn Fällen kommst du ohne neue Erkenntnisse von einer Beerdigung zurück. Aber für den Fall, dass sich etwas Neues ergibt, sind wir mit drei Mann sicherlich ausreichend besetzt.«

Reckmann und Löwenstein nickten die Entscheidung ihres Vorgesetzten ab. Dieser grübelte noch einmal nach und sagte nach einer ganzen Weile:

»Wissen Sie was? Wir nehmen Marquardt doch mit. Vielleicht ist das halbe Krankenhaus anwesend. Wenn es dann Personalien aufzunehmen gibt oder sonst etwas Aufwändiges geschieht, sind wir mit einem Mann mehr vielleicht doch besser aufgestellt.«

»Ist ja unter Umständen auch nicht schlecht für die Persönlichkeitsbildung Marquardts«, sagte Reckmann altklug und bekam einen ungläubigen, fast mitleidigen Blick von Löwenstein zugeworfen.

»Na ja, wenn er erwachsen werden will, muss er auch mal eine Beerdigung durchstehen«, sagte Reckmann, der die Irritation bei seinen Kollegen deutlich gespürt hatte und meinte, sich erklären zu müssen.

»Wie alt ist er?«, fügte er noch hinzu. »18, 19?«

»Und was machen wir nun mit der Wenzel«, fragte Löwenstein und war damit bemüht, möglichst ein neues Gesprächsthema zu finden.

»Bis morgen erst einmal nichts«, gab Nau zurück.

»Glauben Sie denn, die taucht morgen bei der Totenfeier auf?«, wollte Löwenstein wissen.

»Wenn Sie wirklich etwas zu verbergen hat, nicht. Ansonsten auch nicht. Sie haben recht, es ist schon sehr unwahrscheinlich, dass sie morgen aufkreuzt. Ich glaube ohnehin immer weniger daran, dass sie irgendetwas mit den Morden zu tun hat.«

Nau wusste selbst nicht mehr, was er denken sollte. Am liebsten wäre es ihm gewesen, sie hätten das Verdachtsmoment gegen die Pathologin gar nicht erst entwickelt. Brachte es ihr Berufsstand nicht mit sich, dass sie jederzeit irgendwelchen aus der Luft gegriffenen Verdächtigungen ausgesetzt sein konnte?

10. KAPITEL

Die vier Beamten einschließlich des jungen Kollegen Marquardt hatten sich pünktlich auf dem Friedhof am Rotenberg eingefunden und etwas abseits gelegene Positionen eingenommen.

Der Friedhof am Rotenberg lag gleich links neben dem Schlossberg, so wurde Bottenbach nicht allzu weit von jenem Ort bestattet, an dem er niedergestochen worden war.

Es war ein verhangener Tag. Zahlreiche Wolken waren am Himmel zu sehen, aber der letzte Schauer war schon eine knappe Stunde her. Es schien sich aber ständig zu verdunkeln, sodass es nur eine Frage der Zeit sein mochte, bis sich ein heftiger Herbstregen über die Trauergäste ergoss.

Zunächst hatten sich die Anwesenden in der großen Friedhofskapelle versammelt und lauschten den Worten des evangelischen Pfarrers, der die Trauerfeier leitete.

Um Zurückhaltung bemüht, waren die vier Beamten bei den Letzten, welche die Trauerhalle betraten. Nun befanden sie sich im Rücken der meisten Leute in den hinteren Sitzreihen der Gemeinde.

Löwenstein fragte sich, woher der Pfarrer all seine Informationen über den Toten hatte. Sicherlich von Frau Pechstein, aber ihn störte, dass das Ganze so rüberkam, als hätte der Kirchenmann Bottenbach sein Leben lang gekannt. Wo stand eigentlich geschrieben, dass man über den frisch Verstorbenen stets das Beste, Vorteilhafteste sagen musste?

Naus Vermutung war richtig gewesen. Aufgrund von Bottenbachs Anstellung an der Universitätsklinik war die Trauerfeier recht gut besucht. Jedenfalls führte er die zahlreichen Anwesenden auf diesen Umstand zurück.

Er schätzte, dass es rund 150 Personen sein mussten, die sich in der Aufbahrungshalle aufhielten. Neben den Pechstein-Schwestern hatte er unter anderem auch bereits Heisterkamp ausgemacht. Ebenso hatte er Bottenbachs Vermieter vom Ortenberg wiedererkannt. Er war in Begleitung einer stark übergewichtigen älteren Dame, bei der es sich wahrscheinlich um seine Ehefrau handelte. Jedenfalls nahm sie in der Bank neben ihm so viel Platz ein, wie ihn normalerweise gleich zwei Personen benötigt hätten.

Nach etwa einer knappen Dreiviertelstunde verlagerte sich die Zeremonie nach draußen. Während die Trauergemeinde hinter dem Sarg herzog, hatte der Kommissar kurz Gelegenheit, in die Gesichter der Pechstein-Schwestern zu sehen. Das von Corinna Pechstein wirkte eingefallen, fast entstellt.

Als der Sarg in das Grab gelassen wurde, schien sie regelrecht in sich zusammenzusacken. Gut, dass sie von ihrer Schwester gehalten und gestützt wurde.

Nun im Freien gab es auch ausreichend Gelegenheit, sich die Trauernden genauer anzuschauen. Nau erkannte, dass Heisterkamp sogar von seiner Sekretärin, Frau Feichtenbeiner, begleitet wurde. In der Nähe der Pechsteins standen einige ältere Herrschaften. Der Kommissar vermutete, dass es sich dabei um die Verwandten der Freundin handelte. Dabei stand auch ein jüngerer Mann Ende 20. Er war Yvonne Pechstein wie aus dem Gesicht geschnitten Nau tippte darauf, dass es sich bei ihm mindestens um einen Bruder handelte. Vermutlich war es sogar Yvonne Pechsteins Zwillingsbruder. Der Kommissar kramte in seinem Gedächtnis, konnte sich aber nicht an die Erwähnung eines Zwillingsbruders oder überhaupt eines Bruders erinnern.

Jetzt hätte er Löwensteins Notizblock brauchen können. Nau musste zugeben, dass die Zettelwirtschaft des Kollegen mitunter doch ihre Vorteile hatte.

Im richtig scheinenden Moment näherte er sich Löwenstein und fragte ihn:

»Was haben wir denn für eine Gesprächsnotiz hinsichtlich eines Pechstein-Bruders? Ich meine: Als wir sie damals aufsuchten, um ihr von dem Mord an Bottenbach zu erzählen, hatte sie doch von ihrer Schwester erzählt. War auch von einem Bruder die Rede?«

Löwenstein blätterte den Notizblock durch und drehte sich dabei weg. Nach einer ganzen Weile murmelte er:

»Also wenn die Aufzeichnungen stimmen, hat sie damals nur von ihrer Schwester erzählt. Von einem Bruder war keine Rede. Warum wollen wir das wissen?«

Nau machte einen fast unmerklichen Fingerzeig nach vorne in Richtung Grab, wo sich die Familie Pechstein gegenwärtig aufhielt.

»Schauen Sie selbst. Der junge Mann dort.«

Löwenstein kniff die Augen zusammen, um schärfer sehen zu können. Derzeit kamen einige dünne Sonnenstrahlen durch die Wolken, welche die Sicht erschwerten.

»Tatsächlich. Auffällige Ähnlichkeit.«

»Wir hatten aber seinerzeit doch die Familiendaten überprüft?«, fragte der Kommissar.

»Sicher. Keine Angaben zu weiteren Geschwistern außer der eigenwilligen Schwester.«

»Das ist doch alles sehr interessant«, sagte Nau mit verschwörerischem Unterton in der Stimme.

Reckmann kam gerade wie zufällig bei den beiden vorbei, da er mitbekommen hatte, dass sie über irgendetwas tuschelten, und ließ sich von Löwenstein ins Bild setzen.

Der Kollege machte daraufhin eine Miene, die so viel ausdrücken sollte wie »Sieh mal einer an« oder »Alle Achtung«. Dabei zupfte er wieder einmal seine Krawatte zurecht.

Konnte sich Nau wie auch die Kollegen etwa so getäuscht haben? Eigentlich nicht. Einfach alles am Aussehen jenes jungen Mannes sagte, dass er der Zwillingsbruder von Yvonne Pechstein war. Das mochte weiter keine Bewandtnis für den Fall haben, aber die Tatsache, dass sie noch überhaupt nichts von ihm gehört hatten, weckte Naus kriminalistischen Spürsinn.

War er so etwas wie eine ›persona non grata‹, über die die anderen Familienmitglieder einfach nicht gerne sprachen, oder steckte etwas anderes dahinter? Hatten ihnen die beiden Pechstein-Schwestern ihren Bruder ganz bewusst verschwiegen? Rankte sich um den jungen Mann ein Geheimnis? Handelte es sich um eine zufällige Ähnlichkeit? Aber was hatte er dann überhaupt im Kreis der Familie zu suchen?

Die Pechsteins wendeten sich nun von Bottenbachs Grab ab, und andere Trauergäste gerieten in den Fokus. Es folgten einige Personen, die Nau nicht kannte. Da man ja keine Verwandten Bottenbachs ausmachen konnte, der Vollwaise gewesen war, tippte der Kommissar bei diesen Personen auf Kollegen von der Uni-Klinik oder vielleicht auch auf Bekannte aus dem Golfclub. Nach einer Weile kam auch Heisterkamp an die Reihe, und recht bald nach ihm auch seine Sekretärin.

Nau fiel ein hagerer Mann etwa Mitte 30 auf, der für eine Beerdigung fast schon zu gut gekleidet war, während der gesamten Zeremonie eine Sonnenbrille trug und mit unbeteiligter Miene etwas abseits stand.

Der Kommissar stieß Löwenstein sachte in die Seite.

»Wer ist der Dandytyp da?«

»Das ist Oliver Draeger, der Chef von der Pechstein«, gab Löwenstein leise zurück. »Stimmt, den kennen Sie ja noch nicht. Sie waren damals auf dem Golfplatz, als Reckmann und ich ihn besucht haben.«

»Das ist aber mal ein fürsorglicher Chef«, konstatierte der Kommissar.

»Besonders wenn man bedenkt, dass er nach eigener Aussage bis vor ein paar Tagen Bottenbach gar nicht namentlich gekannt hat. Zudem hat er ihn ›Botten*berg*‹ genannt, nachdem wir ihn bereits mehrere Male mit dem richtigen Namen bezeichnet hatten.«

»Schon etwas seltsam. In welchem Arbeitsverhältnis genau steht die Pechstein zu ihm?«

»Er hat ausgesagt, sie sei die rechte Hand seiner Sekretärin.« Löwenstein reckte den Hals. »Die kann ich aber nirgends entdecken.«

Eine Weile herrschte Schweigen, weil Nau offensichtlich nachdachte. »Auch das ist sehr interessant«, sagte er dann vieldeutig. Löwenstein schaute ihn mit großen Augen an.

»Ich habe Ihnen doch gesagt, dass es bei Beerdigungen mitunter vieles zu entdecken gibt. Schon die Tatsache, wer anwesend ist und wer nicht, kann schon mal eine ganze Menge aussagen«, sagte der Kommissar und schaute dabei weiter fast amüsiert auf die Szenerie.

Er blickte nach oben. Das Wetter hatte sich wenigstens gehalten. Ab und zu rissen sogar einige schwache Sonnenstrahlen den dunklen Wolkenhimmel auf und ließen glitzernde Lichter auf feuchten Blumen und Pflanzen tanzen.

Mit einem Mal blitzte es hell in Naus Sichtfenster auf. Etwa 60 Meter von ihm entfernt, weit jenseits des Grabes, regte sich eine schwarze Gestalt, gerade als sich der Kommissar intuitiv in Bewegung setzte.

»Ein Fernglas. Schnell!«, rief er halblaut, sodass es Reckmann, der etwa 15 Meter näher an dem Lichtblitz stand, gerade noch hören konnte. Dieser nahm ebenfalls schnell

Tempo auf und versuchte, jene Richtung einzuschlagen, die Nau annahm. Durch Naus Reaktionsvorsprung lagen die beiden schnell gleichauf.

Jedoch machte Reckmann seinerseits die flüchtende Person bald aus und legte immer mehr Geschwindigkeit zu, sodass er schnell einen Abstand von etwa 20 Metern zwischen sich und Nau brachte, der einsehen musste, dass die vielen Jahre Altersunterschied nicht von der Hand zu weisen waren.

Unterdessen hatte sich Löwenstein nur langsam in Bewegung gesetzt. Er hatte den entscheidenden Moment verpasst, schnell loszuspurten. Außerdem war er aufgrund einiger Kilo Übergewicht ohnehin nicht als großer Sprinter bekannt und folgte den beiden Kollegen eher halbherzig, weil er für sich ohnehin keine Chance sah, den Flüchtenden noch irgendwie zu erwischen.

Nau selbst stellte nun die Verfolgung ein, als er entdeckte, dass der junge Marquardt, der an einer anderen Position gestanden hatte, das Gelände querfeldein gekreuzt hatte. Der junge Mann jagte nun fast gleichauf mit Reckmann dem Fremden hinterher.

Nachdem sie der deutlich abschüssigen Hauptstraße einige hundert Meter gefolgt waren, schlug der Flüchtige nun den Weg Richtung Schlossberg ein.

Immer steiler wurden die Anstiege, die der fremde Läufer hinaufrannte, sodass auch Reckmann bald abreißen lassen musste. Nur noch Marquardt vermochte dem Fremden zu folgen und verschwand aus dem Sichtfeld.

Währenddessen setzte Löwenstein einen Einsatzbefehl an die Zentrale ab, einen flüchtigen schwarz gekleideten Mann, der vom Rotenberg aus den Schlossberg hinauflief, zu suchen.

»Viel Glück«, sagte Nau mehr zu sich selbst als dem jungen Kollegen hinterher. Löwenstein hatte gerade sein Handy wieder weggesteckt, als Nau zu ihm stieß. Ein paar Minuten später gesellte sich auch Reckmann zu ihnen, der noch immer schwer atmete und sich vorbeugte, um wieder zu Luft zu kommen.

»Wie ein … geölter … Blitz …«, stöhnte er.

»Wollen wir Marquardt alles Gute wünschen«, meinte Löwenstein.

»Wobei der junge Mann so unerfahren ist, dass wir ihm besser wünschen sollten, den Flüchtigen nicht zu erreichen«, sagte Nau.

Recht hatte er. Wer sagte ihnen denn, ob der Unbekannte nicht eine Waffe bei sich hatte? Bei den kriminellen Hochkalibern, die sie mittlerweile im Verdacht hatten, bestimmt keine unwahrscheinliche Vorstellung.

Sie brachen zum Wagen auf, um Marquardt zu folgen. Gerade, als sie einsteigen wollten, sahen sie ihn am Waldrand auftauchen. Er hatte für den Rückweg darauf verzichtet, befestigte Wege zu gehen, und stolperte gerade eine Böschung hinunter. Die drei Beamten waren heilfroh, dass der junge Kollege offensichtlich bei guter Gesundheit war. Obwohl er noch einige hundert Meter entfernt war, sah man ihm an, dass er richtig ›pumpte‹ und nach Luft rang.

»Hoffen wir, dass die Kollegen den Fremden stellen können«, meinte Reckmann, der wieder einigermaßen zu Atem gekommen war.

»Wollen wir noch hinterher?«, fragte Löwenstein.

Nau schüttelte den Kopf. »Schon genug Staub aufgewirbelt. Lassen wir es gut sein. Sobald der die quirlige Oberstadt erreicht, ist er schneller untergetaucht, als wir Luft holen können. Lassen Sie uns sehen, was Marquardt dazu sagt. Mal hören, wo er ihn zuletzt gesehen hat.«

»Was ist denn eigentlich genau passiert? Es ging alles so rasend schnell …«, fragte Löwenstein.

»Ich hab einen Lichtblitz gesehen, etwa 60 Meter von unserer Position entfernt. Da wurde mir klar, dass jemand aus geschützter Position, wahrscheinlich mit einem Fernglas, die Szenerie beobachtet. Als ich ein paar Schritte vorging, ist die Person gleich geflüchtet. Vermutlich bin ich ihm im selben Augenblick aufgefallen wie er mir.«

»Haben wir irgendwelche Kennzeichen, die wir schnell an die Kollegen für die Fahndung weitergeben können?«, wollte Reckmann wissen.

»Ich denke, ich hab ihn wohl am längsten gesehen und nicht nur von hinten. 60 Meter sind eine lange Strecke. Zumal er verhüllt war mit einem schwarzen Schal oder Tuch.«

»Stimmt, das flatterte ihm auch des öfteren um seinen Kopf, als er rannte«, sagte Reckmann.

»Aber die Haarfarbe oder Ähnliches haben Sie auch nicht gesehen?«, fragte der Kommissar.

»Nein!«, sagte Reckmann und schnaubte vor Enttäuschung.

»Es war, als hätte er das Tuch festgetackert«, meinte Löwenstein und machte ein nachdenkliches Gesicht. »Vielleicht war es eine Motorradmütze, die man unter dem Helm anzieht. Ich meine so eine, die eng anliegt und aus Wolle ist.«

»Könnte schon sein«, meinte Reckmann.

»Moment mal, meinten Sie nicht, sie hätte geflattert?«, fragte Nau nach.

»Ja schon. Ich weiß mittlerweile auch nicht mehr genau, was ich gesehen habe. Es ging alles so verflucht schnell.«

»Suchen wir eigentlich einen Leichtathleten?«, fragte Löwenstein. »Ich meine, der läuft die 100 Meter in zwölf Sekunden, oder täusche ich mich?«

»Ja, und Kondition hat er auch«, sagte Marquardt, der inzwischen zu den dreien aufgeschlossen hatte und schon wieder beachtlich gut beieinander schien.

»Ach hallo. Sagen Sie, bekommen Sie Sauerstoff zum Frühstück, oder wie kommt es, dass Sie schon wieder so fit sind?«, fragte Reckmann.

Marquardt grinste. »Ich war mal einige Jahre Leichtathlet, musste aber wegen ziemlich schweren Knieproblemen aufhören. Ich bin damals die 100 Meter in knapp zwölf Sekunden gelaufen. Auch auf den Ausdauerstrecken hab ich mich wohl gefühlt, aber gegen den Fremden hatte ich keine Chance. Bin ihm noch durch den halben Schlosspark gefolgt, aber irgendwann hat er mich dann abgehängt.«

»Respekt«, sagte der Kommissar.

»Ja. Sie sind von uns eindeutig der Fitteste«, fügte Reckmann hinzu und warf dabei Löwenstein einen verstohlenen Blick zu.

Als sie wieder auf dem Friedhof ankamen, stellten die Beamten fest, dass sie doch für einiges Aufsehen gesorgt hatten. Gleich mehrere Leute wollten wissen, was geschehen war. Die Vorgabe, möglichst unauffällig irgendwo am Rand zu stehen, war gänzlich über den Haufen geworfen worden. Zudem hatten sich die Reihen inzwischen deutlich gelichtet.

Familie Pechstein stand allerdings immer noch unweit des Grabes und nahm Kondolenzbekundungen entgegen. Reckmann setzte sich als Erstes in ihre Richtung in Bewegung. Löwenstein, Marquardt und Nau folgten mit einigem Abstand.

Reckmann sprach die ältere Frau Pechstein an, die etwas abseits des Geschehens stand, da sich die Szenerie doch merklich auf ihre Tochter Corinna konzentrierte.

»Reckmann von der Polizei. Herzliches Beileid. Ich müsste Sie mal kurz sprechen.«

»Ich bin doch nur die Mutter«, sagte die etwa 50-Jährige mit besorgter Miene.

Als die anderen drei bemerkten, dass Reckmann gut alleine zurecht kam, schlenderten sie hinüber zu dem vermeintlichen Bruder der Pechstein-Schwestern. Jetzt, in unmittelbarer Nähe, kamen sie allerdings von der Theorie ab, dass es sich dabei um einen Zwilling von Yvonne handelte, jedenfalls nicht um einen eineiigen. Dennoch lag in seinen Zügen eine frappierende Ähnlichkeit zu Yvonne.

Schließlich war es Löwenstein, der den letzten Schritt auf Pechstein junior zu machte. Sein Vater, ein recht kleiner Mann mit grau meliertem Vollbart, trat eilig hinzu und blockte die Kontaktaufnahme ab.

»Sie können mit unserem Sohn nicht reden. Bitte verschwinden Sie«, sagte er mit schroffer Stimme.

»Polizei Marburg. Guten Tag. Wir müssten schon mit ihm reden. Es könnte wichtig sein«, entgegnete Löwenstein, während Pechsteins Vater seinen Sohn schnell mit der Hand noch etwas weiter in den Hintergrund schob.

»Wenn das so ist, sprechen Sie mit meiner Frau. Die wird Ihnen alles Nötige erklären.«

Mit diesen Worten führte er seinen Sohn endgültig von den Polizisten weg und ging mit ihm in Richtung Parkplätze. Dabei wirkte der Sohn seltsam abwesend und teilnahmslos. Löwenstein schaute fragend Nau an, der aber offenbar auch keinen Rat wusste.

»Wir können niemanden zur Aussage zwingen. Jedenfalls nicht hier und nicht im Moment«, sagte dieser und zuckte fast entschuldigend die Schultern.

»Seltsames Verhalten«, raunte Löwenstein und putzte sich die Nase.

Sie sahen, wie sich Reckmann mit einem freundlichen Handschlag von Frau Pechstein verabschiedete und gemessenen Schrittes zu ihnen herüberschlenderte. Als er auf sie zukam, konnte er so etwas wie den Anflug eines leichten Lächelns kaum verbergen.

»Was ist los?«, fragte Löwenstein. »Was sagt sie?«

Reckmann schien seine Gedanken zu ordnen, so als müsste er überlegen, wie er am besten anfangen sollte.

»Das ist alles nicht so einfach. Womit fange ich an?«, sagte er, um Zeit zu gewinnen.

»Hauptsache, Sie fangen überhaupt mal an«, wurde der Kommissar langsam ungeduldig.

»Also es verhält sich so«, begann Reckmann, »dass die werte Frau Pechstein, ich meine die Mutter, Anfang der 90er Jahre etwas mit einem Franzosen hatte. Dabei kam ihr Sohn David heraus. Schon bald stellte sich heraus, dass David anders war als andere Kinder. Schon im Kindbett hatte man ihr mitgeteilt, dass der Knabe offenbar behindert war, man konnte aber noch nicht bestimmen, in welcher Form. In späteren Jahren hat man dann herausgefunden, dass der Junge autistisch ist, weshalb man auch kaum ein vernünftiges Gespräch mit ihm führen kann. Jedenfalls nicht jetzt, ausgerechnet bei einer Beerdigung. Da hält Frau Pechstein die Hand drüber.« Reckmann holte Luft und ließ die gefallenen Worte wirken.

»Das mag ja alles so gewesen sein«, nahm Nau als Erster den Faden auf, »aber das erklärt noch lange nicht, warum der Sohn offensichtlich nirgends gemeldet ist.«

»Vater Pechstein war nicht gerade begeistert davon, ein Kuckucksei in seinem Nest zu haben. Deshalb ist der Sohn unter dem Nachnamen seines leiblichen Vaters geführt. Wahrscheinlich hätte man ihn bei noch gründlicherer Recherche auch ausfindig machen können, aber so tief sind wir damals bei unserer Suche natürlich nicht vorgedrungen.«

»Aufgewachsen ist er aber bei den Pechsteins?«, wollte Nau wissen.

»Ungewöhnlich genug, aber so ist es wohl gelaufen. Allerdings hat Frau Pechstein Andeutungen gemacht, als hätte ihn anfangs keiner haben wollen, als sei er hin und her geschoben worden.«

»Und dann hat sie plötzlich ihre Muttergefühle entdeckt?« Löwenstein machte eine abschätzige Miene.

»Jedenfalls kein Ruhmesblatt«, meinte Reckmann.

»… oder etwas, mit dem man gerne hausieren geht«, fügte der Kommissar hinzu. »Lassen Sie uns auf jeden Fall mal ein Auge darauf haben. Seltsam bleibt es allemal.«

Ein Handy läutete, und alle Anwesenden schauten herum oder auch an sich herunter, um die Herkunft des Klangs zu orten. Schließlich fasste Löwenstein in die Brusttasche.

»Ja. Löwenstein hier.«

Er nickte einige Male und versuchte seinerseits, etwas zu sagen, aber der Anrufer ließ ihn offenbar nicht zu Wort kommen. So blieb ihm nichts anderes übrig, als zu warten, bis sein Gesprächspartner zum Ende kam. Einige Male verdrehte Löwenstein die Augen, bis es endlich so weit war.

»Ja. Alles klar«, sagte er schließlich und beendete die Verbindung. »Die Kollegen sind noch eine ganze Weile in der halben Oberstadt patrouilliert, haben auch den Schlosspark abgesucht, aber niemanden gefunden, auf den die Beschreibung passte. Sie machen noch für zwei Stunden so weiter, sehen aber keine allzu großen Erfolgsaussichten.«

Die anderen nickten nur. Bei dem halsbrecherischen Tempo, das der Fremde vorgelegt hatte, hatten sie auch nichts anderes erwartet.

»Einer von uns muss noch hierbleiben. Es kann ja sein, dass der Flüchtige ursprünglich irgendwo hier am Friedhof geparkt hat und seinen Wagen später abholt«, sagte Nau.

»Wobei später auch heißen kann, in einigen Tagen«, argwöhnte Reckmann.

»Wir bringen Ihnen auch Stullen und eine warme Decke«, sagte der Kommissar und schaute Reckmann listig an, der nicht wusste, wie er diesen Blick deuten sollte.

»Bleibt hier noch etwas für uns zu tun?«, fragte Löwenstein.

Nau schaute sich um, ob er noch jemanden ausmachen konnte, der sich ungewöhnlich verhielt, oder sonstige Personen, mit denen sich ein Gespräch lohnte. Da fiel ihm ein, dass er über die Aufregung mit der Verfolgung des Flüchtigen gar keine Gelegenheit gehabt hatte, Heisterkamp kurz anzusprechen. Fast erleichtert sah er dann, dass dieser weit entfernt, nahe der Parkplätze stand und sich mit seiner Sekretärin und einem Nau unbekannten Mann unterhielt. Kurz entschlossen setzte sich der Kommissar in ihre Richtung in Bewegung und ließ die Kollegen stehen.

»Wo geht er denn jetzt hin?«, fragte Löwenstein einigermaßen verdutzt.

»Zu Heisterkamp«, sagte Reckmann und deutete mit der Hand in die entsprechende Richtung.

Als Heisterkamp Nau näherkommen sah, winkte er dem Kommissar kurz zu und verabschiedete sich von dem Fremden und seiner Sekretärin. Dann kam er Nau lächelnd einige Schritte entgegen.

»Guten Tag, Herr Heisterkamp.«

»Ja. So gut er heute eben sein kann.«

»Da haben Sie natürlich recht«, gab der Kommissar zu und fragte sich, ob er den Politiker angesichts des Anlasses nicht etwas zu fröhlich begrüßt hatte.

»Na, da haben Sie aber für reichlich Unterhaltung gesorgt.«

»Ja. So eine Verfolgung lässt sich eben nicht planen, entsteht aus der Situation heraus«, versuchte Nau, das Erlebte zu relativieren.

»War Ihre Verfolgungsjagd denn wenigstens erfolgreich?«, fragte Heisterkamp.

»Bis jetzt noch nicht«, antwortete Nau ebenso vage wie zögerlich.

»Dann wünsche ich Ihnen, dass die Anstrengung nicht vergeblich war.«

»Vielen Dank. Ja, wir müssen sehen, was dabei herauskommt. Da sind noch etliche Details ungeklärt.«

»Die Aktion eben hatte jedenfalls Hollywoodreife. Und da sagt man immer, das Polizistenleben sei langweilig.«

»Das ist es meistens auch«, gab Nau zu.

»Ihre Kollegen?«, fragte Heisterkamp und schlug augenblicklich deren Richtung ein, da sie ohnehin schon dabei waren, auf Nau und ihn zu zu schlendern. Da war Heisterkamp ganz Politprofi. Obwohl Naus Kollegen ihm ziemlich egal sein konnten, begrüßte er sie alle mit einem festen Handschlag und freundlichem Small Talk.

Auch Polizeibeamte waren potenzielle Wähler, das war Heisterkamp klar. Auch wenn die Kommunalwahl erst in fast einem vollen Jahr stattfand, zählte bereits jetzt jede Stimme.

Von Ferne erkannte der Kommissar, dass sich auch Draeger noch auf dem Gelände befand. Er verabschiedete sich schnell von Heisterkamp, überließ ihn seinen Kollegen und ging zu dem Spediteur hinüber, der gerade mit einer Gruppe von Leuten in ein Gespräch verwickelt war.

Nau hielt sich abseits und wollte nicht einfach so dazwischenplatzen. Nach einigen Minuten löste sich die Gruppe auf, und der Kommissar hatte Gelegenheit, Draeger anzusprechen. Die Kollegen hatten ja bereits vor geraumer Zeit mit Draeger geredet, aber Nau wollte die günstige Gelegenheit nicht verstreichen lassen, sich selbst einen Eindruck von dem auffallend gut gekleideten Geschäftsmann zu machen.

»Guten Tag. Entschuldigen Sie, wenn ich störe. Ich bin Kommissar Gisbert Nau. Ich leite die Ermittlungen im Mordfall Bottenbach.«

Draeger schüttelte bereitwillig Naus Hand, sagte aber nichts.

»Sie werden sich erinnern, dass meine Kollegen bereits einmal bei Ihnen vorstellig geworden sind.«

Draeger nickte nur, schwieg aber noch immer. Eigentümliches Verhalten, dachte der Kommissar und überlegte, mit welcher Belanglosigkeit er wohl das Gespräch in Gang bringen konnte.

»Das waren aber schöne Worte, die der Pfarrer gewählt hat.« Nau hatte dem Geistlichen überhaupt nicht richtig zugehört, aber es erschien ihm der passende Einstieg in eine Unterhaltung zu sein.

»Welche Worte meinen Sie?«, konterte Draeger kalt wie eine Hundeschnauze.

»Die ganze Rede in der Trauerhalle«, stotterte Nau, » und auch was er … sonst so gesagt hat.« Langsam wurde die Situation für Nau unbehaglich.

»Ach ja, *das*«, sagte Draeger nur und schaute sich mit offensichtlicher Langeweile um.

Nau wusste schon jetzt, dass sie beide in diesem Leben keine Freunde mehr würden. Hätte er Verdachtsmomente nur nach Gesichtspunkten der Antipathie zu begründen gehabt, hätte Draeger ganz oben auf seiner Liste gestanden.

»Netter Zug, dass Sie Frau Pechstein heute freigegeben haben«, versuchte Nau, mit einem Themenwechsel Draegers Interesse zu locken.

»Versteht sich von selbst«, blaffte dieser zurück.

Da ihm mit Oberflächlichkeiten nichts zu entlocken war, legte Nau nun eine schärfere Gangart ein.

»In welchem Verhältnis standen Sie zu dem Toten?«

Nau konnte beobachteten, wie sich kleine Zornesfalten auf Draegers Stirn bildeten. Nach außen hin wahrte er allerdings die Contenance.

»Wie ich Ihren Kollegen bereits gesagt habe, in gar keinem.«

»Wie würden Sie das genauer beschreiben?«, verlor Nau langsam die Geduld.

»Da gibt es nichts zu beschreiben. Hören Sie mir eigentlich zu?«, fragte Draeger und brachte den Kommissar damit fast zur Weißglut. Auch Nau wahrte aber nach außen hin den Schein. »Ich bin lediglich hier, weil eine wertvolle Angestellte ihren Lebenspartner verloren hat. Sonst nichts.«

Nau dankte ihm, verabschiedete sich höflich und beließ es dabei. Sich weiter über Draegers Verhalten aufzuregen, brachte vermutlich nichts. Der Kommissar wurde aber das Gefühl nicht los, dass dies nicht ihr letztes Aufeinandertreffen war. Die Art und Weise, wie Draeger konsequent jedes Gespräch im Keim erstickte, machte ihn zwangsläufig verdächtig.

Auch wenn sich Nau nicht vorstellen konnte, auf welche Weise der Geschäftsmann in den aktuellen Fall verstrickt sein sollte, war ihm Draegers ganzes Wesen irgendwie suspekt. Wenn sie sich in diesem Fall nicht mehr über den Weg laufen sollten, dann würde er sicherlich später noch Gelegenheit haben, ihm an den Karren zu fahren. Jemand wie Draeger musste einfach irgendwelche Leichen im Keller haben. Dabei hätte der Kommissar ein großes Vergnügen dabei empfunden, ihm solche nachzuweisen. Man sah sich eben immer zweimal im Leben. Somit musste Nau warten, bis sich ihre Wege wieder einmal kreuzten.

Reckmann saß an seinem Schreibtisch und gestikulierte heftig, dabei hielt er einen Bleistift in der rechten Hand, während er vor sich eine frische Tasse Kaffee stehen hatte.

»Wir sollten der Wenzel für alle Fälle noch einen Besuch abstatten.«

Nau schüttelte den Kopf und war fast wütend, weil der Kollege zwischenzeitlich die Meinung geändert hatte und sich auf die Seite Löwensteins schlug.

»Sehen Sie denn nicht, dass die ganze Argumentation ein bisschen arg an den Haaren herbeigezogen ist? Wir hatten sie doch überhaupt nur im Verdacht, weil uns nichts Besseres eingefallen ist. Ich habe keine Lust, mich wegen irgendwelcher vagen Verdachtsmomente zu blamieren. Es gehört nun einmal zu ihrem Job, dass sie sich automatisch dem Verdacht aussetzt, etwas an den Leichnamen manipulieren zu können. Ich bleibe dabei: Wir gehen der Sache erst nach, wenn wir einen ausreichenden Verdacht, oder besser gleich Beweise haben.« Dieses Machtwort hatten die beiden Kollegen wohl nötig, zumindest hatte der Kommissar den Eindruck.

»Immerhin haben wir ja jetzt genügend anderen Spuren nachzugehen«, meinte Löwenstein fast etwas kleinlaut.

»Völlig richtig«, sagte Nau. »Womit wir beim heutigen Vormittag wären. Was mich umtreibt, ist die Frage, mit wem wir es da zu tun hatten.«

»Im Prinzip können wir nur abwarten, was die Kollegen uns liefern«, gab Reckmann zu bedenken.

In der Tat waren seit der Mittagszeit ständig zwei wechselnde Beamten in Zivil damit beschäftigt, die Parkplätze rund um den Friedhof zu überwachen. Löwenstein hatte sich angeboten, ebenfalls eine Schicht zu übernehmen, aber Nau hatte dies mit den Worten abgelehnt, dass der Flüchtige sie ja vermutlich alle gesehen hatte. Sollte er einen Pkw dort abgestellt haben und ihn in absehbarer Zeit abholen wollen, sollte er sich möglichst sicher fühlen. Dieses Argument hatte Löwensein natürlich gleich eingesehen.

Nau streichelte Pepper, der zu seinen Füßen lag. Er hatte ihn nicht zur Beerdigung mitgenommen, sondern ihn solange zur eigenen Sicherheit auf der Wache einquartiert. Nun ärgerte er sich, dass er ihn ausnahmsweise mal nicht mitgenommen hatte. Beim Stellen des Flüchtigen wäre der Golden Retriever unter Umständen eine große Hilfe gewesen. Dann bräuchten sie jetzt nicht auf Ergebnisse der Kollegen zu warten, wären vermutlich schon ein gutes Stück in den Ermittlungen weiter.

»Was hat ihn dazu bewogen, so heftig zu reagieren und gleich einen olympiareifen Lauf hinzulegen?«, fragte sich Löwenstein laut.

»Das ist vermutlich die Kernfrage«, sagte Nau. »Oder anders ausgedrückt: War es ein Profi, der wusste, dass er sich besser schnell aus dem Staub machte, oder war es ein Amateur, der völlig aufgeschreckt war?«

»Einen Ford Transit, wie ihn Altunay fuhr, haben wir jedenfalls nirgendwo dort stehen sehen«, meinte Reckmann.

Obwohl diese Aussage eigentlich keiner Bestätigung mehr bedurfte, nickte Löwenstein. »Demnach müssten wir vielleicht eher von einem Amateur ausgehen.«

»Themenwechsel«, entschied der Kommissar. »Haben Sie eigentlich irgendetwas Neues zu unserem zweiten Opfer herausgefunden?«

»Da ist der Stand unverändert.« Löwenstein begann in seinem Notizblock zu blättern. »Geboren 1966 in Kattowitz, Polen, Schuhgröße 44, wurde vergiftet, hatte eine Säuferleber. Hatte sich mit der Verwandtschaft überworfen, keinerlei Kontakt. Leichnam wird daher nach Polen überführt. Bekommt eine Bestattung auf polnische Staatskosten. Befragungen anderer Stadtstreicher durch die Kollegen haben bis dato nichts ergeben.«

11. KAPITEL

Nau lag im Bett und schaute auf den Wecker. Viertel vor vier. Es war Donnerstagmorgen. Eine weitgehend schlaflose Nacht. Einige Stunden zuvor, es mochte so um Mitternacht herum gewesen sein, hatte er doch eine ganze Weile geschlafen. Nun lag er bereits wieder seit mehreren Stunden wach. Genaugenommen befand er sich in einer Art Halbschlaf.

Der Umstand, dass Pepper zu seinen Füßen lag und sachte, aber gleichmäßig atmete, hatte etwas sehr Beruhigendes. Draußen auf der Straße wurde es hell. Autoscheinwerfer wurden größer und das zugehörige Motorengeräusch immer lauter. Schließlich stoppte beides, und Nau war sich sicher, dass es ein Nachbar war, der von seiner Spätschicht nach Hause gekommen war.

Das Türenschlagen des abgestellten Fahrzeugs nahm der Kommissar schon nur mehr undeutlich wahr. Er befand sich offensichtlich auf dem Weg in eine neuerliche tiefere Schlafphase. Wohltuendes Fallenlassen in eine Welt von Wolle und Watte. Der Schlaf griff nach ihm, und er war bereit, sich ihm hinzugeben.

Ein Klingeln durchsägte die Geborgenheit. Kalt und schneidend. Nau rieb sich kurz die Augen, realisierte schnell, wo er war, drehte sich auf seine rechte Seite und nahm das Telefon auf dem Nachttisch neben ihm.

»Nau. Hallo«, krächzte er, und ihm wurde bewusst, dass er noch überhaupt nicht bei Stimme war.

»Löwenstein. Aufstehen, Chef, wir haben ihn.«

Nau sprang regelrecht aus dem Bett, sodass ihm gleich

anschließend schwindlig wurde und er sich schwankend auf die Bettkante setzte.

»Wo und wann?«

»Er wird gerade aufs Präsidium gebracht.«

»Wer?«

»Weiß ich auch noch nicht. Nach Altunay hab ich gefragt, der isses wohl nicht.«

»Alles klar, ich bin in einer Dreiviertelstunde da.«

Übermäßige Eile war nun nicht mehr erforderlich. Wenn derjenige erst einmal in der Arrestzelle in Cappel saß, konnte er nichts mehr anstellen. Da kam es nicht auf die Minute an. Darum beschloss Nau, noch richtig zu duschen und ein ordentliches Frühstück einzunehmen. Mit ein wenig Glück gab es endlich etwas Konkretes zu vermelden. So wollte er den Tag frisch und mit wachen Sinnen angehen.

Nachdem er geduscht hatte, weckte er Pepper, der aber aufgrund des Geräuschs der Dusche schon relativ wach war.

»Auf, alter Freund. Es gibt Arbeit.«

Die Fahrt nach Cappel verlief ohne Besonderheiten. In der Ruhe der Nacht ließ sich die Strecke sehr zügig zurücklegen. Nau war viel mehr mit der Frage beschäftigt, wer ihnen denn nun ins Netz gegangen war. Als er in die Raiffeisenstraße einbog, waren seine Handinnenflächen schweißnass. Er war gespannt, was bzw. wen die Kollegen für ihn bereithielten.

Als er im Büro ankam, war Löwenstein bereits da. Sie warteten noch ein paar Minuten auf Reckmann. Unterdessen machte ihn Löwenstein bereits mit den beiden Streifenkollegen bekannt, die den Flüchtigen dingfest gemacht hatten.

»Ich bin Malte Schneider«, sagte der eine, ein hünenhafter Typ, der es gut und gerne auf zwei Meter brachte, »… und das ist der Kollege Djordjevic.«

Nau schüttelte auch dem Kollegen die Hand.

»Dann schießen Sie mal los«, meinte der Kommissar. »Wie verlief denn die Festnahme?«

»Ziemlich ruhig«, sagte Djordjevic mit breitem slawischen Akzent.

»Er hat sich nicht groß gewehrt, ist gleich, ohne Theater zu machen, in den Wagen gestiegen«, ergänzte der andere.

»Hatte wohl ziemlich Hose voll«, sagte der Slawe wieder und musste lachen.

»Woran machen Sie das fest?«, fragte Nau nach.

»Er wirkte sehr nervös. Als wäre der Teufel hinter ihm her. Hat richtig einen kurzen Schrei herausgelassen, als wir ihn angesprochen haben«, berichtete Schneider.

»Na, Sie sind aber auch eine imposante Erscheinung. Gehen Sie regelmäßig trainieren?«, meinte Nau, der sah, dass der Umfang von Schneiders Oberarmen vermutlich mit dem seiner eigenen Oberschenkel vergleichbar war.

»Ja. Ich gehe öfters ins Studio«, meinte dieser leicht verlegen.

»Kollege Schneider nur Sports 'n Crime«, lachte Djordjevic und legte dem Hünen den Arm um die Schulter. Dafür musste er sich auf die Zehenspitzen stellen.

Reckmann kam gerade durch die Tür und ging den Dienstflur entlang zu der Stelle, wo die anderen standen.

»So, dann wollen wir mal«, meinte der Kommissar.

»Wir müssen auch los, die Nacht war lang«, sagte Schneider.

»Danke, Sie haben uns sehr geholfen«, sagte Nau und schüttelte nochmals die Hände der beiden.

»Keine Ursache«, meinte Schneider. »Und hier sind seine Papiere, Schlüsselbund und so weiter. Was hat er denn ausgefressen?«

»Wenn wir das mal wüssten«, meinte Löwenstein verschmitzt und nahm die Sachen an sich.

Während die Beamten gingen und Reckmann endgültig zu ihnen aufschloss, riss Nau seinem Kollegen die Ausweispapiere aus den Hand. Dieser schaute einigermaßen verdutzt zu ihm hinüber.

»Ein von und zu«, sagte der Kommissar nur und hob die Augenbrauen. Einen solchen Namen hatte er nun wirklich nicht erwartet, denn er passte so gar nicht zu den Verbrecherkreisen, in denen man den oder die Täter zu finden glaubte.

»Wieso, was ist denn?«, wollte Reckmann wissen und reckte den Hals, dass er seinem Namen alle Ehre machte.

»Von Hohenthal, Vorname Armin. Geboren 1982«, las der Kommissar ebenso ungläubig wie langsam vor.

Der Kollege Wackernagel passierte sie gerade und raunte im Vorbeigehen:

»Euer Freund sitzt schon im Verhörraum.«

Der besagte Raum befand sich in einem unteren Stockwerk des Gebäudes. Er hatte eine Spiegelglasscheibe, durch die man den Verhören in einem Nebenraum folgen konnte. Der Delinquent konnte die geheimen Zuschauer im Nebenraum nicht sehen. Durch eine Übertragungsanlage war zudem alles gut zu hören, was in dem Verhörraum gesagt wurde.

Die drei Beamten begaben sich über eine Treppe in die untere Etage, in der sich neben einer Ausnüchterungszelle auch weitere Verhörräume und Gefängniszellen befanden. Sie ließen sich dabei noch ein weiteres Mal den Namen des Flüchtenden auf der Zunge zergehen.

Die Anspannung wuchs mit jedem Schritt. Was mochte wohl auf sie zukommen? Welche neuen Erkenntnisse würden sich aus der Begegnung mit dem Mann ergeben?

Löwenstein ging zunächst in den Beobachtungsraum, nahm hinter der Glasscheibe Platz und saß dort fast wie vor einem riesigen Fernseher.

»Lassen Sie uns schön sachlich bleiben. Zumindest zunächst«, raunte der Kommissar Reckmann zu. »Es ist immer besser, erst einmal herauszufinden, mit wem man es überhaupt zu tun hat.«

Nau und Reckmann betraten den Verhörraum, worauf der Beamte, der von Hohenthal bewacht hatte, das Zimmer verließ.

Ein betretenes Schweigen lag in dem Raum. Der Flüchtige wollte wohl nicht reden und zog es zunächst einmal vor, zu schweigen. Reckmann lief im Raum auf und ab, was alle Anwesenden nach kurzer Zeit nervös machte. Nau setzte sich dem Mann gegenüber und suchte Augenkontakt, was nicht gelang, da von Hohenthal apathisch vor sich auf die Tischplatte starrte. Nach fast einer Minute brach der Kommissar die Stille.

»Wollen Sie uns vielleicht etwas sagen?«

Keine Antwort. Man hörte von Hohenthal schlucken.

»Wollen Sie etwas trinken?«

»Ja … das wäre nett«, sagte er zögerlich und mit dünner Stimme.

Reckmann verließ den Raum, um ein Glas Wasser zu holen.

»Wir sind auf Ihrer Seite«, sprach Nau weiter, »solange Sie sich nicht gegen uns stellen.«

Von Hohenthal beschränkte sich darauf, zu schweigen. Der Kommissar vermutete, sein Verhalten resultierte aus der Tatsache, dass er unsicher war.

»Warum sind Sie gestern so unvermittelt vor uns davongerannt?«, setzte Nau den nächsten Nadelstich.

Sein Gegenüber setzte zu etwas an, zog es aber dann doch vor, weiter zu schweigen. Sein strähniges mittellanges Haar war hellblond und hing ihm in die Stirn.

»Sie sind mir vielleicht ein Läufer.« Nau lachte gekünstelt. »Haben uns gezeigt, was eine Harke ist.«

Von Hohenthal lächelte gequält. Reckmann kam zurück und reichte ihm das Wasserglas.

»Danke.« Er trank gierig und schien sich über etwas Gedanken zu machen.

»Kann ich Ihnen trauen?«, fragte er zögerlich und wendete sich dabei Nau zu.

»Ja natürlich. Was Sie uns sagen, muss diesen Raum nicht zwangsläufig verlassen – wenn es der Aufklärung dieses Falles dient allerdings schon«, sagte der Kommissar und war darum bemüht, die Stimme möglichst milde klingen zu lassen.

Von Hohenthal dachte weiter nach, seine Finger tippten angespannt auf dem Tisch herum. Er schluckte erneut in einer Weise, dass es deutlich zu vernehmen war.

»Können wir unter vier Augen reden?«, druckste er herum und fuhr dann zur Seite, um plötzlich direkt mit Reckmann zu sprechen: »Ist nichts gegen Sie persönlich.«

Er schluckte ein weiteres Mal, dann sagte er wieder zu Nau: »Ich muss darauf achten, dass ich nicht mit zu vielen Leuten rede. Viele Jäger sind des Hasen Tod.«

Reckmann setzte dazu an etwas zu sagen, aber aufgrund einer kurzen Geste seines Vorgesetzten unterließ er es widerwillig.

»Fühlen Sie sich denn Ihres Lebens bedroht?«, fragte Nau mit betont besorgter Miene.

Von Hohenthal schwieg erneut und warf Reckmann Blicke zu, die Nau bedeuten sollten, dass die beiden tatsächlich besser unter vier Augen sprachen.

»Herr Kollege, gehen Sie bitte.«

Reckmann verkniff sich einen Kommentar und zog mit einem Krachen die schwere Stahltür hinter sich zu. Schnaubend trat er zu Löwenstein in den Nebenraum.

»Wunsch erfüllt«, sagte Nau lapidar. »Wobei ich Ihnen schon offenbaren muss, dass unsere Unterhaltung natürlich aufgezeichnet wird. Das ist die übliche Vorgehensweise und kann für Sie nicht außer Kraft gesetzt werden. Wenn es Ihnen aber hilft, dass wir beide zunächst einmal unter vier Augen reden, dann nur zu, der Kollege hat den Raum verlassen …«

Von Hohenthal zögerte noch einige Sekunden.

»Zunächst einmal möchte ich vorausschicken, dass ich nicht verrückt bin oder so etwas«, legte er los.

Nau hob die Augenbrauen ob der ungewöhnlichen Gesprächseröffnung. Er hatte eher die Erfahrung gemacht, dass Leute, die ständig betonten, dass sie nicht verrückt waren, eben genau *das* waren.

»Sprechen Sie weiter«, versuchte er, sich nichts anmerken zu lassen.

Sein Gegenüber holte tief Luft, als sei er nun gewillt, einen mindestens halbstündigen Redeschwall folgen zu lassen, sagte aber dann doch kein Wort.

»Warum waren Sie gestern bei der Beerdigung?«, versuchte Nau erneut, ihn aus der Reserve zu locken.

»Weil ich sehen wollte, wie sie einen Freund von mir beerdigen«, sagte er nachdenklich. »Zumindest hoffe ich, dass er ein Freund war.«

»Soso«, sagte Nau, weil er sonst nichts zu sagen wusste.

Von Hohenthal starrte gedankenverloren zum Spiegel.

»Ihre Kollegen sitzen dahinter und können uns beobachten, nicht wahr?«

»Und sie können auch jedes Wort hören, das wir sagen«, antwortete der Kommissar.

»Sie sind wenigstens ehrlich«, sagte der Mann und lächelte. »Na gut, ich kann es mir vermutlich nicht aussuchen. Sollen Sie alles hören.«

»Sie machen bestimmt keinen Fehler damit«, versuchte ihn Nau zu beruhigen.

»Ich will offen und ehrlich sein«, sagte er mit ernster Miene. »Es gibt wohl keinen anderen Weg. Ich hatte ohnehin schon seit einiger Zeit überlegt, Sie zu kontaktieren. Schon seit Tagen brennt mir die Sache auf der Seele.«

»Da sieh mal einer an«, sagte Reckmann, der gerade mit Löwenstein im Schlepptau den Raum betrat, weil die Funktionsweise des Spiegels und damit die Existenz des geheimen Raums dahinter ja ohnehin enttarnt war. Ebensogut konnten er und Löwenstein sich also auch direkt bei dem Verhör aufhalten.

Nau krampfte es innerlich zusammen. Er hatte von Hohenthal gerade so weit, dass er reden wollte, da rammte dieser Reckmann genau im falschen Moment dazwischen!

Dem Kommissar gelang es, sich zu beherrschen, und sagte: »Das hätten Sie besser schon getan, dann hätten wir uns die wilde Hatz von gestern Vormittag schenken können.« Dabei lag ein freundliches Lächeln auf seinen Lippen.

»Ja«, lächelte sein Gegenüber zurück. »Da haben Sie vermutlich recht.«

»So«, meinte der Kommissar, »wollen Sie uns nun bitte erzählen, was Sie uns zu sagen haben?«

Von Hohenthal räusperte sich umständlich, als wolle er eine Rede halten.

»Raus damit. Hier reißt Ihnen niemand den Kopf ab«, versuchte Löwenstein ihn aufzumuntern und blickte dabei möglichst freundlich drein.

»Ich bin so schnell geflüchtet, weil ich ja nicht wusste, wer Sie sind. Zum Glück waren und sind Sie wohl niemand, vor dem ich Angst haben muss!«

Nach einer weiteren endlos scheinenden Pause überwand er sich endlich dazu, mit seinen Ausführungen zu beginnen.

»Alles fing damit an, dass Bottenbach und ich uns im Medizinstudium in Heidelberg kennenlernten«, sagte er, holte nochmals tief Luft und fuhr fort: »Obwohl wir wissenschaftlich in unterschiedliche Richtungen tendierten, verstanden wir uns zunächst recht gut. Wie das Leben so spielt, verloren wir einander aber bald aus den Augen.«

Nervös rieb er die schweißnassen Handflächen aneinander. Danach musste er husten. Schnell sprang Löwenstein auf. »Ich hole Ihnen noch ein Glas Wasser, sprechen Sie aber ruhig weiter.«

»Wie ging es dann weiter mit Bottenbach und Ihnen?«, wollte Reckmann wissen.

»Wie gesagt, hatten wir uns irgendwie auseinandergelebt, die Freundschaft war uns nichts mehr wert. Ich frage mich im Nachhinein, ob man unser damaliges Verhältnis nicht besser als eine recht gute Bekanntschaft bezeichnen würde.«

Von Hohenthal schien kurz darüber nachzusinnieren, dann sprach er weiter: »Also wie dem auch sei. Auf jeden Fall haben wir uns lange Jahre aus den Augen verloren. So lange, bis er mich vor etwa einem Dreivierteljahr plötzlich wieder kontaktierte.«

»Sie meinen, er hat Sie bewusst angerufen oder irgendwie sonst ausfindig gemacht?«, fragte Nau.

»Ja genau. Eines Tages rief er mich wie aus heiterem Himmel an und wollte mich treffen. Hat mir gesagt, wie sehr er mich all die Jahre vermisst habe und solche Nettigkeiten. Wie es der Zufall wollte, hatte es uns zwischenzeitlich beide nach Marburg verschlagen.«

»Bottenbach hat Ihnen also richtig Honig ums Maul geschmiert?«, warf Löwenstein ein.

»Ja, so könnte man sagen. Ich hab mir gedacht, dass ja jeder eine zweite Chance verdient hat. Ich sagte mir, dass er ja auch Charakterzüge hatte, die ich einst gemocht habe. Also willigte ich ein, mich mit ihm zu treffen.«

»Und was passierte dann?«, fragte der Kommissar.

»Damit fing das ganze Schlamassel an«, antwortete von Hohenthal und verzog das Gesicht, als hätte er plötzlich starke Zahn- oder Magenschmerzen.

»Das äußerte sich wie?«, insistierte Nau. Er wollte gerade in diesem Augenblick erreichen, dass von Hohenthal bei der Stange blieb und flüssig weitererzählte. Besser ein langer Vortrag mit vielen Pausen, als dass er wieder in seine anfängliche Abwehrhaltung verfiel und eventuell gar nichts mehr erzählte.

»Nachdem alles für einige Wochen normal verlief, änderte sich das Verhältnis bald wieder.«

»Inwiefern?«, wollte Reckmann wissen.

»Nun, er ...«, meinte von Hohenthal zögerlich, »... er war mir etwas zu neugierig.«

»Was soll das nun wieder heißen?«, entfuhr es Reckmann, der sofort einen zornigen Blick von Nau kassierte. Die Ausdrucksweise des Kollegen war ihm angesichts des offensichtlich ohnehin schon so nervösen Befragten zu unbeherrscht. Er wusste, das Gespräch hing am seidenen Faden. Ein falscher Ton, und von Hohenthal würde sich wieder in sein Schneckenhaus zurückziehen. Reckmann hatte anscheinend wirklich nicht allzu viel Verhörerfahrung. Behutsam versuchte hingegen der Kommissar, sich weiter vorzutasten.

»Was der Kollege meint: ›Neugierig‹ ist so ein schwammiges Wort. Was meinen Sie damit genau?«

Von Hohenthal wand sich wie unter Krämpfen, und die Beamten fragten sich langsam, ob er nicht tatsächlich physische Schmerzen hatte.

»Ich kann es auch schlecht in Worte fassen«, sagte er schließlich. »Er begann sich plötzlich für Dinge zu interessieren, die ihn absolut nichts angingen. Und weil er anscheinend unter Druck stand, agierte er auch nicht allzu subtil. So merkte ich ihm nach einer Weile an, was ihn wirklich an mir interessierte.«

»Was für einen Druck meinen Sie?«, fragte Löwenstein. »Wussten Sie von seiner Spielsucht?«

»Nach einer Weile war es so was wie ein offenes Geheimnis. Mit ein Grund, warum ich ihn etwas an der langen Leine hielt, weil ich mich da nicht mit hineinziehen lassen wollte«, antwortete der Befragte und zog die Stirn in Sorgenfalten.

»Wenn man ihn besser kannte, sah man schnell, dass er ziemlich am Ende war«, sprach er weiter.

Nau beschloss, von Hohenthal tiefer auf den Zahn zu fühlen. »Was war es nun, wofür er sich zu sehr zu interessieren begann?«

Ein langes Schweigen füllte den Raum, und Nau befürchtete schon, er hätte ihn schon wieder zu sehr in die Enge gedrängt. Endlich, nach einer fast endlos wirkenden Pause, sprach von Hohenthal weiter.

»Herr Kommissar: Wenn Sie nach Hause kommen, erzählen Sie dann Ihrer Frau immer alles, was tagsüber so passiert ist?«

Überrascht von der Fragestellung antwortete Nau: »Ich bin nicht verheiratet. Derzeit bin ich nicht einmal liiert und gar nicht sonderlich böse darüber.«

»Ich will darauf hinaus«, meinte von Hohenthal, »dass es Jobs gibt, über die man nicht allzu viel in die Öffentlichkeit trägt. Noch nicht einmal ins Privatleben.«

»Und solch einen Job haben Sie?«, fragte Nau.

»Ganz richtig. Und diesbezüglich wurde Bottenbach irgendwann zu indiskret. Er wollte meine Dienstzeiten wissen und solche internen Sachen.«

»Ich verstehe«, sagte Löwenstein, was eindeutig übertrieben war.

»Ich kann mich noch daran erinnern«, sagte der Befragte und musste lächeln, »wie er einmal versucht hat, sogar etwas über unsere Zugangscodes zu erfahren. Es handelte sich um einen sehr ungeschickten Versuch. Oder nennen wir das Kind beim Namen: Er war an jenem Abend einfach zu betrunken, um mich auf subtilere Weise auszuspionieren. Aber vielleicht hat er mir doch irgendwann mal was entlockt. Ich meine, ich bin mir nicht sicher.«

»Reden wir von Industriespionage oder was?«, fragte Reckmann.

»Nicht wirklich. Andererseits muss ich sagen, dass ich mir häufig denke, ich bilde mir alles nur ein. Als wäre es nur eine Art kindlich naive Neugier Bottenbachs gewesen. Manchmal meine ich regelrecht, ich bin paranoid.«

Nau nickte verständnisvoll und sagte mit zurückhaltender, sanfter Stimme:

»Nun mal raus damit. Spannen Sie uns nicht länger auf die Folter. Erzählen Sie uns endlich von Ihrem Job. Wenn es erst einmal ausgesprochen ist, wird es Ihnen bald besser gehen.«

Von Hohenthal grinste zynisch angesichts Naus letzter Worte. »Wenn das so einfach wäre.«

Reckmann konnte die Antwort von Hohenthals kaum mehr abwarten und begann nervös auf den Stuhl zu klopfen, auf dem er sich mittlerweile niedergelassen hatte. Nau warf ihm einen strafenden Blick zu und der Kollege unterließ es.

Von Hohenthals Hemd zeigte inzwischen deutliche Schweißflecken unter den Achseln. Längst hatte er die Ärmel aufgerollt. Trotz seiner sportlichen Erscheinung und der angenehmen Temperaturen schwitzte er stark.

Er atmete schwer, als er leise sagte: »Ich arbeite auf den Lahnbergen, und zwar am Virologischen Institut der Universität. Aber selbst damit wissen Sie eigentlich schon zu viel. Sie müssen mir unter allen Umständen versprechen, dass von alledem nichts an die Öffentlichkeit dringt.«

Alle bekundeten sie, nichts über seinen Job zu erzählen, was Nau allerdings nicht uneingeschränkt so stehen lassen konnte: »Ich muss Ihnen aber sagen, dass ich diese Zusage relativieren muss. Nur solange es nicht die Lösung dieses Falles behindert, können wir Stillschweigen bewahren. Sollten andere Kollegen zur Lösung des Falles nötig werden, werde ich nicht zögern, sie entsprechend einzubinden.«

Von Hohenstein schaute dem Kommissar lange in die Augen und willigte dann ein.

»Damit kann ich leben«, sagte er. »Das hoffe ich zumindest.«

»So«, sagte Reckmann, »dann können wir jetzt vielleicht auf das Wesentliche kommen und über Ihre Arbeitsplatzbeschreibung sprechen. Also spannen Sie uns nicht länger auf die Folter. Für die Uni arbeiten viele, aber niemand von denen verhält sich so sonderbar.«

Von Hohenthal ließ abermals jenes laute Schlucken hören, das für ihn offensichtlich charakteristisch war. Dann schaute er bedeutungsvoll in die Runde.

»Ist Ihnen der Begriff *Marburg-Virus* geläufig?«, fragte er, und seine Stimme bekam dabei einen fast verschwörerischen Klang.

»Ich habe schon davon gehört …«, meinte Nau. Bereits die einfache Nennung des Virus' versetzte ihm einen Stich. Allerdings kannte er sich nicht wirklich damit aus.

»Ich könnte jetzt kein Referat dazu halten, aber ich sage einfach mal ja«, meinte Reckmann, und Löwenstein zeigte mit einem Nicken, dass er den Begriff zumindest auch schon einmal gehört hatte.

»Ist etwa ähnlich gefährlich wie das *Ebola-Virus*«, sagte Nau. »Aber um wirklich herauszufinden, warum das Zeug den Namen unserer schönen Stadt trägt, dazu hat mein Interesse nie gereicht.«

Nun war es von Hohenthal, der verständnisvoll nickte.

»Es wird Sie sicher interessieren, dass die Mortalitätsrate des Marburg-Virus' bei 90 Prozent liegt. Mit anderen Worten sterben neun von zehn der damit Infizierten. Aber wie schon angedeutet, ist es gar nicht schlecht, wenn Sie nicht mehr wissen.«

Die drei Beamten schauten einander einigermaßen verdutzt an. Dass ihr Fall nun eine solche Wendung zu nehmen schien, hätten sie sich nicht ausmalen können.

»Und was heißt das jetzt konkret?«, fragte Löwenstein. »Was ist mit diesem Zeug?«

»Nun, dieses ›Zeug‹ und anderes«, meinte von Hohenthal, »ist Gegenstand meiner täglichen Arbeit.«

Nun breitete sich wieder betretenes Schweigen im Raum aus.

»Sie werden verstehen, warum ich nicht besonders freudig reagiere, wenn sich wie Bottenbach jemand zu sehr für meine Arbeit interessiert«, sagte von Hohenthal eindringlich. »Ich bin mir mittlerweile absolut sicher, dass er mich für irgendjemanden ausspioniert hat. Fragen Sie mich aber bitte nicht, wer das gewesen sein kann. Davon habe ich keine Ahnung.«

Nau hatte es gerade nachhaltig die Stimme verschlagen. Er musste erst einmal alle neuen Erkenntnisse einordnen und mit ihnen zurechtkommen. Während die anderen redeten, begann der Kommissar *wirklich* zu begreifen.

»Wer könnte um Himmels Willen ein solches Interesse an Ihrer Arbeit haben?«, fragte Reckmann.

»Das liegt nun in der Tat bei Ihnen, welche Schlüsse Sie aus dem Ganzen ziehen«, gab der Virologe zurück und klang dabei schroffer, als er beabsichtigt hatte.

»Und woran arbeiten Sie konkret?«, wollte Löwenstein wissen.

»Ich denke, das habe ich im Grunde bereits beantwortet.«

»Nur damit wir uns richtig verstehen«, begann der Kommissar, »Sie wollen uns wirklich weismachen, dass Bottenbach zu viel über Ihre Arbeit wusste und deshalb sterben musste?«

»Zumindest war er vielleicht zu neugierig«, antwortete von Hohenthal. »Wie gesagt, ich weiß ja selbst nicht, ob ich langsam an Verfolgungswahn leide. Ich muss aber sagen, dass mir die Nachricht von Bottenbachs Tod regelrecht den Boden unter den Füßen weggezogen hat.«

»Ja, da haben Sie schon recht«, meinte Nau. »Man ist besser einmal zu oft im Leben vorsichtig, als so zu enden wie Bottenbach ...«

Der Virologe sagte nichts, schaute den Kommissar nur dankbar an und schluckte wieder vernehmlich.

»Dann ist es aber auch im Umkehrschluss so«, sagte Löwenstein, »dass der Mord an Bottenbach bedeutet, dass etwas gegen Sie geplant ist. Bottenbach wäre dann wegen seiner Mitwisserschaft gestorben.«

Von Hohenstein nickte. »Das ist ja genau meine Befürchtung: Wenn Bottenbachs geringes Wissen über meine Arbeit schon einen Mord wert ist, wie gefährdet bin dann ich?«

»Gibt es denn in Ihrer Branche im Allgemeinen Bedrohungsszenarien dieser Art?«, wollte der Kommissar wissen.

»Teil der Ausbildung ist es natürlich, dass man auf so etwas gefasst sein soll. Spätestens seit *Nine Eleven* ist doch jedem klar, wie viele Idioten auf dem Erdball herumlaufen. Davon abgesehen, werden wir natürlich ständig dazu angehalten, mit diesen hochsensiblen Stoffen äußerst vorsichtig umzugehen. Bei uns gelten die höchsten Sicherheitsbestimmungen, schon um die Mitarbeiter adäquat zu schützen. Wir arbeiten in absolut sterilen, luftdichten Räumen und tragen zudem dicke Schutzanzüge, die Sie vermutlich an Raumanzüge der NASA erinnern würden.«

»Das ist ja immerhin tröstlich«, meinte Nau, aber seine Stimme klang irgendwie ungewohnt zugeschnürt, und sein Blick ging ins Leere.

»Können Sie sagen, ob die Stoffe waffenfähig sind?«, fragte

Löwenstein, und hatte dabei apokalyptische Vorstellungen im Kopf, von irgendwo in der Welt bei Terroranschlägen zum Einsatz gebrachten Viren aus Marburg.

»Ich denke nicht, dass man irgendwelche Bomben damit bauen kann. Ich kenne mich allerdings damit nicht im Geringsten aus. Aber bei den meisten Stoffen würde es schon reichen, sie in mikroskopisch geringen Mengen in die Luft oder ins Grundwasser abzugeben, und man könnte gewaltige Epidemien auslösen.«

Von Hohenthal überlegte kurz, dann sprach er weiter. »Man darf gar nicht darüber nachdenken. Der Job ist sowieso schon anstrengend genug. Zwischen Leben und Tod steht meistens nur eine Petrischale. Jeder Fehler kann dabei der letzte sein. Die höchste Alarmstufe wird beispielsweise schon ausgelöst, wenn einer von uns mal kurz in Ohnmacht fällt. Das wird elektronisch überwacht.«

»Weshalb tun sich Menschen solch eine Arbeitsstelle überhaupt an?«, erkundigte sich Reckmann. »Geht es um Wissenschaft oder um etwas anderes? Rüstung ist dabei aber nicht die Triebfeder, oder?«

»Es geht einfach darum, die Menschen zu schützen. Hätte es im Mittelalter solche Einrichtungen gegeben, hätte man große Seuchen wie etwa Pest oder Cholera wesentlich besser bekämpfen oder vielleicht sogar besiegen können. Durch die ständige Beobachtung von Virenstämmen können eventuelle Mutationen schneller entdeckt und bekämpft werden. Auch die Entwicklung von Impfstoffen ist bei uns recht aussichtsreich.«

Löwenstein nickte. »Also ist Ihre Arbeit durchaus segensreich.«

»... aber leider auch stark missbrauchsgefährdet«, ergänzte Reckmann.

»Ja«, meinte der Virologe. »Da stimme ich Ihnen zu.«

»Wobei das Ganze natürlich für einen Pharmakonzern auch äußerst ertragreich sein kann. Man stelle sich mal vor, eine riesige Epidemie bricht aus, und der Hersteller hat die Tabletten bereits verkaufsfertig im Lager stehen«, sagte der Kommissar.

»Das wäre natürlich der Idealfall«, bestätigte von Hohenthal. »Und dass mit so etwas grandiose Umsätze zu erzielen wären, ist natürlich auch nicht von der Hand zu weisen.«

»Ich verstehe nur nicht, wo diese verdammte Wissenschaftshörigkeit herkommt«, sagte Löwenstein und schaute finster. Nau beobachtete, wie seinem Kollegen die Schlagader am Hals auf eine fast beängstigende Größe anschwoll.

»Wie meinen Sie das genau?«, fragte von Hohenthal.

»Ich meine den Glauben, die Wissenschaft werde schon alles richten. Woher kommt diese Annahme?«

»Das kann ich Ihnen auch nicht schlüssig beantworten«, meinte von Hohenthal. »Ich will aber gar nicht erst anfangen, nach Ausflüchten zu suchen.«

»Glauben Sie denn selbst, soweit die Zügel in der Hand zu haben, um alles wieder ins Lot bringen zu können, wenn etwas Schlimmes passiert?«, stimmte nun Reckmann mit ein.

»Ich kann nur für mich und meine Kollegen sprechen«, sagte wieder der Virologe. »Ich kann ja unmöglich verantwortlich sein für etwas, das beispielsweise in Südamerika passiert. Ich kann nur sagen, dass in unserer Einrichtung an alles gedacht wurde, um für alles Mögliche gewappnet zu sein. Sicher ist sicher. Dass wir Wissenschaftler einmal in den Fokus von Terroristen oder sonstigen Spinnern geraten könnten, haben wir vermutlich selbst zu wenig bedacht!«

»Und deshalb haben Sie nun so eine Scheißangst!«, blieb Löwenstein unerbittlich.

Von Hohenthal wusste darauf nichts zu entgegnen.

Löwenstein schien sich nach wie vor nur schwer beruhigen zu können. Er suchte nach Worten, um sein Anliegen, das ihm augenscheinlich ganz besonders wichtig war, deutlich und unmissverständlich vorbringen zu können. Die vermutete Ansicht mancher Wissenschaftler, alles erforschen und eventuell sogar beherrschen zu können, schien ganz eindeutig nicht die seine.

»Ich kritisiere Sie ja gar nicht persönlich. Ganz sicher ist Ihre Arbeit ein Segen für die Menschheit. Ich meine nur, man sollte der Wissenschaft im Allgemeinen etwas kritischer gegenüberstehen und nicht all ihren Verheißungen bedenkenlos vertrauen«, verschaffte sich Löwenstein weiter Luft.

»Ja, aber«, versuchte von Hohenthal vergeblich, zu Wort zu kommen.

»Impfstoffe gegen verheerende Krankheiten zu finden, ist ja ein edles Anliegen, aber die Ansicht, dass es grundsätzlich für die Wissenschaft keine Grenzen gibt, halte auch ich für sehr gefährlich«, regte sich jetzt Reckmann auf. Der Kommissar hielt sich aus der Diskussion heraus. Er mochte aber die Art, wie seine Kollegen für ihre Überzeugungen eintraten. In gewisser Weise imponierte es ihm sogar.

Allerdings hatten sie in dem vermeintlichen Verdächtigen von Hohenthal inzwischen einen wertvollen Verbündeten gefunden. Einen Alliierten, mit dessen Hilfe sich der Fall nun wohl endlich lösen ließ. Nau wollte keinesfalls riskieren, diese neu gewonnene Allianz zu gefährden. So konnte ihm an einem wissenschaftstheoretischen oder gar ethischen Diskurs mit dem Virologen gegenwärtig nicht gelegen sein.

»Wie erwähnt ist die ganze Anlage ein Hochsicherheitslabor«, hörte er von Hohenthal sagen. »Wir alle sind stets um die Einhaltung höchster Sicherheitsstandards bemüht.«

»So«, schritt der Kommissar nun ein. »Lassen Sie uns alle

gemeinsam ein paar Gänge herunterschalten und uns wieder dem Fall und dessen Lösung zuwenden!«

»Wie gehen wir denn nun weiter vor?«, kam Reckmann nach längerer Pause zurück zum eigentlichen Thema und schaute in eher ratlose Gesichter.

»Zunächst einmal wird es wichtig sein«, sagte Nau zu dem Wissenschaftler gewandt, »dass wir Sie ausreichend schützen. Das muss unabhängig von allen anderen Überlegungen konsequent durchgezogen werden, ob Ihre Angst nun begründet ist oder nicht.«

»Ich merke schon, ich hätte bereits vor Wochen zu Ihnen kommen sollen«, meinte von Hohenthal erleichtert. »Hätte ich bei der Beerdigung gewusst, wer Sie sind, wäre ich nicht so panisch vor Ihnen davongerannt. Wie wollen Sie denn meine weitere Sicherheit gewährleisten?«

»Das müssen wir noch im Detail herausfinden«, meinte der Kommissar. »Es wird aber leider unabdingbar sein, dass alles weiter seinen gewohnten Lauf nimmt. Wir werden Sie leider als Lockvogel missbrauchen müssen. Es geht nicht anders. Wir müssen die Täter – so es sie gibt – auf jeden Fall auf frischer Tat ertappen.«

Von Hohenthal zuckte zusammen, sagte aber nichts und schien sich in sein Schicksal zu ergeben. Nau vermutete, dass er die Notwendigkeit dieses Vorgehens erkannt hatte.

»Sie haben gerade so zielgerichtet von ›den Tätern‹ gesprochen. Haben Sie denn schon einen oder mehrere konkrete Verdächtige?«

»Die haben wir bereits, ja«, sagte Nau. »Zumindest sind diese stark tatverdächtig. Da fällt mir noch ein: Kennen Sie einen Wulnikowski?«

»Nein. Müsste ich den kennen?«, fragte der Virologe.

»Es handelt sich, wie wir vermuten, um das zweite Opfer des Täters«, erzählte der Kommissar.

»… oder *der Täter*«, fügte Löwenstein hinzu.

Von Hohenthal schlug mit anscheinend echtem Erschrecken die Hände vor dem Mund zusammen und sprang von seinem Stuhl auf.

»Ich hatte darüber gelesen. Stimmt, ich erinnere mich. Aber ich habe natürlich nicht im Traum daran gedacht, dass es ein zweiter Toter im Fall Bottenbach ist.«

Er ließ sich erneut auf dem Stuhl nieder und war offensichtlich froh darüber, wieder festen Halt unter sich zu spüren.

»In der Zeitung stand, es sei ein Landstreicher gewesen«, meinte von Hohenthal. »Wie passt der denn zu Bottenbach?«

»Das wissen wir auch noch nicht«, antwortete Reckmann.

»Es ist vielmehr die Handschrift des Täters, die uns vermuten lässt, dass beide zum Opfer des- oder derselben Täter geworden sind«, sagte Löwenstein.

»Handschrift?«, fragte der Wissenschaftler, dem nun endgültig alle Farbe aus dem Gesicht gewichen war.

»Das wollen Sie ganz sicher nicht wissen«, fuhr Nau schnell und energisch dazwischen.

»Und Sie sind sicher, dass Sie aus mir einen Lockvogel machen wollen?«, druckste der Virologe und lächelte gequält in einer Art Galgenhumor.

»Ja, das wollen wir wohl«, meinte Reckmann und schaute den Kommissar fragend an.

»Wir haben es zu wollen«, gab der zurück. »Wir und Herr von Hohenthal haben gar keine andere Wahl.«

»Wir werden aber natürlich erst noch abklären, ob Sie sich nicht vielleicht doch grundlos ängstigen«, sagte Löwenstein.

»Was für alle Beteiligten natürlich das Beste wäre«, warf Reckmann ein.

»Für die Vorbereitung unseres Vorhabens wird eine lückenlose Überwachung notwendig sein«, dachte Nau laut nach. »Wie genau wir diese organisieren, wird aber noch zu klären sein.«

»Es wäre schon einmal von Vorteil, wenn Sie bitte Augen und Ohren aufhalten würden und auch auf ungewöhnliche Geschehnisse oder Begegnungen achten. Das wäre schon in Bezug auf Ihre eigene Sicherheit von großer Bedeutung«, führte Reckmann aus.

»In welchen Familienverhältnissen leben Sie?«, fragte Nau.

»Meine Frau heißt Susanne, hat lange im Büro gearbeitet, ist aber zu Hause, seit wir Kinder haben.« Von Hohenthal lächelte beim Gedanken an seine Familie. »Wir haben zwei Jungs, Zwillinge von sieben Jahren, Julia ist unser Nesthäkchen mit drei.«

Die drei Beamten freuten sich aufrichtig mit dem jungen Mann über die Existenz von Frau und Kindern, aber für den vorliegenden Fall war der geschilderte Familienhintergrund natürlich alles andere als günstig. Nau und seine Mitarbeiter spürten die Last der durch diesen Umstand noch einmal deutlich größer gewordenen Verantwortung. So gab es also vier weitere Personen, die es im Ernstfall zu schützen galt. Insbesondere der Kommissar machte sich Gedanken hinsichtlich der anzuwendenden Sorgfaltspflicht. Konnte er wirklich riskieren, von Hohenthal solch ein Wagnis abzuverlangen?

»Auch die Familie wird natürlich entsprechend geschützt werden«, sagte Nau dann, wohl wissend, dass er diesbezüglich noch so manche schlaflose Nacht haben würde.

»Sehen Sie eine Möglichkeit, Ihre Familie erst einmal aus der unmittelbaren Gefahrenzone zu nehmen?«, fragte Löwenstein. »Beispielsweise, indem Sie Ihre Zwillinge von der Schule nehmen oder sonst irgendetwas in der Art?«

Der Virologe war blass um die Nase. Ihm wurde gerade erst so richtig klar, welcher Gefahr er im Begriff war, nicht nur sich selbst, sondern auch seine gesamte Familie auszusetzen.

»Ich mache das Ganze überhaupt nur mit, wenn Sie mir 100prozentig garantieren können, dass meine Familie keinerlei Schaden nimmt oder einer Gefahr auch nur ausgesetzt ist«, sagte er mit bebender Stimme.

»Seien Sie versichert, dass wir Sie nicht ins offene Messer laufen lassen«, meinte der Kommissar.

»Wir müssen vermutlich ohnehin sehr aufpassen«, sagte Löwenstein. »Wer garantiert uns denn, dass er nicht bereits unter Beobachtung steht, und damit nunmehr auch sein Kontakt mit uns bekannt ist?«

»Das ist in der Tat ein heikles Thema. Auf jeden Fall sollten wir den jetzigen Termin so kurz wie möglich halten, um niemanden unnötiger Gefahr auszusetzen«, sagte Nau, und mit einem eindringlichen Augenkontakt mit von Hohenthal fügte er noch hinzu: »Ansonsten können wir jetzt schon nur das Beste hoffen.«

»Auf jeden Fall sollte eine umfassende Beobachtung in dem Moment beginnen, wenn er das Gebäude wieder verlässt«, sagte Reckmann, und die Kollegen nickten.

»Was haben Sie heute noch vor?«, fragte Nau mit einem Blick auf die Uhr. »Der Tag hat im Grunde gerade angefangen. Halb sieben.«

»Ich hatte ursprünglich vor, den Wagen zu holen und zur Arbeit zu fahren«, erwiderte der Virologe.

»Was halten Sie davon, wenn ich Sie heute begleite?«, fragte Nau und hatte sogleich ein sehr mulmiges Gefühl, wenn er an von Hohenthals Jobbeschreibung von vorhin dachte.

»Sehr viel«, gab der Wissenschaftler zurück. »Wobei wir noch schauen müssen, wie wir Sie durch die ganzen Sicherheitsschleusen bekommen. Am besten weihen wir die Institutsleitung gleich ein, dann habe ich Gelegenheit, Sie von Anfang an in alle sicherheitsrelevanten Aspekte unseres Arbeitsalltags einzuführen. Und solche gibt es eine ganze Menge, glauben Sie mir.«

Nau nickte.

»Wie viele Mitarbeiter haben Sie denn?«, wollte Reckmann wissen.

»Die Abteilung wird aus naheliegenden Gründen sehr überschaubar gehalten. Insgesamt haben etwa 15 Leute Zutrittsrecht. Dazu kommt noch Herr Gerstner unten an der Pforte. Dann gibt es noch einen nächtlichen Sicherheitsdienst, aber da muss ich mich erst einmal selber schlau machen.«

»Können Sie für Ihre Kollegen die Hand ins Feuer legen?«, erkundigte sich Nau.

»Schließlich kann es ja auch bei denen Versuche gegeben haben, sie zu kaufen oder sie zumindest auszuspionieren«, fügte Löwenstein hinzu.

»Man kann natürlich niemanden hinter die Stirn schauen«, sagte von Hohenthal, »aber eigentlich sind alle schon so lange an Bord, dass ich mir nicht vorstellen kann, dass von ihnen irgendeine Gefahr droht.«

»Aber wirklich sicher sind Sie sich nicht?«, fragte Löwenstein nach. Er überlegte, ob von Hohenthals Blicke nicht etwas anderes sagten als seine Worte.

»Durch die Isoliertheit bei der Arbeit kommen meist nicht allzu viele Kontakte zwischen den Mitarbeitern zustande. Wenn, dann tauscht man sich allenfalls über spezielle Arbeitsmethodiken aus oder ähnliche fachliche Angelegenheiten. Aber ich würde alle so einschätzen, dass sie loyal zu ihrem Arbeitgeber stehen und auch sonst bei klarem Verstand sind. Unsere Mitarbeiter werden eben auch politisch auf Unbedenklichkeit überprüft. Wie schon mehrmals angedeutet, gehört eine ganze Menge Verantwortung zu diesem Job. Bei uns laufen also ganz sicher keine ›Schläfer‹ herum oder sonstige finsteren Gesellen.« Damit endete der ausführliche Vortrag des Virologen.

»Wollen wir es hoffen«, meinte der Kommissar trocken und schaute noch mal auf seine Armbanduhr. »Lassen Sie uns langsam zum Ende kommen, damit wir unseren Tätern so etwas wie einen geregelten Alltag vorgaukeln können.«

Alles, was zu diesem Zeitpunkt zu klären war, schien geklärt, und Nau freute sich auf ein Wiedersehen mit Pepper, den er zwischenzeitlich in die Obhut eines Kollegen gegeben hatte.

Während Reckmann und Löwenstein nunmehr im Büro die Stellung hielten, immer bereit, sofort losschlagen zu können, sollten Altunay oder der Fahrzeugbesitzer Navid auftauchen, verbrachte Nau den Tag mit von Hohenthal.

Pepper ließ er bei den beiden Kollegen, die sich mittlerweile aufrichtig über die Anwesenheit des Golden Retrievers freuten.

Von Hohenthal und Nau waren zunächst noch schnell bei von Hohenthal zu Hause im Vorort Bürgeln vorbeigefahren, damit er sich für den Tag umziehen und fertigmachen konnte. Bei seinem Haus konnte man getrost von einem ›Anwesen‹ sprechen. Nau fragte, ob man in seinem Job so gut verdiente, wie es die Ausstattung des Hauses suggerierte.

»Es ist wohl auch Teil des Sicherheitskonzeptes meines Arbeitgebers. Bezahle deine Spezialisten gut, dann kommen sie auch nicht in Versuchung«, lautete von Hohenthals einleuchtende Antwort. »Allerdings verdient meine Frau auch ziemlich gut. Besonders dann, wenn sie nicht mehr wegen der Kinder viel daheim ist. Sie ist derzeit beruflich noch ziemlich einschränkt. Zum Glück ist sie Architektin und kann deshalb vieles von hier aus erledigen.«

»Das mit der Sicherheit ist für mich allerdings überaus schlüssig«, sagte Nau und nickte. »Vermutlich ist Ihr Job auch deshalb so gut bezahlt, weil es nicht allzu viele gibt, die ihn machen wollen und können.«

Als sie vor dem Forschungsgebäude auf den Lahnbergen

ankamen, schaute sich Nau zunächst einmal die äußerlichen Sicherungsmaßnahmen etwas genauer an. Er hatte ohnehin etwas Zeit totzuschlagen, da von Hohenthal erst einmal allein die Forschungseinrichtung betrat, um Naus Anwesenheit mit der Universitätsleitung abzustimmen.

Das große vierstöckige Gebäude befand sich unmittelbar neben der Einrichtung für Biomedizin. Beide Abteilungen waren sogar über eine Brücke miteinander verbunden.

Den rostroten Anstrich der Aluminiumfassade empfand der Kommissar als etwas zu grell. In diesem so waldreichen Gebiet reizte seiner Meinung nach die Farbe zu sehr die Augen.

Unauffällig, aber sicherlich perfekt platziert, verrichtete eine Vielzahl kleiner Überwachungskameras ihre Arbeit. Leicht konnten Assoziationen von Orwells Klassiker ›1984‹ im Betrachter hochkommen. Wer etwas genauer hinschaute, konnte also durchaus den Eindruck gewinnen, dass in diesem Gebäude etwas Bedeutsames vor sich ging.

Nach einer gefühlten kleinen Ewigkeit, es mochte etwa eine halbe Stunde vergangen sein, kam von Hohenthal zurück und winkte Nau zu, er könne nunmehr das Institut betreten.

Im Inneren waren die Flure alle von einer technokratischen Kälte geprägt, die den Kommissar fast zwangsläufig frösteln ließ. Mit dem Aufstellen des einen oder anderen Gummibaums war zwar versucht worden, die vorherrschende Tristesse zu durchbrechen, aber der- oder diejenige hatte damit wenig Erfolg.

Nach einer Weile kamen der Kommissar und von Hohenthal vor einer schweren Stahltür an. Nau fiel ein dunkler unscheinbarer Kasten auf, der unmittelbar daneben ungefähr in Kopfhöhe an der Wand hing.

»Das ist eine unserer technischen Errungenschaften«, sagte von Hohenthal nicht ohne Stolz. »Es ist unser Augenscanner – eine ausgeklügelte Sache. Er dient sehr unserer Sicherheit.«

Der Kommissar betrachtete das Gerät besonders nachdenklich und beobachtete ganz genau, wie der Wissenschaftler es bediente, um auf diese Weise Zugang in die Hochsicherheitsabteilung zu erlangen.

Wenig später vermochte Nau die Arbeit von Hohenthals und seiner Kollegen richtig einzuschätzen. Er konnte hinter sicherem Panzerglas beobachten, wie die Virologen agierten. Nachdem sie gleich mehrere Respekt einflößende Sicherheitsschleusen passiert hatten, bewegten sie sich in futuristisch anmutenden gelben Schutzanzügen, aus denen überlebenswichtige Schläuche ragten. Die Angestellten arbeiteten mit Reagenzgläsern, Petrischalen und allerlei anderem Laborequipment.

Fast wunderte es Nau, dass sie keine schwebenden Bewegungen wie Astronauten in der Schwerelosigkeit vollführten. Zumindest hätte dies gut zu den Eindrücken gepasst.

In jedem Fall war der Kommissar zutiefst beeindruckt und wollte um keinen Preis mit den Mitarbeitern der Virologieforschung tauschen. Ständig auf ›Du und Du‹ mit den tödlichsten Krankheitserregern der Welt zu sein, war sicherlich nicht jedermanns Sache.

12. KAPITEL

›Sunrise. And a new day's breaking through. The morning of another day without you‹, hauchte David Byron. Der Leadsänger von Uriah Heep war zu Naus Bedauern nicht persönlich anwesend, aber seine Stimme erklang über die HiFi-Anlage des Kommissars und begrüßte so den neuen Tag. Nau legte die Scheibe ›The Magician's Birthday‹ von 1972 vorzugsweise in den frühen Morgenstunden auf, wenn es darum ging, möglichst gut in einen neuen Tag hineinzukommen.

Die dynamischen Klänge der Musik vermischten sich mit den Sonnenstrahlen, die Naus Wohnstube warm ausleuchteten.

»Sunrise«, sang er leise mit. »New day hear my song.«

Pepper kam angesichts der Lautstärke die Treppe hinunter und lugte vorsichtig in das Zimmer hinein. Gelegentlich hatte sein Herrchen solche Anwandlungen. Wenn ihm danach war, legte Nau eine dieser seltsam aussehenden kleinen Scheiben in den schwarzen Kasten in dem Regal an der Wand und war anschließend wie verwandelt.

Der Hund wusste, dass man diesen Zustand seines Herrchens besser nicht unterbrechen sollte. Pepper legte sich in sein Körbchen und versuchte, möglichst nicht aufzufallen. Kurz darauf war er schon eingeschlafen, und auch der Zweibeiner würde bald wieder normal sein.

Nau genoss die Minuten seiner musikalischen Entrückung. Die Arbeit rief unerbittlich, er spürte sie wie ein Damoklesschwert über sich schweben. Noch eine kurze Weile würde er sie ignorieren können. Es dauerte nicht mehr lange, und er würde sich wieder auf dem Weg in die Dienststelle befinden.

Sie waren übereingekommen, dass es aus naheliegenden Gründen wenig hilfreich war, wenn er den Personenschutz für von Hohenthal übernahm. Es wäre nur eine Frage der Zeit, bis sie aufgeflogen wären. Jemand anderes musste diesen Part übernehmen. Jemand, den die Verdächtigen nicht kannten, der aber auch vertrauenswürdig und belastbar war. Nau ging mit den beiden Kollegen einige Beamte der Dienststelle durch. Marquardt hatte vermutlich bereits genügend Biss, um eine solche Anforderung zu meistern, war aber einfach noch zu unerfahren.

Auf Reckmanns Empfehlung hin fiel die Wahl schließlich auf den Kollegen Karl-Heinz Stettner. Er war ein relativ unbeschriebenes Blatt, ging langsam auf die Rente zu und hatte die Polizeikarriere durchlaufen, ohne jemals wirklich anzuecken. Er schien den Idealfall eines unbescholtenen Beamten darzustellen, dem man guten Gewissens einen solchen Auftrag anvertrauen konnte, ohne dass er das in ihn gesetzte Vertrauen enttäuschte.

»Ja, Stettner ist zuverlässig«, bestätigte dann auch Löwenstein. »Er wird die Rolle gewissenhaft ausfüllen und dabei keinen Unsinn anstellen.«

»Außerdem ist er schon in einem gesetzteren Alter und neigt nicht zu irgendwelchen unüberlegten Aktionen. Ich traue ihm durchaus zu, dass er das Ganze auch mental gut überstehen wird«, sagte Reckmann und nickte Nau auffordernd zu, der seine Wahl zu bestätigen hatte.

»Und wir haben hier unsere Ruhe, kommen dann erst zum Einsatz, wenn es wirklich nötig ist und wir aus unserem Versteck hervorkommen können«, ergänzte Löwenstein.

»Okay«, sagte der Kommissar. »Machen wir es so.«

»Er hat im Wesentlichen ja nur vor Ort zu sein, nach dem Rechten zu sehen und den Kontakt zu uns zu halten. Das wird er schaffen«, sagte Reckmann.

»Wobei die mentale Belastung wirklich nicht ohne ist«, sagte Nau. »Wenn man die gesamten Sicherheitseinrichtungen durchläuft, bekommt man schon ganz gehörigen Respekt. Schon, wenn man das Gebäude von außen sieht, bekommt man es fast mit der Angst zu tun. Jedenfalls hat man dann keine gesteigerte Lust, sich darin den ganzen Tag aufzuhalten.«

»Moderne Zeiten«, meinte Löwenstein trocken.

»Womit wir beim Thema wären: Ich habe da gestern etwas entdeckt, das mir doch sehr zu denken gegeben hat.«

»Was meinen Sie?« Löwenstein klang besorgt.

»Zu den Sicherheitsmaßnahmen gehört unter anderem eine mächtige Stahltür. Um diese zu passieren, muss man einen biometrischen Augenscan überwinden.«

Reckmann und Löwenstein schauten interessiert, aber hatten noch nicht die eigentliche Tragweite dieser Aussage verstanden. Nau schaute seine Kollegen prüfend an, da er sich nicht sicher war, ob sie die Funktionsweise eines solchen Augenscanners kannten.

So sprach er mit ihnen durch, was es mit einem biometrischen Scan auf sich hatte: Wollte von Hohenthal Zutritt zu dem Hochsicherheitskomplex erlangen, musste er sich eines Scans seiner Augen, genauer gesagt seiner Netzhaut unterziehen. Er schaute dazu in den quadratischen Kasten an der Wand neben der Tür, und ein Mechanismus wurde ausgelöst, der die ansonsten unüberwindliche Tür öffnete.

»Das nenne ich mal Hightech«, sagte Reckmann und nickte anerkennend.

»Aber ich verstehe bei aller Technikbegeisterung nicht, was das für eine Relevanz haben soll. Das bringt uns doch nicht weiter«, meinte Löwenstein, der wie Reckmann immer noch nicht verstanden hatte, worauf ihr Chef hinauswollte.

Nau stützte verwundert, fast empört, seine Hände in die

Seite. »Erkennen Sie wirklich keine Parallelen zu gewissen Details unseres Falls?«

Die beiden Beamten schwiegen lieber, als eine offensichtliche Schwäche offen zuzugeben.

Der Kommissar schüttelte den Kopf. »Rede ich mir die Parallele nur ein?«, fragte er sich laut.

»Entschuldigen Sie«, sagte Löwenstein schließlich. »Wir stehen anscheinend auf dem Schlauch.«

»Was hat Wulnikowski noch, das Bottenbach nicht mehr hat?«, fragte der Kommissar.

»Seine Zehen«, sagte Reckmann und schlug sich mit der Handfläche auf die Stirn. Nach so etwas wie einer kurzen euphorischen Hochstimmung hielt wieder deutliche Enttäuschung in seiner Mimik Einzug.

Löwenstein war gerade dabei, sich einiges zusammenzureimen, wagte aber nicht, etwas Falsches zu sagen. Der Kommissar schaute zu ihm hinüber, ob von ihm mehr Input kam.

»Was ist mit Ihnen, Löwenstein? Haben Sie eine Idee?«, bohrte Nau.

»Ich bekomme die Puzzleteile noch nicht richtig zusammen«, meinte dieser, »aber ich fürchte, von Hohenstein sollten wir besser nichts davon erzählen. Zumindest zunächst einmal.«

»Das sollten wir in der Tat besser lassen«, sagte Nau und schaute grüblerisch zu Pepper hinüber, der schon wieder schlafend in einer Ecke des Dienstzimmers lag und dabei seine typische gemütliche Stellung eingenommen hatte.

»Klären Sie uns auf«, sagte Reckmann und überwand damit jeden falschen Stolz. Die Aussicht auf eine Auflösung des Ganzen klang einfach zu verheißungsvoll, als dass man noch länger hätte Zeit vergeuden können.

»Gehen wir einmal davon aus, wir hätten irgendwann die Leiche von Hohenthals gefunden«, begann Nau und beobachtete dabei die Reaktionen der Kollegen. »Gehen wir weiter davon aus, dass seine Augäpfel chirurgisch entfernt worden wären.«

»Die diese Bastarde ja als Eintrittskarte zu von Hohenthals Arbeitsstelle brauchen«, ergänzte Reckmann.

Nau nickte.

»Und warum den ganzen Körper mitschleppen, wenn man eigentlich nur die Augen benötigt?«, schlussfolgerte nun Löwenstein.

»Ich sehe, der Groschen ist gefallen«, gab sich Nau zufrieden.

»Aber weshalb hat man dann Bottenbachs Zehen verstümmelt?«, fragte Reckmann.

»So sollten wir beim Auffinden von Hohenthals nur darüber nachdenken, dass die herausgetrennten Augen ja der Handschrift des Täters entsprechen. Nicht aber darüber, dass die Augen als Mittel zum Zweck womöglich eine wesentliche Funktion erfüllen, nämlich durch die Sicherheitsschleuse zu kommen.«

»Wir hätten gesagt, dass es sich um einen weiteren Ritualmord handelt, wären aber ansonsten blind gewesen für das Wesentliche«, meinte Löwenstein. »Ziemlich gerissene Ablenkung.«

»Und sehr weit um die Ecke gedacht«, gab Nau zu.

»Warum aber ist dann der Pole nicht auch irgendwie verstümmelt worden?«, fragte Reckmann.

»Vermutlich hat man gedacht, dass einmal als Ablenkung reicht. Sie haben gedacht, die falsche Fährte mit Bottenbachs Zehenamputation würde schon ausreichen. Vielleicht hat man es auch nur einfach vergessen, auch Wulnikowski entsprechend zuzurichten. Ich weiß es einfach nicht.« Nau zog die Schultern nach oben.

»Schließlich hatte man mehr als genug damit zu tun, Wulnikowski an das Brückengeländer zu binden«, sagte Löwenstein. »Vielleicht blieb einfach keine Zeit mehr für perfide Spielchen.«

»Wobei es nach wie vor rätselhaft ist, warum der Stadtstreicher überhaupt sterben musste«, wunderte sich Nau.

»Vielleicht war er einfach am falschen Ort zur falschen Zeit«, überlegte Reckmann.

»Ist aber auch ein ziemlich krankes Hirn, das sich so etwas ausdenkt«, meinte Löwenstein. »Wer schneidet denn bitte einem Opfer die Zehen ab, nur um die Ermittler auf eine falsche Spur zu lenken?«

»Jemand ohne jedes Gewissen«, antwortete der Kommissar. »Wir müssen einfach bedenken, mit wem wir es anscheinend zu tun haben. Hatten die Flugzeugentführer von New York ein Gewissen? Vermutlich kommen unsere Täter doch aus der gleichen Ecke.«

Reckmann schaute seinen Vorgesetzten mit großen Augen an. Vermutlich hatte er recht. Begaben sie sich nicht alle miteinander in die völlig falsche Liga? War das nicht alles für sie einfachen Beamten mindestens eine Nummer zu groß? Die Vorstellung jedenfalls, es unter Umständen mit einem terroristischen Hintergrund zu tun zu haben, nötigte ihnen allen einigen Respekt ab.

Nau schien Reckmanns sorgenvolle Miene richtig zu deuten und beeilte sich daher zu sagen: »Es wird in den nächsten Tagen noch Verstärkung kommen. Leute, die sich mit solchen Angelegenheiten wirklich auskennen.« Dabei versuchte er, möglichst zuversichtlich auszusehen.

Das schien die Kollegen halbwegs zu beruhigen. Dennoch fragte Löwenstein nach, um was für Leute es sich handelte.

»Eine spezialisierte Sondereinheit«, gab Nau zur Antwort. »Gut ausgebildete Leute. Schwere Jungs.«

Mit den letzten Worten glätteten sich die Sorgenfalten

der Kollegen. Offensichtlich hatte Nau, der alte Haudegen, doch noch ein Ass im Ärmel.

In der Tat hatte der Kommissar bereits am Vortag mit dem Landeskriminalamt in Wiesbaden telefoniert und mit viel rhetorischem Geschick und Überzeugungskraft die Entsendung einer Sondereinheit durchgesetzt. Die acht Männer der GSG9-Einsatztruppe würden am Samstag in Marburg eintreffen.

Da es ja keinen Sinn machte, diese Leute offen agieren und etwa das Universitätsgelände besetzen zu lassen, hatten sich Nau und LKA-Chef Kunze etwas überlegt: Nur ein paar Minuten von dem Arbeitsplatz von Hohenthals entfernt lag ein Schwesternwohnheim, in dem immer Zimmer frei waren. Die acht Männer würden jenes Gebäude als Ausgangspunkt für ihre Operationen verwenden, von dort aus alle Überwachungs-, Sicherungs- und Eingriffsmaßnamen einleiten und durchführen. Von Hohenthal sollte den bestmöglichen Personenschutz erhalten. Die Aktion war zu wichtig, als dass man sie in die Hände von Amateuren hätte legen können.

Nau machte sich nur Sorgen, dass nun ausgerechnet das Wochenende vor der Tür stand. Vor allem an den nächsten Tagen hatte ein Hauptaugenmerk auf dem Schutz der Familie von Hohenthal zu liegen.

Der Familienvater hatte am Vorabend noch mit seinen Angehörigen gesprochen. Noch im Laufe des Tages würde Frau von Hohenthal die drei Kinder nehmen und vorübergehend zu ihrer Schwester in den Hunsrück ziehen. Sie würden sich bemühen, der ganzen Aktion den Anschein eines Familien-Ausflugs übers Wochenende zu geben. Für den Fall, dass die Täter sie bereits unter genauerer Beobachtung hatten, wollten sie jedenfalls keinerlei Verdacht erwecken. Alles sollte den Anschein haben, die Dinge gingen ihren gewohnten Gang.

Als Nau den Kollegen all diese Details erzählt hatte, waren sie doch sehr erleichtert und sahen wieder etwas zuversichtlicher auf die folgenden Tage.

Dennoch kam Nau eine Textzeile der am Morgen aufgelegten Heep-CD in den Sinn: ›I grant you it may be Friday night. But didn't you know this day also numbers thirteen?‹ Richtig, heute war Freitag der 13. Nau war im Allgemeinen nicht abergläubisch, aber er hoffte inständig, dass alles glattgehen würde, bis am nächsten Tag die Sondereinheit eintraf und nicht mehr die gesamte Last der Verantwortung auf seinen Schultern lag.

»Es bleibt dann natürlich noch die Frage, wo sie losschlagen werden«, sagte Reckmann.

»Ja allerdings«, antwortete Nau. »Ich hoffe, wir sind reaktionsschnell genug, sowohl bei der Arbeit als auch im Privathaus genügend Sicherheit zu gewährleisten.«

Da kam ein Anruf über die Dienstleitung. Reckmann ging an den Apparat.

»Ja, vielen Dank«, sagte er. »Alles in Ordnung.«

Nachdem er den Hörer wieder aufgelegt hatte, schaute er bedeutungsvoll in die Runde. Sie hatten zwei weitere Beamte abgestellt, die die Abreise der von Hohenthals überwachen sollten.

»Alles ist wie geplant über die Bühne gegangen. Sie haben sie noch bis Gießen begleitet, dann haben sie die Familie ihres Weges ziehen lassen.« Reckmann atmete tief durch. »Nichts Ungewöhnliches, keine Verdächtigen. Es scheint alles glattgegangen zu sein.«

»Hervorragend«, sagte dann auch Löwenstein erleichtert, während auch Nau sich zufrieden zeigte, dass die erste Klippe erfolgreich gemeistert schien.

»Eine Sorge weniger«, meinte der Kommissar und strich Pepper über das lange Fell. Nau bildete sich ein, dass es in

Anbetracht der herbstlichen Temperaturen in letzter Zeit schon wieder etwas dichter gewachsen war als in den Sommermonaten. Offensichtlich arbeitete Pepper schon wieder an seinem Winterfell. Nau würde sich nun auch in Marburg einen Hundefrisör suchen oder endlich lernen müssen, durch persönliches Zutun der Mähne seines Hundes endlich Herr zu werden. Nau seufzte.

Von Hohenthal hatte einen normalen Arbeitstag hinter sich gebracht. Wenn man einmal davon absah, dass Karl-Heinz Stettner hinter einer sicheren Doppelglasscheibe den Tag verbrachte und sich offensichtlich zu Tode langweilte. Obwohl er versucht hatte, sich nichts anmerken zu lassen, verging der Tag wie in Zeitlupe.

Er hatte sich schon vorsorglich etwas zu lesen und einige Rätselhefte eingepackt, um sich die Zeit etwas zu verkürzen, aber die Stunden schienen hinter dieser Glasscheibe noch wesentlich langsamer zu vergehen als sonst. Da half auch die veränderte Situation nichts. Der Reiz des Neuen hatte ihn am Vormittag wachgehalten, doch nun quälte er sich durch einen endlos scheinenden Nachmittag. Stettner war gefangen wie eine Fliege in einem Honigtopf. Es gab kein Entrinnen, nur ein einfaches Herunterzählen der Uhr, aus der in Dali-Manier die Stunden aus dem Zifferblatt tropften.

Einige Zeit hatte ihn noch die Gefahr wachgehalten, der er ausgesetzt war. Die Art von Hohenthals Arbeit und die zahlreichen mehr oder weniger imposanten Sicherheitseinrichtungen konnten einem schon einiges an Respekt abverlangen, aber am Ende des Tages war es doch nur ein Job wie jeder andere. Einen kleinen Tageserfolg konnte er aber am Ende doch für sich verbuchen: Ihm war es gelungen, die ganze Zeit über aufmerksam und wach zu bleiben. Mehr konnten dieser Kommissar Nau und die anderen Kollegen nun wirklich nicht von ihm verlangen.

Als er sah, wie sich von Hohenthal mühsam in seinem gelben ›Raumanzug‹ durch die diversen Sicherheitskontrollen kämpfte, nahm er voller Freude seine Dienstjacke und trat hinaus in den Flur. Als er den Vorplatz erreichte, kam er sich so vor, als wäre er gerade einem Gefängnis entflohen.

Von Hohenthal ließ noch eine ganze Weile auf sich warten. Insgesamt waren es drei Schleusen, die er zu durchlaufen hatte. Erst nach der dritten konnte er seine normale Straßenkleidung anziehen. Selbst die Spezialunterwäsche blieb als kontaminiert im Institut und wurde täglich verbrannt. Diese Maßnahme zeigte, wie eng die Sicherheitsbestimmungen abgesteckt waren, denn die Wahrscheinlichkeit, dass einer der Mitarbeiter in direkten Kontakt mit den Viren kam, ging natürlich gegen Null. Man wollte einfach allen Eventualitäten, erschienen sie auch noch so unrealistisch, mit geeigneten Vorsichtsmaßnahmen begegnen. Von Hohenthals Schilderungen waren also nicht übertrieben.

Stettner hatte von Nau den Auftrag erhalten, von Hohenthal in gebührendem Abstand nach Hause zu begleiten, sodass ein mögliches Beschattungsfahrzeug ihm folgen konnte, ohne den Polizeibeamten und seinen silbernen Volvo zu bemerken.

So hielt sich der Beamte an die Anweisung und folgte von Hohenthals Alfa etwa in 50 bis 100 Metern Abstand. Er kannte die Adresse des Virologen, sodass er bei einer Ampel notfalls auch einmal hätte abreißen lassen können.

Wichtig war vielmehr, dass sie in etwa zur gleichen Zeit am Zielort eintrafen, um einen möglichst lückenlosen Personenschutz zu gewährleisten.

Die von Hohenthals hatten vor einigen Jahren einen Bauernhof nördlich von Marburg in dem kleinen Ort Bürgeln gekauft und aufwendig restaurieren lassen. Dorthin führte nun auch der Weg von Karl-Heinz Stettner. Von den Lahnbergen kommend, ging die Fahrt bald über die Panoramastraße bis hinunter zur Neuen Kasseler Straße.

Auch von Hohenthal war froh, den Tag ohne besondere Vorkommnisse hinter sich gebracht zu haben. Als er langsam auf die Neue Kasseler Straße zufuhr und sich zum Rechtsabbiegen einordnete, sprang die Ampel auf Rot. Er schaltete die Gänge durch, bis der Wagen stand. Seine Finger tippten auf dem Lenkrad im Takt irgendeines Klassikers aus den 80er Jahren, den er bestimmt schon tausend Mal gehört hatte, aber dessen Titel ihm partout nicht einfallen wollte. Als seine Blicke recht gleichmütig durch die Gegend schweiften, blieben sie im Rückspiegel hängen. Etwa 15 Meter hinter ihm kam gerade ein schwarzer Lieferwagen zum Stehen, um sich alsbald wieder in Gang zu setzen, denn in diesem Moment sprang die Ampel zurück auf Grün.

Auf dem Weg nach Wehrda beobachtete er den Ford Transit im Rückspiegel und erschrak, als dieser schließlich ebenfalls auf die Stadtautobahn in nördlicher Richtung auffuhr.

Von Hohenthal betätigte seinen elektrischen Fensterheber. Der Wind, welcher bei der nunmehr sehr schnellen Fahrt entstand, war ihm doch etwas zu frisch.

Als von Hohenthals Alfa einige Kilometer später die scharf rechtwinklige Abfahrt hinunterfuhr, schaute er hinaus und sah, dass der dunkle Transporter ihm abermals folgte. Von Stettners Volvo war nach wie vor nichts zu sehen. So langsam machte sich von Hohenthal nun doch Gedanken. Konnte es wirklich sein, dass er verfolgt wurde?

In diesem Moment klingelte das Telefon, und über die Freisprechanlage hörte er Stettners piepsige Fistelstimme: »Hallo, ich bin's. Stettner. Ich musste leider abreißen lassen. Werde voraussichtlich ein paar Minütchen länger als Sie brauchen.«

»Aber sicher, kein Thema«, antwortete der Alfa-Fahrer. »Wir telefonieren noch einmal, wenn ich heil zu Hause angekommen bin.«

»Ist recht«, kam die Antwort trocken aus der Anlage.

»Wenn Sie gleich bei mir vorbeikommen, schauen Sie doch bitte mal nach, ob ein schwarzer Lieferwagen irgendwo in der Nähe meines Hauses zu sehen ist.«

»Kann ich machen. Wird erledigt.«

Nach der Autobahnabfahrt führte die Strecke über mehrere Windungen in den alten Ortskern hinein. Auf dem letzten Stück des Weges verlangsamte von Hohenthal seine Fahrt beträchtlich. Wenn ihn tatsächlich jemand verfolgte, würde derjenige auf diese Weise zu ihm aufschließen.

Obwohl er nur noch Schritttempo fuhr, holte ihn kein Fahrzeug mehr ein. Vermutlich hatte er sich also doch geirrt, sich alles nur eingebildet. Für die letzten Meter gönnte er sich und dem Fahrzeug daher wieder etwas mehr Tempo und kurz darauf lenkte er seinen Sportwagen forsch in die Hofeinfahrt.

Von Hohenthal stellte das Fahrzeug in die Doppelgarage und ging zur Haustür. Als er sich noch einmal umdrehte, sah er den dunklen Lieferwagen auffällig langsam an dem Anwesen vorbeifahren. Er mochte sich auch ebenso gut täuschen, aber er meinte, zwei Personen auf der Fahrerbank auszumachen. Außerdem erkannte er das Fahrzeug als einen schwarzen Ford Transit.

Als einige Minuten später Stettner noch einmal anrief, erzählte von Hohenthal ihm von seiner Beobachtung und bat den Polizisten nochmals, bei der Fahrt durch den Ort die Augen offen zu halten. Weitere zehn Minuten später rief Stettner ein weiteres Mal an, um zu sagen, dass das Fahrzeug wie vom Erdboden verschluckt sei. Er habe den ganzen Ort noch einmal gewissenhaft in langsamem Tempo abgefahren und den Transit nirgends stehen sehen.

Halbwegs beruhigt ging von Hohenthal in den Feierabend und machte sich auf die Aufregung hin eine Flasche Merlot auf. Danach telefonierte er mit seiner Frau, um zu hören, wie die Fahrt in den Hunsrück verlaufen war. Auch die Kinder ließ er sich noch kurz an den Apparat holen, es war ja erst halb sechs. Es tat gut, ihrer aller Stimmen zu hören. Sie hatten etwas so Beruhigendes in diesen stürmischen Zeiten, und er wusste wieder, warum er diese schwere Bürde ohne zu zögern auf sich nahm.

Am Ende des Tages stand noch verabredungsgemäß ein Telefonat mit Kommissar Nau an. Dieser zeigte sich beunruhigt über das Auftauchen des Ford Transit und fragte mehrmals nach, ob sich von Hohenthal wirklich ganz sicher sei, dass der Wagen inzwischen wieder weg war.

Am Ende ließ es dem Kommissar doch keine Ruhe, und schließlich rang sich Nau dazu durch, selbst nach Bürgeln zu fahren und nach von Hohenthals Befinden zu sehen. Um sich ein wenig zu tarnen, hatte er sich wenigstens einen alten Trenchcoat und einen Hut angezogen – beides Kleidungsstücke, die er höchst selten trug. Nachdem er mehrere Runden zu Fuß um das Anwesen absolviert hatte, klingelte er an der Haustür des Virologen.

»Kein Sorge, ich bin's«, kommunizierte er mit der Sprechanlage.

»Warten Sie, ich mache auf.«

»Nein, ist nicht nötig«, beeilte sich Nau zu sagen. »Ich wollte mich nur noch einmal schnell vergewissern, dass bei Ihnen alles in Ordnung ist. Vergessen Sie nicht, die Alarmanlage einzuschalten. Gute Nacht!«

Nau beschloss, einen Beamten abzustellen, der das Gelände in der gerade beginnenden Nacht überwachen sollte. Friedlich lag das restaurierte Bauerngehöft mit seinen Nebengebäuden im fahlen Schein einer Straßenlaterne.

13. KAPITEL

Vor etwa einer halben Stunde hatte der Sondereinsatz-Trupp begonnen, sich zunächst einmal in von Hohenthals Haus einzuquartieren. Nau koordinierte die Aktion von der Dienststelle aus. Vier Mann zogen direkt in Bürgeln ein, die anderen vier bezogen das Schwesternheim auf den Lahnbergen.

»Alles bestens«, sagte Löwenstein. Er saß mit den Kollegen im Büro und klatschte in die Hände. »Die Figuren sind auf dem Brett, es kann losgehen.«

Reckmann verschränkte die Hände hinter dem Kopf und streckte sich. »Selten so ein spannendes Wochenende erlebt. Jetzt müssen die hochgeschätzten Herren nur noch losschlagen.«

Auch der Kommissar war zufrieden. Noch hatte sich nichts ereignet und sie konnten weiterhin guter Hoffnung sein, dass sie sich noch nicht verraten hatten. Und nun hatten gerade eben die Spezialisten Stellung bezogen. Im Grunde lief also alles nach Wunsch. Dennoch hatte Nau ein flaues Gefühl im Magen, eine Nervosität, die er nicht abstellen konnte.

Er malte sich gerade aus, was alles schiefgehen konnte. Schließlich rückten sie eben doch nicht nur irgendwelche Spielfiguren vor und zurück, es ging um Menschenleben, um das des Wissenschaftlers insbesondere. Aufregung ergriff ihn. Aber das war nicht zwangsläufig etwas Negatives. Sagte man nicht von Sportlern, sie könnten erst dann ihre wahren Höchstleistungen abrufen, wenn es ihnen richtig an die Nieren ging? So gesehen fühlte sich Nau gerade olympiareif. Auch die beiden Kollegen schienen angespannt. Natürlich versuchten sie, ihre Aufregung nach außen hin zu überspielen, aber es lag doch eine geradezu verräterische Ruhe über dem Dienstzimmer. Die Ruhe vor dem Sturm.

»Das wird noch eine Nervenprobe geben«, sagte Löwenstein und brachte die Emotionen der Drei auf den Punkt.

»Das ist ja schlimmer wie Weihnachten«, scherzte Reckmann.

»*Als* Weihnachten«, korrigierte Nau.

»Als wie Weihnachten«, versuchte Löwenstein, einen Scherz daraus zu konstruieren, aber niemand lachte.

Anspannung pur.

»Ich komme mir vor wie in einem Western, wo alle darauf warten, dass endlich die Saloontür aufgeht«, meinte Reckmann und begann, Papierkugeln auf seinen Papierkorb zu werfen. Die meisten gingen allerdings daneben. Nach einer Weile verlor er das Interesse daran, stand auf und sammelte seine Fehlwürfe ein. »Wenigstens was zu tun«, murmelte er.

Es war jetzt gerade einmal zehn Uhr morgens. Schon der Vormittag zog sich hin wie ein Kaugummi. Wie würde dann erst der Nachmittag werden?

»Von Hohenthal hat also den schwarzen Ford Transit gestern Abend gesehen?«, versuchte Löwenstein, eine Diskussion in Gang zu bringen.

»Wir wissen es nicht genau«, entgegnete Nau. »Er hat sich leider das Nummernschild nicht gemerkt.«

»Was macht er sonst für einen Eindruck?«, fragte Löwenstein weiter.

»Wirkt recht aufgeräumt, als hätte er die Sache im Griff«, meinte Nau. »Hat er aber eigentlich nicht. Ist gut darin, sich Stärke einzureden.«

Reckmann schaute demonstrativ auf die Uhr. Na prima, tolle Unterhaltung. Wieder eine Minute weiter!

»Sollten wir Kreuzworträtsel lösen?«, fragte er zynisch.

»Das hat Stettner gestern bestimmt den ganzen Tag gemacht.« Löwenstein musste lachen.

»Macht ja auch sonst den ganzen Tag nichts anderes«, sagte sein Kollege.

»Hat der noch mal von sich hören lassen, wie es gestern gelaufen ist?«

»Ich hab ihn angerufen, um herauszufinden, ob auch er den schwarzen Transit gesehen hat«, sagte der Kommissar. »Fehlanzeige.«

»Kann es sein, dass sich von Hohenthal das Fahrzeug nur eingebildet hat?«, fragte erneut Löwenstein.

Nau schüttelte den Kopf. »Ich gehe eher davon aus, dass Stettner nicht allzu dicht dran war. Von Hohenthal hat den Wagen nach eigener Aussage gleich mehrmals gesehen, da würde ich schlechtes Sehen oder eine blühende Fantasie doch eher ausschließen.«

Wieder war ein Thema abgehakt. Wieder folgte langes Schweigen. Nau wusste, es war eine harte Probe für die unerfahrenen Kollegen. Allerdings riss ihm gerade selbst der Geduldsfaden.

»Ich hoffe Sie sind mir nicht böse, wenn ich mal einige Runden mit dem Hund um den Block drehe.«

Löwenstein lächelte verschmitzt.

Nau ließ den Hund gleich von der Leine. Pepper bot ohnehin niemals Anlass zur Sorge, aber gerade am Wochenende konnte man ihn nahezu überall frei laufen lassen. Die Nähe zu den Waldstücken am Richtsberg und anderen Gebieten lud zwar dazu ein, mit dem Hund ins Grüne zu gehen, aber Nau wollte lieber in Rufweite der Dienststelle bleiben. Man konnte ja nicht wissen, wann der Ruf zum Einsatz kam.

Nach einer Weile blickte der Kommissar auf seine Armbanduhr. Halb elf. Wahrlich eine Geduldsprobe!

Von Hohenthal streichelte dem Braunen über die Nüstern. Es war das ältere Pferd von zweien, die seine Frau seit einigen Jahren besaß. Sie waren wohl der Hauptgrund gewesen, warum sie sich seinerzeit zu einem Umzug aufs Land entschlossen hatten. Susanne liebte die Reiterei, die neben der Familie zum fixen Bestandteil ihres Lebens geworden war. Hoffentlich war der Spuk bald vorbei und sie und die Kinder wieder hier zu Hause bei ihm. Auch wenn es gegenwärtig in ihrer Beziehung etwas kriselte, konnte er doch kaum ohne sie sein.

Er legte Futter nach, das die beiden edlen Tiere sogleich zu fressen begannen. Auch sie schienen Susanne zu vermissen, aber vielleicht redete er sich das nur ein, weil die eigene Sehnsucht so groß war. Er sah ihnen bei der Mahlzeit zu und konnte für einige Minuten allen Stress vergessen. Am Morgen waren sie gekommen. Vier Mann wie aus der Stahlpresse, bekleidet mit dunkelgrünen Tarnanzügen. Er selbst war sportlich, aber als er ihre Hände geschüttelt hatte, war ihm bewusst, was *athletisch* wirklich bedeutete.

Die vier Kleiderschränke waren im Haupthaus eingezogen. Zwar hatte die wirtschaftliche und logistische Situation der von Hohenthals es erlaubt, ein einladendes Gästehaus in der Nähe der Stallungen zu errichten, aber unter den gegebenen Umständen war es sicher besser, die vier Männer möglichst nahe bei ihm einzuquartieren.

Von Hohenthal schloss die Stalltür. Er atmete tief durch.

Er ging einige Schritte und stand schließlich in der Mitte des Hofes. Er betrachtete voller Stolz das Hauptgebäude mit dem hell verputzten Sockel. Die darauf gesetzten Etagen basierten auf einer althergebrachten Fachwerkstruktur. Das Gebäude war in unterschiedlichen Grautönen mit Lehm verputzt und mit hellerfarbigen Blumenmustern verziert. Verschiedene Künstler und Restaurateure hatten damals Hand in Hand gearbeitet, um den Hof so schön zu gestalten. Ein echtes Idyll, in dem seine Familie hoffentlich schon bald wieder würde in Frieden leben können.

14. KAPITEL

Der Sonntagmorgen brachte ein leichtes Gewitter und weckte Nau, der ohnehin nicht sonderlich gut geschlafen hatte, recht abrupt. Er schaute auf den Wecker und begriff, dass es im Grunde genommen fast noch tiefe Nacht war. Viertel nach vier. Intuitiv ging ein rascher Kontrollblick zu Pepper hinüber. Der lag in seinem Schlafzimmerkorb und schien von all jenen schönen Dingen zu träumen, von denen Golden Retriever wie er eben gerne zu träumen pflegten.

Der Kommissar dachte darüber nach, wie es war, bei dem Fall nunmehr in der zweiten Reihe zu agieren. Faktisch hatten sie das Heft des Handelns an die Eingreiftruppe abgegeben. Wenn es so weit war, dass die Verbrecher sich zu erkennen gaben, würde die GSG9 den Fall hoffentlich zu einem guten Ende bringen.

Reckmann, Löwenstein und er würden allenfalls noch früh genug auf der Bildfläche erscheinen, um die Blumen zu überreichen. Sie hatten den Fall nicht übernommen, um am Ende als brave Gratulanten am Rande zu stehen. Andererseits war es die verantwortungsvollste Behandlung, die man von Hohenthal nach gegenwärtigem Stand der Dinge zuteil werden lassen konnte.

Im Sinne seiner Sicherheit gab es wohl keinen besseren Weg. Und die Sicherheit der ihr anvertrauten Zivilisten sollte doch stets das höchste Ziel der polizeilichen Ermittlungen sein. Wenn er darüber nachdachte, kam er zu dem Schluss, dass wohl alles aufs Beste geregelt und vorbereitet war. Der Gedanke hatte etwas Beruhigendes und er schlief langsam wieder ein.

Etwa eine Stunde später wachte er auf. Er versuchte, die Augen zu öffnen, aber schwer lag die Ermattung des Schlafes auf seinen Lidern. Dann wurde ihm bewusst, dass ihn ein fast unmerkliches Geräusch geweckt hatte. Ein Geräusch, das nach wie vor existent war. Ihm gelang es, die Augen zu öffnen. Pepper rannte aufgeregt zwischen dem Fenster und der heute einmal geschlossenen Zimmertür hin und her.

Nau wollte schon fragen, was los sei, doch er unterließ es, um stattdessen lieber in die dunkle Nacht zu lauschen. Kaum merklich und im Grunde überhaupt nicht hörbar, vernahm er leise Stimmen unmittelbar vor dem Haus. Sein Puls schien auszusetzen und ihm stockte der Atem beim Versuch, mehr zu verstehen. Nichts als ein sehr leises Tuscheln.

Nau ließ das Licht ausgeschaltet und hangelte sich im Dunkeln aus dem Bett. Gott sei Dank war eine Vollmondnacht, die das Zimmer genügend erhellte. Er bedeutete Pepper mit einem leisen Raunen, zu ihm zu kommen und sich leise zu verhalten. Aber der Hund verfügte über genügend Disziplin, in dieser Situation nicht anzuschlagen und keinen Laut von sich zu geben. Als Nau ihn an der Seite berührte, um ihn zu beruhigen, spürte er sein Herz rasen. Augenscheinlich war Pepper genauso aufgeregt wie er selbst.

Von draußen hörte man nun so etwas wie ein leises Feilen oder Sägen, vermutlich machten sie sich gerade am Fenster der Haustür zu schaffen. Panik wollte ihn ergreifen, aber Nau wollte zumindest versuchen, kühlen Kopf zu bewahren.

Wer konnte ihm helfen? Gab es überhaupt irgendeinen Ausweg in dieser Situation? Welche möglichen Fluchtwege gab es? Sein Gehirn arbeitete unter Hochdruck. Entscheidungen waren in Sekundenschnelle zu fällen.

Erst einmal sehen, dass man nach unten kam, auch wenn dort die Einbrecher lauerten. Es war der einzige Weg, um aus dieser Falle herauszukommen. Hier oben würden sie früher oder später gefunden werden. Wenn es die Eindringlinge darauf anlegten – und weiß Gott, das würden sie – konnten sie ihn hier oben in die Enge treiben, in die völlige Ausweglosigkeit.

»Der Keller«, entfuhr es ihm leise. »Pepper, komm!«

Nau versuchte ihn weiter zu beruhigen. Sollte der Hund wider Erwarten doch Laut geben, dann konnte das ihrer beider Ende bedeuten. Nau nahm schnell den Bademantel vom Kleiderhaken an der Zimmertür. Während sie sich schon leise aus dem Zimmer bewegten und die Treppe hinunterschlichen, zog er ihn über.

An der Treppe pflegte die dritte Stufe von unten immer wieder laut zu knarzen. Nau machte einen langen Schritt, um sie zu umgehen. Es gelang, und sie waren in der Stube angekommen. Nur wenige Meter trennten sie von den Einbrechern und dem sägenden, metallischen Geräusch. Nau wagte kaum zu atmen, und auch Pepper schien nicht gewillt, irgendein Geräusch von sich zu geben.

Im Keller gab es eine Hintertür, die stets von innen verschlossen war und in welcher der Schlüssel steckte. Hoffentlich waren sie nicht so umsichtig gewesen, dort einen Mann zu positionieren.

Rasch machte Nau noch zwei, drei schnelle Schritte zum Tisch. Am dortigen Stuhl hatte er seine Jacke mit der Dienstwaffe aufgehängt. Ein kurzes Kramen und Nachstochern mit der rechten Hand, während er mit links Jacke und Stuhl festhielt. Nur kein Geräusch jetzt! Gut, Nau hatte die Waffe und auch sein Handy ertastet und an sich genommen.

Das Geräusch von der Haustür wurde immer lauter und ließ nur den einen Schluss zu, dass die Fremden unmittelbar davor waren, in das Haus zu gelangen.

Es war äußerst schwierig, das richtige Maß aus Schnelligkeit und Vorsicht beim Öffnen der Kellertür zu finden. Schließlich waren sie auf der Kellertreppe angelangt. Pepper konnte ganz gut im Dunkeln sehen, wobei seine eigentliche Stärke natürlich der Geruchssinn war. Nau hingegen musste sich fast zentimeterweise vorwärts tasten, um auf der dunklen, steilen Steige nicht zu straucheln.

Endlich! Sie waren eine kurze Weile später beide sicher auf der untersten Ebene angekommen. Nau hielt kurz inne, um zu hören, wie weit die Einbrecher waren.

In diesem Moment vernahm er ein lautes Knacken und ein nun lauter scheinendes Flüstern. Sie hatten es geschafft, ins Haus zu gelangen und standen nun in der Stube. Mit einem leisen, aber vernehmlichen ›Klick‹ schalteten sie das Licht an. Sie schienen sich ihrer Sache sehr sicher zu sein, vielleicht waren sie aber auch nur in Eile.

Nau bemühte sich, möglichst schnell zur Hintertür zu gelangen. Zum Glück hatte er unlängst den Keller aufgeräumt. In dem Zustand, in dem sich das Gewölbe vor nicht allzu langer Zeit befand, hätten er oder Pepper auf ihrem Weg vermutlich etwas umgeworfen. Nun aber kamen sie ohne irgendwo anzuecken durch den Keller und befanden sich nunmehr an der Hintertür.

Von oben hörten sie ein lautes Knacken. Ihre ungeladenen Gäste befanden sich demnach gerade auf dem Weg nach oben. Nau hatte den Türgriff in der Hand und war sich bewusst, dass ein entscheidender Moment gekommen war. Er spürte seinen Puls bis zum Hals. Er schluckte. Jetzt allen Mut zusammennehmen und ab in die Freiheit! Sie waren so weit gekommen, jenseits dieser Tür *durfte* nicht einfach alles so vorbei sein.

Langsam drehte er den Schlüssel herum. In Erwartung der offenen Tür drängte sich Pepper bereits an seinen Füßen vorbei. Ruhe! Nichts geschah. Kein plötzlicher Druck gegen die Tür von außen. Nau atmete auf, aber es war noch nichts gewonnen. Mit einem leichten Ruck riss er die Tür auf. Nach ein paar kurzen vorsichtigen Schritten standen sie im Freien.

Ein Gefühl der Erleichterung stellte sich ein, als die kühle nächtliche Oktoberluft in seine Lungen kam. Ein kurzes Durchatmen, ein kurzes Orientieren.

»Ach du Scheiße«, hörte er von oben. Offensichtlich waren die Einbrecher in dem leeren Schlafzimmer angekommen.

Nun galt es, schnell zu sein. Ein kurzer Weg führte zu einem Gartentor, das an einem Verbindungsweg lag, der in die Weidenhäuser Straße führte. Nau fiel erleichtert ein, dass das Fenster im Schlafzimmer keinen Blick auf den Garten erlaubte.

Glücklicherweise hatte das kleine Gewitter, das sich vor einiger Zeit ereignet hatte, offensichtlich keinen Regen in sich getragen. So konnten sie aus dem Garten herauskommen, ohne weithin sichtbare Fußabdrücke zu hinterlassen. Mit leisem Knarzen schloss sich das Gartentor hinter ihnen.

Sie befanden sich nunmehr in dem kleinen gepflasterten Zwischenweg. Bevor sie weiterlaufen konnten, lauschte Nau noch einmal angestrengt in die Dunkelheit. Nicht mal ein leises Rauschen war zu hören, wie es manchmal vom Fluss herüberkam. Im Haus war es still. Hoffentlich befanden sie sich nicht bereits auf ihrer Verfolgung. Nau hätte es weitaus beruhigender gefunden, Stimmen aus dem Haus zu hören. So hätten sie gewusst, dass sie *nicht* verfolgt wurden.

Die Ungewissheit trieb sie weiter fort vom Haus. Sie kamen in die Weidenhäuser Straße und bogen links um die Ecke in Richtung Brücke. Um diese Zeit wäre es ein aussichtsloses Unterfangen gewesen, noch irgendwo auf Menschenmengen zu spekulieren, unter die man sich hätte mischen können, um bei ihnen unterzutauchen. Hektisch blickte Nau hinter sich. Noch niemand schien zu folgen.

Vermutlich war es das Beste, sich aus dem Staub zu machen und sich irgendwo in einer stillen Ecke zu verstecken. Zunächst einmal würde es nichts schaden, etwas mehr

Abstand zwischen sich und die Angreifer zu bringen. Aus einem sicheren Versteck heraus würde man dann auch die Kollegen alarmieren können. Sie liefen daher über die steinerne Brücke zum Rudolphsplatz.

Die dortige Fußgänger-Unterführung schien dem Kommissar einige strategische Vorteile zu bringen. Von der Schlossbergseite aus konnte man ein recht großes Areal überblicken, sich aber jederzeit gut verstecken.

Nau gönnte sich und seinem Hund eine kurze Verschnaufpause. Wenn ihnen jemand folgen sollte, so musste er zwangsläufig über die Brücke kommen. Der Kommissar fühlte sich zum ersten Mal seit er das Haus verlassen hatte, relativ sicher und nahm sein Handy aus der Bademanteltasche.

Während er mit der rechten Hand Pepper kraulte, drückte er mit links Reckmanns Kurzwahltaste. Zeitgleich beobachtete er ständig das Terrain. Es dauerte wohl etwa zwei Minuten, bis der Kollege ranging. Zumindest kam es Nau so lange vor.

Es knackte in der Leitung, und er hörte Reckmann heftig atmen. Offensichtlich hatte sich das Gerät nicht in seiner Nähe befunden, wie es ratsam gewesen wäre.

»Hallo. Es geht los«, sagte er noch bevor der Kollege sich melden konnte.

»Nau?«, kam es zögerlich.

»Richtig. Satteln Sie die Pferde. Es geht los.«

»Wo sollen wir hinkommen?«

»Ich würde vorschlagen nach Bürgeln zum Hof der von Hohenthals.«

»Alles klar. Ich bringe Löwenstein mit.«

»Ja natürlich. Und auch die restlichen Spezialisten. Jedenfalls sagen Sie denen Bescheid. Könnte sein, dass wir die noch brauchen.«

»Was ist denn eigentlich los?«, fragte Reckmann besorgt.

»Wir haben bei all der Sorge um von Hohenthal vergessen, dass ich ja bei Altunay auch ganz oben auf der Liste stehe.«

»Ach du Scheiße«, entfuhr es Reckmann.

»Ja. Das höre ich in letzter Zeit öfter. Mir ist aber nichts passiert. Konnte rechtzeitig türmen. Ich weiß aber noch nicht, wann ich es wagen kann, mich wieder zu Hause blicken zu lassen und dann zu Ihnen aufzubrechen.«

»Dann kommen wir doch besser erst einmal zu Ihnen«, gab der Kollege zurück. »Vielleicht können wir die Bande gleich an Ort und Stelle dingfest machen.«

»Weit gefehlt«, entgegnete der Kommissar rasch. »Es ist dringend erforderlich, sie bei ihrem versuchten Zugriff auf von Hohenthal zu verhaften, damit wir sie für den terroristischen Hintergrund drankriegen, sonst macht ein gewiefter Anwalt noch ein simples Einbruchsdelikt aus ihrer Aktion bei mir. Außerdem haben wir ja extra die Spezialeinheit bestellt – lassen wir die ihre Arbeit machen! Ich werde, sobald es geht, zu Ihnen stoßen. Bitte alle Handys auf Vibration, damit wir Kontakt aufnehmen können. Alarmieren Sie auch vor allem die GSG9-Truppen in von Hohenthals Haus, damit sie im Bilde sind und sich auf alles einstellen können.«

»Ist in Ordnung, Chef. Können Sie was Neues zu den Tätern sagen?«

»Leider nein. War zu sehr damit beschäftigt, meine Haut zu retten. Stehe jetzt im Bademantel auf dem Rudolphsplatz.«

Reckmann musste fast lachen. Die Vorstellung, seinen Vorgesetzten nur mit einem Bademantel bekleidet an diesem Verkehrsknotenpunkt zu sehen, klang nur allzu verlockend und hätte sich zu einem Renner bei Betriebsfeiern entwickeln können.

»Dann viel Glück noch.« Reckmann beließ es angesichts der prekären Gesamtsituation dabei und verzichtete auf irgendwelche Spitzen.

Nau huschte selbst ein schnelles Lächeln über das Gesicht, dann fasste er sich wieder. Er meinte, Reckmanns Anspannung herausgehört zu haben. Gleichzeitig schien dieser aber auch bereit, nun endlich loszulegen, auch wenn sie mehr auf die Zuschauerbank verbannt schienen. Nau hoffte, dass sie sich alle gesund wiedersehen würden.

Wie viel Zeit würde er wohl noch ins Land streichen lassen müssen, bis er es wagen konnte, sich wieder am Haus blicken zu lassen?

Nachdenklich überschaute er die Kreuzung. Konnte es alles ein Zufall sein? Wohl kaum. Dass irgendein Unbekannter ausgerechnet an diesem Tag in das Haus eindringt, war nun doch zu abwegig. Es musste sich einfach um die Verdächtigen handeln! Schließlich hatten er und Altunay noch eine Rechnung offen.

Warum hatte er nur den Fehler gemacht, nur noch an die Sicherheit der von Hohenthals zu denken, und die eigene völlig außer Acht zu lassen? Nau schluckte. Normalerweise wurden solche Fehler bestraft und endeten tödlich.

Der Kommissar schaute auf die Uhr. Seit einigen Minuten befand er sich nun schon hier. Sollte er es schon wagen? Vielleicht würden die Verbrecher auf ihn warten. Nur weil sie bei ihm aufgetaucht waren, mussten sie es ja noch lange nicht am gleichen Tag auch auf von Hohenthal abgesehen haben.

Er saß in der Falle, konnte weder vor noch zurück. Wenn er eine wirkliche Sicherheit haben wollte, musste er auf Nachricht der Kollegen warten. Erst wenn die Gangster sich auf dem Weg nach Bürgeln befanden, konnte er sich wieder zum Haus wagen. Es war verflixt. Eine weitere Kontaktaufnahme mit den Kollegen würde auch erst in einer Viertelstunde Sinn machen. Vorher würden sie nicht bei den von Hohenthals in Stellung sein. Ihm waren wirklich in jeder Hinsicht die Hände gebunden.

Reckmann hatte das Thema vorhin schon angesprochen, und Nau hatte es gleich negativ beantwortet: Der Kommissar überlegte nun angestrengt, ob er sagen konnte, um wie viele Personen es sich handelte. Leider hatte Nau bei dem leisen Getuschel kaum etwas verstanden und Tonunterschiede waren bei der geringen Lautstärke ebenfalls kaum auszumachen.

Aufgrund der Tatsache, dass getuschelt wurde, musste es sich zwangsläufig um mindestens zwei Personen handeln, das lag in der Natur der Sache. Ob es aber mehr als zwei Personen waren, ließ sich kaum bestimmen. Nau überlegte, ob die Geräusche der Schritte Rückschlüsse über die Anzahl der Personen lieferten, und kam zu keinem Ergebnis.

Nau schaute weiterhin angestrengt über den Rudolphsplatz in Richtung Weidenhäuser Brücke. Wenigstens hatte er seine Waffe dabei, aber er hätte es nie gewagt, damit eine offene Schießerei anzufangen. Zumal dies auch ihre Absicht ad absurdum geführt hätte, die Täter auf frischer Tat bei von Hohenthal zu erwischen.

Eine plötzliche Schockstarre, als der Kommissar im Halbdunkel der Brückenbeleuchtung eine Person zögerlich auf den Rudolphsplatz zugehen sah. Nau reckte den Hals, versuchte aber auch gleichzeitig, sich so zu positionieren, dass er nicht entdeckt werden konnte.

Die Person kam immer näher. Als sie das Ende der Brücke erreicht hatte, blieb sie stehen und schaute sich um. Offensichtlich schien sie jemanden zu suchen. Nau machte sich so klein es irgend ging und kauerte sich in sein Versteck.

Als der Fremde etwas länger in Richtung Universitätsgebäude blickte, wagte es Nau, sich so hinzustellen, dass er ihn beobachten konnte. Die Person konnte ohne Weiteres identisch sein mit Reza Navid, dem Besitzer des Frankfurter Ford Transit. Genaueres ließ sich nicht sagen, dafür stand er zu weit entfernt, und das Fahndungsfoto, welches Nau von ihm kannte, war viel zu undeutlich.

Ein langer LKW kam aus Richtung Biegenstraße und fuhr in die Universitätsstraße weiter. In diesen Sekunden war die Sicht auf den Fremden unterbrochen. Als der Lkw aus dem Sichtfeld verschwunden war, stand er immer noch da und schaute dem Fahrzeug hinterher. Nau erschrak und duckte sich weg. Hätte Navid, um den es sich ja augenscheinlich handelte, etwas weiter nach rechts geschaut, hätte er den Kommissar vermutlich entdeckt.

Nau atmete tief durch, bevor er den Kopf langsam wieder so weit anhob, dass er den gefährlichen Mann wieder beobachten konnte. Der stand immer noch da und schaute sich um, verweilte noch einige Sekunden und trat dann den Rückweg über die Brücke an.

»Das war knapp«, sagte er so leise, dass nicht einmal Pepper es hätte hören können, der von der ganzen Aufregung nichts mitbekommen hatte. Lediglich beim Vorbeifahren des schweren Lkws hatte er kurz die Ohren gespitzt. Der Kommissar schaute auf die Uhr. Gute zehn Minuten waren seit dem Gespräch mit Reckmann vergangen. Er überlegte, ob er es nochmals versuchen sollte. Vermutlich waren sie gegenwärtig noch unterwegs zum Hohenthalschen Anwesen.

Nau beschloss, noch einige Minuten zu warten, um sich dann dem eigenen Haus langsam wieder anzunähern. Er hatte weiterhin den Rudolphsplatz und die Brücke fest im Blick.

Weitere zehn Minuten waren verstrichen, als sich die beiden vorsichtig, aber stetigen Schrittes auf den Rückweg machten. Sie erreichten bald das Ende der Brücke. Nau wurde bewusst, dass sie mit deren Überquerung ein großes Risiko eingingen. Von allen Seiten war die Brücke einzusehen. Selbst vom Wasser aus hätten Herr und Hund ein lohnendes Ziel abgegeben.

Eine Brücke weiter war der unglückselige Wulnikowski aufgehängt worden. Nau hatte wenig Interesse daran, der Nächste zu sein und beschloss, die Szenerie für einige weitere Minuten zu beobachten.

Hund und Herr hockten angestrengt lauschend am Brückenende und beobachteten, was vor ihnen lag. Nach einigen endlos scheinenden Minuten fasste sich Nau ein Herz und versuchte, das historische gemauerte Bauwerk, das die Lahn überspannte, möglichst schnell zu überqueren. Mit etwas Verzögerung folgte ihm Pepper, der sein Herrchen bereits auf der Hälfte der Brücke überholte.

Als sie das andere Ende der Brücke erreicht hatten, schnaufte der Kommissar tief durch und überlegte, auf welchem Weg sie am besten zum Haus zurückgehen sollten. Nau beschloss, dass es am besten war, sich dem Haus auf dem Wege zu nähern, auf dem sie es verlassen hatten. Eine Alternative wäre gewesen, vom Fluss aus Richtung Bootsverleih zu kommen, aber dieser Weg bot vergleichsweise wenig Sichtschutz.

Sie bewegten sich weiter vor, bis sie schließlich im Schatten einiger Büsche und Sträucher wieder an dem Gartentor eintrafen. Pepper wollte schon durch den Garten auf die Hintertür zuspringen, aber Nau gab ihm einen kurzen Wink, der ihn zur Zurückhaltung mahnte.

Nicht zum ersten Mal in dieser Nacht verharrten sie in einer starren Position und lauschten in die Dunkelheit. In der Stube brannte kein Licht mehr, aber das musste nichts heißen.

»Bleib hier«, raunte er so leise wie möglich seinem Vierbeiner zu und setzte sich vorsichtig in Bewegung.

Er ging nicht durch den Garten, sondern schlich langsam, Meter für Meter, den Weg entlang. Er kam seitlich am Gebäude vorbei, bis er eine halbe Ewigkeit später vor dem Haus stand und sich umschaute. Als er um die Ecke bog, hatte er sich bereits vergewissert, dass der schwarze Ford Transit nirgends in der Straße parkte. Das war noch keine Garantie, dass sie weg waren, aber irgendwie schien Nau doch wieder freier zu atmen und pfiff leise seinen Hund herbei.

Der kam einige Augenblicke später um die Ecke geschossen und sprang am Kommissar hoch.

»Alles klar, Pepper. Der Spuk ist fürs Erste vorbei. Danke, dass du mich eben geweckt hast.«

Zu seiner Überraschung fand er das Haus völlig unverändert vor. Keine Racheakte oder privaten Botschaften. Vielleicht hatten sie vor, ihre blutige Arbeit bei von Hohenthal und dessen Arbeitgeber zu verrichten und dann noch einmal zu Nau zurückzukommen.

Jedenfalls fand er keinerlei ungewöhnlichen Anzeichen, während er schnell durch alle Räume ging und sich nebenbei anzog. Dann nahm er erneut das Handy und wählte diesmal Löwensteins Nummer.

Nach kurzer Wartezeit ging dieser ran und klang überaus aufgeregt.

»Hallo. Sie sind gerade angekommen«, flüsterte er. »Wie sieht es bei Ihnen aus?«

»Ich fahre jetzt los. Bin in ein paar Minuten da. Wo stehen Sie?«

»Wir befinden uns in Reckmanns Audi. Wenn man von rechts in den Ort hineinfährt, stehen wir auf dem Weg zum Haus von Hohenthals. Wir werden gleich aussteigen, um etwas mehr mitzubekommen. Hier sitzen wir in der dritten Reihe.«

»Aber tun Sie um Himmels willen nichts, was Sie oder andere gefährden könnte. Sagen Sie das auch Reckmann, mit schönem Gruß von mir. Ich beeile mich.«

»Alles klar, Chef. Bis später.«

Nau brauchte noch einige wenige Augenblicke, dann fuhren sie tatsächlich los. Um nicht unnötig Zeit zu verlieren, setzte Nau das mobile Blaulicht auf's Dach. Schon kurz darauf befanden sie sich auf der Stadtautobahn.

Der Bahnhof flog rechter Hand an ihnen vorbei, das Theater am Turm links. Auf Höhe des Afföllers, kurz vor der Abfahrt Wehrda, versuchte er erneut, Löwenstein anzurufen. Keine Reaktion. Er trat das Gaspedal bis zum Anschlag durch. Der alte Kombi brachte an Geschwindigkeit, was er zu leisten imstande war. Ein Blick auf den Tacho. Mit knapp 190 Sachen rasten sie durch die Nacht und flogen immer weiter auf die Autobahnabfahrt zu.

Mit reichlich Geschwindigkeitsüberschuss lenkte er den Wagen in die Kurve. Die Bremsen quietschten. Nun war er dem Ziel schon recht nah und musste aufpassen, keine ungewollte Aufmerksamkeit zu erregen. Trotz aller gebotenen Eile lenkte er das Fahrzeug in moderatem Tempo durch die Straßen des kleinen Ortes und hatte das Blaulicht längst wieder hineingeholt.

Von Ferne sah er Reckmanns Pkw rechts am Straßenrand stehen und steuerte den eigenen Wagen knapp dahinter. Auf den letzten Metern hatte er den Motor bereits ausgeschaltet und ließ den Kombi einfach ausrollen. Das Licht hatte er ebenfalls schon gelöscht. Nur um keinen Preis auffallen!

Etwa 20 bis 30 Meter weiter vorne parkte der schwarze Transit direkt vor der Einfahrt der von Hohenthals. Rechts neben dem Bürgersteig verlief ein mannshoher hölzerner Zaun. An dessen Anfang, etwa fünf Meter hinter ihm, erkannte Nau einige kauernde Personen.

Nau ließ Pepper aus dem Fahrzeug und schloss mit minimalem, gerade ausreichendem Druck Heckklappe und Fahrertür. Dann schlich er in gebeugter Haltung zu der Personengruppe hinüber, denn er hatte von Weitem schon Löwensteins leicht untersetzte Figur erkannt. Beim Näherkommen sah er auch Reckmann bei ihm stehen und einen

Mann, der offensichtlich dem Eingreiftrupp angehörte und aus sicherer Position das Handeln der Kollegen zu koordinieren schien.

Der Kommissar raunte einen kurzen Gruß, den allerdings niemand erwiderte. Zu groß war die Spannung, die der Szenerie innewohnte.

»Die drei Gauner sind drin«, hauchte Löwenstein, ohne seinen Blick von dem Gebäude zu lassen, »die restlichen Spezialisten haben sich nah am Haus positioniert.«

»Drei?«, raunte Nau zurück.

»Altunay, der Besitzer des Wagens und ein langer schlaksiger Kerl, den keiner kennt«, kam die Antwort diesmal von Reckmann.

Atemlose Spannung, als die vier vorsichtig über die obere Kante des Zaunes schielten, aber nichts erspähen konnten. Es würde wohl nur noch Augenblicke dauern, bis sich irgendetwas tat.

Der Einsatzleiter war ebenfalls in heller Aufregung und nicht etwa die Ruhe selbst, wie man es bei all seiner vermutlichen Erfahrung hätte erwarten können. Sein drahtiges Äußeres, die sonnengegerbte Haut und die stahlblauen Augen gaben ihm etwas fast Jugendliches, obwohl man ihm im Grunde ansah, dass er die 40 schon lange überschritten haben musste. Er trug Tarnkleidung, eine schwarze Wollmütze, und sein Gesicht war mit schwarzer Tarnfarbe verschmiert. Angespannt schaute er fast im Sekundentakt zwischen dem Hauptgebäude und seiner Stoppuhr hin und her.

»Sind schon ein paar Minuten da drin«, flüsterte Reckmann, hauptsächlich um sich Luft zu machen.

Weiter schaute der Mann mit der Tarnkleidung hin und her, während keinerlei Bewegung an seinem Körper auszumachen war. Dennoch erweckte er irgendwie den Eindruck, dass etwas schiefging.

»Mann, Mann, Mann, Mann«, ließ sich Löwenstein vernehmen. Nau erinnerte sich daran, wie unerfahren die Kollegen noch waren, und hoffte, dass sie standhielten. Reckmann blies die Backen auf, sagte aber nichts.

Der Kommissar schaute zu Pepper hinunter, der auf dem Boden kauerte und das Kinn auf den Vorderläufen liegen hatte. Er verhielt sich ruhig, aber auch ihm war die Anspannung anzumerken.

Der Einsatzleiter hob plötzlich den Kopf. Im Hausflur war ein Licht angegangen. Die drei anderen folgten daraufhin seinem Beispiel, obwohl es sonst nichts zu sehen gab. Reckmann kratzte sich nervös die Schläfe.

Dann erschallte aus dem Haus so etwas wie ein kurzer Ruf, danach war es wieder still. Pepper hatte sich nun aufgerichtet und lief an den paar Metern Zaun, an dem sie standen, auf und ab. Er wedelte aufgeregt mit dem Schwanz. Nau versuchte, ihn zu beruhigen.

Der Golden Retriever blieb bei den Beinen seines Herrchens stehen und rieb die Schnauze an seinem rechten Hosenbein. Nau bückte sich zu ihm hinunter.

»Ruhig, Junge. Bald ist alles wieder gut«, flüsterte er.

Es kam zu Bewegung auf dem Vorplatz, und die Köpfe der vier Männer reckten sich wieder. Ein Mitglied der GSG9 rannte in hohem Tempo von rechts nach links vor dem Gebäude her und versteckte sich linker Hand hinter einem Busch. Dort brachte er sein Gewehr in den Anschlag.

Erst jetzt erkannte Nau, dass an genau jener Stelle, wo der Mann sich niederkauerte, schon die ganze Zeit über ein weiterer Kollege gehockt hatte, der nun seinerseits um eine Position weiterlief. Das nötigte dem Kommissar gehörigen Respekt ab. Die Kollegen waren, wenn sie wollten, wirklich nahezu unsichtbar und äußerst diszipliniert.

Nach diesem kurzen Aufreger war wieder Stille eingekehrt,

und die Beobachter fragten sich, was wohl im Inneren des Hauptgebäudes vor sich ging. Nau schaute auf die Uhr. Er war selbst nun schon seit etwa drei Minuten hier, und noch immer war nicht wirklich etwas passiert. Auch seine Nerven waren zum Zerreißen gespannt, wie mochte es da erst seinen Kollegen gehen, die sich schon viel länger hier versteckten?

Pepper machte plötzlich auffällige Geräusche, wie er sie sonst beim Schnuppern machte. Offensichtlich war ihm irgendein ungewöhnlicher Geruch in die feine Nase gestiegen.

Im nächsten Augenblick gab es einen lauten Knall innerhalb des Gebäudes. Danach laute Schreie und zwei, nein drei Schüsse, dann wiederum lautes Schreien.

Dann hörten sie eine Explosion vor dem Gebäude, und eine dunkle Rauchwolke entwickelte sich schnell vor dem Haupteingang. Nau, Reckmann und Löwenstein schnürte es augenblicklich vor Aufregung die Kehle zu. Es waren zu viele Knalleffekte für einfache Polizeibeamte. Der Einsatzleiter lief jedoch die 20 Meter bis zur Toreinfahrt, um diese sichern zu können.

Es gab eine weitere Explosion im Freien. Nau stieg ein intensiver Geruch wie von Schießpulver in die Nase. Danach erschien schemenhaft eine große, schlanke Silhouette in der Haustür. Weitere Schüsse folgten. Nau vergaß in der Aufregung, mitzuzählen, es mussten vier oder fünf sein. Dann hörte er komplette Salven von Maschinengewehren.

Was vor Augenblicken nur ansatzweise zu spüren war, lag nun beinahe undurchdringlich in der Luft: Der Geruch von Schießpulver wurde allgegenwärtig, fast sinnbetäubend. Nau, Reckmann und Löwenstein hatten mittlerweile ihre sicheren Positionen im Schatten des Zaunes aufgegeben. Zu viel gab es zu erleben, als dass man nur auf die eigene Sicherheit bedacht in sicherer Entfernung hätte verharren können. Vorsichtig rückten sie etwas näher ran.

Eine weitere Explosion. Das Schießpulver brannte inzwischen sehr unangenehm in den Augen und auch die Explosionen mochten einige giftige Substanzen freigesetzt haben. Nau atmete schwer, konnte aber seine Augen nicht von all diesen Ereignissen lassen. Er ging näher an das Hoftor heran.

Weitere Personen eilten aus dem Haus, während andere offensichtlich versuchten, sich Zutritt zu verschaffen. Nach wie vor war die Sicht sehr eingeschränkt. Vorwiegend schwarze Rauchschwaden standen in der Luft, sodass man kaum etwas erkennen konnte.

Nau sah, wie Altunay hustend aus dem Haus kam und torkelte. Sofort wurde er von zwei Beamten überwältigt und zu Boden gedrückt. Gleich legte sich wieder eine undurchdringliche Schicht dunklen Rauchs darüber, und der Kommissar konnte nichts mehr erkennen.

Er fragte sich, wie es von Hohenthal wohl ergangen war. Es hatte mittlerweile eindeutig zu viele Schusswechsel gegeben, als dass ihn diese Frage hätte kalt lassen können. Nau verspürte den Drang, ins Haus zu laufen und nach dem Wissenschaftler zu sehen, aber bei dem gegenwärtigen Chaos verzichtete er doch besser darauf.

Er hörte einen weiteren Schuss, der diesmal wieder aus dem Haus kam. Fast wäre er doch noch losgerannt, um nach von Hohenthal zu sehen. Er begegnete den beiden Kollegen, die etwas kopflos am Zaun auf und abliefen.

»Bringen Sie sich in Sicherheit, verdammt noch mal«, entfuhr es Nau, und er merkte, wie sehr der Rauch seine Stimmbänder bereits angegriffen hatte.

Daraufhin orientierten sich Reckmann und Löwenstein mehr zu ihrer Ausgangsposition in der Nähe des Wagens hin.

Nau bewegte sich wie benebelt zu dem schwarzen Lieferwagen hin, der direkt vor der Einfahrt stand. Das Unwirkliche des Augenblicks, die Reizüberflutung, der Rauch sowie die zahlreichen Explosionen und Gewehrschüsse, die hellen Lichtblitze sowie die starke Geruchsentwicklung bewirkten, dass sich der Kommissar für einige Momente fast wie in Trance bewegte.

Er kam sich vor, als sei er ohne eigenes Verschulden in die Szenerie eines Kriegsfilmes hineingeraten. Überall krachte und blitzte es, aber für Nau war es endlos erscheinende Sekunden lang so, als würde er alles in Zeitlupe erleben.

Ein Schuss, der neben ihm in den Lieferwagen einschlug, riss ihn aus seiner Betäubung. Gerade noch rechtzeitig, denn nun lief der unbekannte schlaksige Mann in großen Schritten auf ihn zu, offensichtlich in dem Bemühen, den Ford Transit zu erreichen.

Nau hatte noch nie einen Menschen erschießen müssen, doch nun schien das Schicksal dies von ihm zu verlangen. Der Kommissar entsicherte seine Dienstwaffe und brachte sie in Anschlag, geradewegs auf den Fremden zielend.

Dieser lief weiter unbeirrt auf ihn zu. Mit irrem Blick und weit aufgerissenem Mund schien es für ihn nur das eine Ziel zu geben, zu dem Lieferwagen zu gelangen.

»Halt, oder ich schieße«, rief Nau mit belegter Stimme. »Polizei!«

Keine Reaktion. Der Kommissar konnte das Weiße in den Augen des Entgegenkommenden sehen. Noch eine Sekunde, und Nau würde abdrücken.

Er atmete tief durch, zu allem entschlossen. Da sprang von rechts der Einsatzleiter hervor und brachte den Fremden zu Fall. Mit einigen gekonnten Handgriffen hatte er ihn überwältigt, auf den Bauch gedreht und die Handschellen angelegt.

Der Mann sträubte sich heftig und fluchte lautstark in einer fremden Sprache, als ihn der Einsatzleiter abführte. Zwischenzeitlich war die Polizei mit normalen Dienstwagen angerückt, darunter auch zwei Arrestwagen. In einen solchen wurde der Fremde verfrachtet.

In diesem Augenblick bogen auch jeweils zwei Notarztwagen und Ambulanzen Blaulicht sprühend um die Ecke und kamen vor dem Ford Transit zum Stehen.

Nau ging auf den Einsatzleiter zu, um sich zu bedanken, und streckte schon die Hand aus.

»Gut gemacht«, kam ihm dieser trocken zuvor und ignorierte die Geste. »Sehr gelungene Ablenkung.«

Damit ließ er den Kommissar verdutzt stehen, der nun nach Pepper und den beiden Kollegen Ausschau hielt. Der Hund war nicht weit von ihm entfernt, während sich Reckmann und Löwenstein immer noch im Schutz des Zauns in der Nähe von Reckmanns abgestelltem Pkw aufhielten.

Jetzt wo die Rettungsfahrzeuge eingetroffen waren, machten sich ein paar Polizisten daran, die Straße weiträumig in beiden Richtungen abzusperren. Nau schaute sich weiter um. Noch zögerlich sah man in der Ferne einige Nachbarn vor ihre Häuser treten, um nach dem Grund für das gebotene Spektakel zu sehen.

Der Kommissar hoffte, dass mit der Verhaftung des Fremden und den letzten Explosionen nun endgültig Ruhe eingezogen war. Hoffentlich war nun auch der Letzte der Täter dingfest gemacht. Seine größte Sorge galt allerdings immer noch von Hohenthal, von dem nach wie vor nichts zu sehen war.

Naus Blick fiel erneut auf den Einsatzleiter, der in etwa 20 Metern Entfernung in ein Walkie-Talkie sprach und danach in eine schrille Trillerpfeife blies. Der Kommissar hoffte, dass dies ein positives Zeichen darstellte und somit die ganze Aktion zu einem glücklichen Ende gekommen war.

Reckmann und Löwenstein wagten sich nun auch aus ihrem Versteck hervor und gesellten sich wortlos an die Seite Naus und Peppers.

Die Rauchschwaden lichteten sich langsam, und auch der intensive Schießpulvergeruch verflüchtigte sich zusehends.

Links neben der Haustür konnte Nau nun einen jungen Beamten der Einsatztruppe ausmachen. Auf seinem rechten Oberarm sah er einen Blutfleck. Der Kommissar vermutete eine Schusswunde. Ein Notarzt kniete sich vor den Mann hin und übernahm die Erstversorgung. Mit schmerzverzerrter Miene ließ er die Behandlung über sich ergehen.

Ein Kollege ging zu ihm hinüber, beugte sich hinunter und erkundigte sich offensichtlich nach seinem Befinden. Danach zündete sich der Kollege eine Zigarette an und betrachtete die Szenerie. Als er begann zu inhalieren, mischte sich so etwas wie ein Ausdruck von Zufriedenheit in seine Gesichtszüge. Auch davon erhoffte sich Nau, es als gutes Zeichen deuten zu können.

Durch den offensichtlichen Gleichmut, der nun von den Protagonisten an den Tag gelegt wurde, befand Nau, dass er und die Marburger Kollegen sich nun auch wieder frei bewegen konnten.

»Wir können es jetzt wohl wagen«, sagte er und wendete sich den beiden zu. »Sehen wir uns um.«

Die Kollegen sagten noch immer nichts und waren offensichtlich noch gebannt von dem eben Erlebten. Äußeres Zeichen mochte vielleicht die Tatsache sein, dass sich Reckmann zwischenzeitlich der obligatorischen Krawatte entledigt hatte, die er achtlos in der rechten Faust hielt.

Löwenstein hatte ein Taschentuch in der Hand, mit dem er den reichlichen Schweiß abtupfte. Zudem schaute er fast ungläubig um sich, als könnte er immer noch nicht begreifen, soeben Zeuge einer solch umfangreichen Polizeiaktion gewesen zu sein.

Die beiden wirkten so unentschlossen, dass Nau sie einfach stehen ließ. Sie folgten ihm mit einigem Abstand. Er ging auf den Einsatzleiter zu. Wenn jemand ihm etwas zum Stand der Dinge sagen konnte, dann sicherlich dieser Mann.

Er diskutierte gerade mit zwei Untergebenen und sah Nau schon von Weitem kommen.

»Einen Augenblick«, rief er ihm zu und machte eine beschwichtigende Handbewegung. »Ich kümmere mich gleich um Sie.«

Nau stand da wie ein Sextaner, der gerade zum Schuldirektor gerufen wurde, und trat von einem Fuß auf den anderen. Die quälende Ungewissheit, wie das Ganze ausgegangen war, und vor allem die Frage nach dem Verbleib von Hohenthals, waren einfach zu unerbittlich.

Reckmann und Löwenstein traten gerade zu Nau hin, als sich auch der Einsatzleiter zu ihm wandte und einige Schritte auf ihn zu machte.

»Da«, entfuhr es plötzlich Löwenstein. »Da, schaut!«

Er hatte als Erster von Hohenthal erblickt, der plötzlich in der Haustür erschien. Mit dem linken Arm abgestützt am Türrahmen stand er da in vorgebeugter Haltung und hustete stark.

Die Köpfe der anderen flogen herum, und das Lächeln auf den Gesichtern wurde immer breiter, wuchs sich zu einem echten Strahlen aus. Von Hohenthal war am Leben und erfreute sich offensichtlich bester Gesundheit.

Kurzerhand ließen sie den Einsatzleiter stehen, der ebenfalls lächeln musste, und hielten geradewegs auf den Wissenschaftler zu, der die drei nun wahrnahm und voller Freude grinste. Der sonst eher zurückhaltende Reckmann ließ sich sogar zu einer kurzen Umarmung von Hohenthals hinreißen. Löwenstein hingegen gab seinem Kollegen einen befreiten Klaps auf den Rücken mit.

»Mission erfüllt«, keuchte von Hohenthal.

»Und wie«, sagte Nau stolz und schüttelte fast euphorisch seine Hand. »Und wie.«

»Ja, *wie* denn eigentlich?«, wollte Reckmann wissen.

»Geben wir ihm erst mal die Möglichkeit, richtig zu sich zu kommen«, meinte Nau.

»Es ging alles so schnell, ich weiß eigentlich gar nicht genau *wie*«, sagte von Hohenthal und musste erneut kräftig abhusten. Langsam spürte er jedoch, wie er wieder freier atmen konnte. »Was ist das nur für ein Zeug?«

»Tränengas oder etwas Ähnliches. Keine Sorge, die Wirkung wird nicht allzu lange anhalten«, antwortete Nau.

»Lassen Sie sich erst einmal richtig vom Doktor durchchecken«, sagte Löwenstein. »Hauptsache, Sie sind wohlauf.«

»Ja«, bestätigte Reckmann. »Reden können wir auch noch später.«

Nau schaute sich abermals um, ob von dem dritten Täter irgendetwas zu sehen war. Altunay und der Fremde waren ja in sicherem Gewahrsam, aber der Besitzer des Ford Transit war noch immer nicht aufgetaucht.

Nun kam der Einsatzleiter auf sie zu und stellte sich vor.

»Kottkamp, guten Morgen. Das Gröbste wäre erledigt.«

»Was wollen Sie uns damit sagen?«, fragte Reckmann, der von dem ausgeprägt starken Händedruck überrascht war.

»Wo ist Navid, der Dritte im Bunde?«, fuhr Nau dazwischen.

»Da kommt er gerade«, meinte Kottkamp und deutete mit dem Zeigefinger lässig zur Eingangstür.

Die drei Beamten drehten sich um und sahen, wie zwei von Kottkamps Mitarbeitern den leblosen Körper Reza Navids aus dem Haus trugen.

»Der stellt nichts mehr an«, sagte Kottkamp kalt und zog an seiner Kippe.

»Finito?«, fragte Reckmann.

»Den hat's voll erwischt. Frontallappen. Das war's. Letzte Vorstellung.« Der Einsatzleiter redete so emotionslos, als ginge ihn das alles nichts an. Nau fröstelte es, als sie den Toten vorbeitrugen und er dabei das blutige Loch in seinem Schädel sah, wo einst Navids Stirn war. Wortlos sahen sie dem Abtransport des Unglückseligen hinterher.

»Irgendwelche Verluste, Verletzte und so weiter?« Nau versuchte bewusst, das Gespräch mit diesem harten Hund so kurz und sachlich wie möglich zu halten.

»Alles im Lot«, gab dieser zurück. »Zwei Verletzte, nix Wildes.«

»Wie ist das Ganze abgelaufen?«, wollte Nau wissen.

»Halten Sie mich nicht mit Fragen nach Details auf. Warten Sie unseren Abschlussbericht ab. Jedenfalls gab es Momente, wo es ganz schön eng war. Deshalb das große Feuerwerk und das ganze andere Spektakel.«

Nau nickte und reichte Kottkamp die Hand.

»Und wenn Sie das nächste Mal jemanden umbringen wollen: Rufen Sie einfach mich.« Der muskulöse Mann drehte sich um und lachte.

Reckmann und Löwenstein schauten ihren zu Unrecht verspotteten Vorgesetzten mitfühlend an.

In dem Kommissar kam die Erinnerung zurück, und er musste tief durchschnaufen. Das hätte auch ins Auge gehen können. Um ein Haar hätte er zum ersten Mal im Leben einen Menschen erschossen. Mehrmals schon hatte er Dienstwaffen gezogen und im Anschlag gehabt, gelegentlich hatte er Warnschüsse abgegeben, aber richtig zum Einsatz gekommen waren Feuerwaffen bei ihm noch nie.

Nach einer Weile kam von Hohenthal vom Notarzt zurück und machte eine beschwichtigende Geste.

»Alles halb so wild«, sagte er. »Das wird schon wieder. Ich werde wohl noch ein paar Tage vor mich hin husten. Danach ist dann alles wieder wie vorher.«

»Na das ist doch sehr schön«, begrüßte ihn Löwenstein floskelhaft zurück in ihrem Kreis.

»Wie war es denn nun im Inneren des Hauses?«, fragte der Kommissar.

»Wie schon erwähnt, kann ich kaum etwas sagen. Wir waren ja durch Sie perfekt vorgewarnt und mussten nur abwarten, bis die Täter zuschlugen.«

»Der Einsatzleiter sagte allerdings, dass es einige brenzlige Situationen gab«, wendete Löwenstein ein.

»Ja, mag sein. Ich weiß nicht, wie die genauen Planungen waren, aber im Prinzip war alles so, wie man sich das vorgestellt hatte. Auf jeden Fall hat man mich hervorragend aus der Schusslinie herausgehalten. Um ehrlich zu sein, war ich eigentlich die ganze Zeit in einem separaten Nebenraum.«

»Wie sieht es drinnen aus?«, fragte Reckmann. »Ist viel zu Bruch gegangen?«

»Es geht so. Im Wesentlichen sind halt einige Kugeln aus Fußböden und Wänden herauszuholen. Auch ein paar Kleinigkeiten wie ein Beistelltisch mussten dran glauben.« Der Wissenschaftler schaute überglücklich in die Runde. »Nichts, was man nicht wieder reparieren könnte.«

»Und nun holen Sie Ihre Familie bald wieder zurück?«, fragte Nau und lächelte.

»Na klar, ich rufe gleich als Nächstes bei Susanne an. Die wird schon wie auf heißen Kohlen sitzen und auf meinen Anruf warten. Spätestens heute Nachmittag sehen wir uns wieder. Deshalb muss ich mich jetzt auch dringend empfehlen«, sagte von Hohenthal und verschwand kurz darauf hinter der gut erhaltenen historischen Haustür. Irgendwo in der Ferne kündigte sich unterdessen der Sonnenaufgang mit ersten dünnen Strahlen an.

Alles wirkte deutlich friedlicher als noch vor Minuten. Nau ließ die Kollegen stehen. Reckmann und Löwenstein diskutierten die Ereignisse des Morgens.

Pepper und sein Herrchen konnten ein wenig Erholung

brauchen. Ein kleiner Spaziergang mochte da wahre Wunder wirken.

Sehr schön sah das Anwesen jetzt aus, da sich erste Sonnenstrahlen in die herrlichen Pastellfarben des frühen Morgens mischten. In den Stallungen hörte man ein Pferd wiehern, irgendwoher erklang das Gackern von Hühnern, und die Vögel sangen aus Leibeskräften. Die Natur erwachte zu ihrer vollen Schönheit und malte bunte Bilder über die Ereignisse der vergangenen Nacht.

Die beiden kamen an einem der Notarztwagen vorbei. Nau bemerkte aus dem Augenwinkel eine wohlbekannte rotbraune Löwenmähne.

»Guten Morgen, Frau Wenzel«, rief der Kommissar halblaut, denn er wollte nicht die Aufmerksamkeit aller Anwesenden auf sich ziehen.

Der Rotschopf fuhr herum. »Hallo, Herr Nau. Was machen Sie denn hier?« Die Pathologin kletterte mit einem Arztkoffer vom Beifahrersitz. »Ich hätte mir ja denken können, dass Sie etwas damit zu tun haben.«

»Man tut, was man kann«, entgegnete er und schmunzelte. »Und Sie sind auch schon wieder im Einsatz?«

Sie stand nun unmittelbar vor ihm.

»Ich verbringe meine Nächte doch am allerliebsten mit Ihnen, das wissen Sie doch«, scherzte sie.

»So, weiß ich das?«, fragte Nau verlegen.

Während Nau versuchte, sich zu sammeln, beugte sich die Pathologin herunter, um den Hund zu begrüßen.

»Hallo, Pepper. Na, was macht die Lonely Hearts Club Band?«

Der Golden Retriever freute sich über die unverhoffte Begegnung und leckte ihr Gesicht und Hände ab.

»Halte dich zurück, Pepper«, mahnte Nau. »Und, Frau Wenzel, wie läuft es?«

»Ach, reine Routinesache. Ich bin eigentlich nur hier, um den Tod von Herrn Navid zu bestätigen. Das hätte auch Ihr Pepper gekonnt. Allerdings hat die Leiche irgendjemand aus dem Haus geschafft. Mir wäre mehr geholfen gewesen, hätte man ihn einfach an seinem Todesort liegen lassen.«

»Ich verstehe«, erwiderte Nau. »Hände weg vom Tatort.«

Die Pathologin strich ihm mit der Hand über die Schulter und entfernte etwas Zigarettenasche. Insgeheim gefiel ihm diese Berührung, doch er versuchte, es sich nicht anmerken zu lassen.

»Herr Nau, Sie rauchen doch nicht etwa?«

»Das ist eine der Sünden, die das Schicksal für mich nicht vorgesehen hat«, antwortete er etwas unbeholfen.

Es war so ein Moment, wo sich Nau zwingen musste, sich der Tatsache bewusst zu werden, dass er gut und gerne der Vater der attraktiven Gerichtsmedizinerin sein konnte.

15. KAPITEL

Reckmann, Löwenstein und Nau saßen in dem kubanischen Restaurant, das sich unweit vom Haus des Kommissars an einer kleinen Staustufe der Lahn befand.

Der Kommissar hatte es nicht weit zu ihrem Treffen, im Grunde musste er nur die Lahn über die Weidenhäuser Brücke überqueren. Als er anschließend den Rudolphsplatz hinter sich gelassen hatte, ging er in die Straße Am Grün und war nach ein paar hundert Metern an seinem Ziel.

Auch Löwenstein legte den Weg zu Fuß zurück. Über die Frankfurter Straße hatte er es bis zu seinem Haus in der Nähe des Theaters am Schwanhof auch nicht allzu weit. Lediglich Reckmann war mit dem Auto gekommen. Die Tatsache, dass er in Kirchhain lebte, gereichte ihm an diesem Abend also einmal zum Nachteil. Nahe der Wetterstation in der Frankfurter Straße stellte er seinen Audi ab und ging die kurze Strecke zur ›Hacienda‹ zu Fuß.

Löwenstein zog am Strohhalm seines Caipirinha und schaute auf die sich kräuselnden Wellen der Lahn. Der Aussichtsplatz mit perfektem Blick auf die leichte Staustufe war wirklich ein echter Geheimtipp!

Es war nun Freitagabend, der 20. Oktober. 17 Tage waren vergangen, seit Bottenbachs Leichnam in der Nähe der Schlossparkbühne gefunden wurde. Am vergangenen Sonntag kam es zu den Ereignissen im Haus des Kommissars und im Bürgelner Hof der von Hohenthals.

Langsam setzte sich die Aufregung um diesen ungewöhnlichen Fall, und Nau konnte wieder zurücktreten ins zweite Glied, bis irgendwann das nächste schwere Verbrechen die

Studentenstadt erschüttern würde. Bis dahin würde er seinen angestrebten Vorruhestand genießen.

Nau schaute über die Lahn hinweg in Richtung seines Hauses. Einige Lichter waren am anderen Ufer zu sehen. Sie kamen einerseits von der nahen Jugendherberge, aber auch die Laternen in seiner Straße mussten hier noch zu erkennen sein. Bis der Winter kam, würde er noch einiges am Haus zu richten haben. Nicht, dass das alte Gebäude wirklich baufällig war, aber einige Arbeiten zur Instandhaltung duldeten einfach keinen Aufschub.

»Warum der Landstreicher sterben musste, ist mir immer noch rätselhaft«, meinte Reckmann.

»Vermutlich wird das ewig ein Rätsel bleiben«, sagte Löwenstein und zündete sich eine Zigarette an.

»Ich denke, dass er einfach an irgendeiner Stelle im Weg war. Vielleicht hat er bemerkt, wie sie mich ausspionierten, vielleicht war er beim Bespitzeln von Hohenthals im Weg«, sagte der Kommissar.

Und Täter wie Navid und seine Leute machten eben keine Gefangenen. Da war ein Menschenleben nichts wert.

Die Ermittlungen hatten weiter ergeben, dass Naus Begegnung am Zaun, der groß gewachsene Dimitri Valuev, so etwas wie ein Terror-Spezialist war, der dazugeholt wurde, um letztlich an die Viren zu gelangen, und auch, um mit ihnen umgehen zu können. Der gebürtige Tschetschene hatte in seiner Jugend eine medizinisch-pharmazeutische Ausbildung in Leningrad, dem heutigen St. Petersburg, genossen und war für derartige Sondereinsätze geradezu prädestiniert. Er wäre es auch gewesen, der von Hohenthals Augäpfel hätte entfernen sollen, mithilfe derer sie sich Zugang zum Labor verschaffen wollten.

Da der Russe wohl allem Anschein nach erst in den letzten Tagen zu den beiden anderen gestoßen war, und die Beamten derartige Aktionen einem Cem Altunay nicht zutrauten, vermuteten sie, dass die Entstellungen an Bottenbachs Leiche wohl auf Navids Konto gingen. Die Botschaften schrieben sie allerdings Altunay zu, der sich offensichtlich eine Privatfehde mit seinem alten Erzfeind Nau einfach nicht hatte verkneifen können.

Welche Hintermänner und Drahtzieher existierten, wer überhaupt den Auftrag zu dem grausigen Unternehmen gab, lag ebenfalls noch im Dunkeln. Vermutlich befasste man sich längst auf deutlich höherer, internationaler Ebene mit diesen Fragen. Man konnte nur hoffen, dass alle Hintergründe und Zusammenhänge der beabsichtigten Tat eines Tages aufgeklärt werden würden. Jedenfalls betraf es längst nicht mehr drei unbedeutende Polizeibeamte aus dem schönen Marburg.

Nau kraulte Pepper, der neben ihm hockte und entspannt auf das Spiel der kleinen Wellen schaute, die ein beträchtliches Rauschen erzeugten.

»Meine Herren«, sagte er schmunzelnd und hob die Stimme wie zu einer Rede. »Es war eine angenehme Zusammenarbeit, und ich freue mich wirklich auf ein Wiedersehen. Aber es eilt nicht.«

Weitere Krimis finden Sie auf den folgenden Seiten und im Internet:

WWW.GMEINER-SPANNUNG.DE

JÜRGEN HÖVELMANN
Der Kasematten-Mörder

978-3-8392-1894-5 (Paperback)
978-3-8392-5045-7 (pdf)
978-3-8392-5044-0 (epub)

»Kommissar Nau ermittelt in einem Marburg-Krimi der Extraklasse. Atemlose Spannung – wie bei einem Besuch in den Kasematten!«

In den Kasematten, den unterirdischen Wehranlagen des Marburger Schlosses, wird die Leiche eines jungen Studenten gefunden. Er war Mitglied der Burschenschaft »Die Elisabethaner«. Warum musste der junge Mann sterben, und was ist das Geheimnis um die Heilige Elisabeth? Kommissar Nau taucht tief in die Historie Marburgs und der Studentenverbindungen ein. Die Spur führt in die zahlreichen dunklen Gänge der Marburger Kasematten. Kann Nau den Mord aufklären, bevor es zu weiteren Todesfällen kommt?

GMEINER SPANNUNG

WWW.GMEINER-VERLAG.DE
Wir machen's spannend